虎

杨晋林

著

宝宁寺

郑州大学出版社

图书在版编目(CIP)数据

宝宁寺/郭虎,杨晋林著. —郑州:郑州大学出版社,2020.9(2024.6重印)

ISBN 978-7-5645-7163-4

Ⅰ.①宝…　Ⅱ.①郭…②杨…　Ⅲ.①长篇历史小说-中国-当代　Ⅳ.①I247.5

中国版本图书馆 CIP 数据核字(2020)第 142997 号

郑州大学出版社出版发行

郑州市大学路40号　　　　　　　邮政编码:450052

出版人:孙保营　　　　　　　　　发行部电话:0371-66966070

全国新华书店经销

山东华立印务有限公司印制

开本:890 mm×1 240 mm　1/32

印张:9.75

字数:191 千字

版次:2020 年 9 月第 1 版　　　　印次:2024 年 6 月第 2 次印刷

书号:ISBN 978-7-5645-7163-4　　定价:68.00 元

目 录

引 子

汾河岸边，有一座山西博物院，在浩如烟海的馆藏中，有一堂明朝宫廷画师精心绘制的浸透着袅袅佛香的系列画作。诸佛，菩萨，明王，众罗汉，护法神祇，六道众生，天仙，帝王，将相，妃子，烈女……也许没有人知道，这一幅幅设色饱满、勾勒精美的绢地画轴，却蕴藏了一段年代久远的家国旧事，一段被厚重的土城墙包裹起来的不堪回首的尘封往事，一个被短暂丢弃在一栋香火冷落的大殿里的诡异传奇。

故事就从这一堂名为敕赐镇边水陆神祯的画作开始吧。

大明朝天顺四年正月丁亥日，皇帝朱祁镇在京师南郊祭祀天地。祭祀完毕，朱祁镇忽然看到负责侍卫的指挥同知袁彬，便把高高瘦瘦的袁彬叫到近前，说了一些家长里短的淡话，又问袁彬可有事求他。袁彬知道自己与皇上的关系不一般，也不加隐瞒，随口提起一个人。

皇上，您可记得老臣商辂吗？

商辂？你提他做什么？朱祁镇脸上的肌肉僵硬了，显然有点不高兴。提起商辂，朱祁镇一肚子怨气。商辂是浙江淳安人，正统十年的殿试中，他亲笔圈定商辂为状元郎。他早就听人说，商辂是个天赋异质的奇才，乡试第一名，会试第一名，现在到了殿试还是第一甲第一名。有文才，就要有恰如其分的职位，朱祁镇让商辂做了修撰，没过多久又提拔为展书官。朱祁镇认为自己待商辂不薄，商辂应该恪尽职守，一心为国才对；但这个商辂不知感恩，在他复位那年，忠国公石亨等人便迫不及待地弹劾商辂，参他有野心，结党营私，图谋不轨。这件事闹得金銮殿上沸反盈天，满朝文武大臣也莫衷一是。最终，朱祁镇是念在商辂一肚子锦绣文章的分儿上，才决定放他一马的，把这个江南才子革职为民了。

袁彬说，自从商辂离京后，他的官邸一直荒废着，蓬蒿长了一人高，常有狐兔出没，街坊都说里边闹鬼。皇上，您也知道微臣胆子大，不妨把那个宅子赐予微臣，也好让它有个恰当的归宿。

你是说这事儿啊？朱祁镇展颜一笑，朕以为你胆大包天，要替一个罪臣翻案呢，不就是一座宅子嘛，你带朕的口谕，把那座破宅子的封条撕了就是。

袁彬叩谢过皇上，却并未有丝毫的兴奋。他之所以提起商辂，本意是想让朱祁镇不要一味宠幸奸佞，疏远良臣，但听了朱祁镇的话，袁彬失望了。

正月的京师，寒气袭人，燕山吹来的大风，把祭坛周边的旗帜吹得呼啦啦乱响。袁彬忽然想到十多年前，他和哈铭，还有皇上朱祁镇，在一个叫右玉林卫的城堡里，三个人相依为命在一座空旷的大殿里，日日厮守着那片难熬的苦寒。他记得有一次，自己中了风寒，浑身烫得如同火炭，渐渐失去知觉……过后，哈铭告诉袁彬，是皇上朱祁镇抱着袁彬，撕心裂肺地恸哭，不断地为他搓着身子，直到他慢慢苏醒过来。

时间过得真快呀，一起出生入死的哈铭现在又奉命出使去了；他虽备受皇上信赖，但总觉得眼前的皇上，已非当初那个颠沛流离的朱祁镇了。

朱皇帝北狩

一

那时的朱祁镇，真是一个落魄透顶的皇帝。

二十三岁的朱祁镇，也就是正统十四年八月，很不幸被瓦剌人俘虏了。

朱祁镇当了俘虏的那个晚上，恰是圆月之夜。一轮大而空洞的月亮，高悬夜空，一咏三叹地俯瞰被人推推搡搡呼来喝去的朱祁镇。就连朱祁镇自己也弄不明白，他这个君临天下的天子帝王，竟然于千军万马的庇护之中，被瓦剌兵挑拣出来，然后灰头土脸地给活捉了；而他引以为傲的五十万征虏大军，摧枯拉朽般说没就没了。

秋夜深不见底。位于紫禁城西侧 14 米高的观象台上，身披常服的五官灵台郎，在铜质的浑仪前仰观天象。他发现一盏橘黄色的孔明灯，正从胭脂胡同那里，晃晃悠悠飘上天空。他能够想象到，那盏孤独的孔明灯是被怎样一双透着脂粉香的柔荑素手放飞起来的。在五官灵台郎浮想联翩的时候，有颗拖曳着长尾巴的星孛直贯紫宫。

夜凉如水。号称依郭京县的大兴县城，更显得格外冷清，地面上的一切物事都掩于冥晦之中，而那些容纳梦境和情欲的层层叠叠的房舍，黑压压如同蛰伏草寰的怪兽。

这个时候，蛙声远了，秋蝉的鸣叫细若游丝。

月光下的杨善府邸，泛着清冷光泽，如包一层冷色调的青釉。

若是往年，杨善的一大家子人，会围坐后花园的凉亭，或把酒，或赏月，或祭月神，或吃月饼，间或也能听见家主人杨善举杯邀明月的吟诵。那时，亭外的菊花必定是开烂了，黄梨木香案上袅袅升起香烟，紫檀木供桌横陈了月饼瓜果，凉亭四角斜挑起酒盅粗的红烛，哪一样都透出一股浓郁的与寻常日子大相径庭的喜气。

今年的中秋节，与往年大不同，下人们虽把香案供桌摆满各式新鲜而让人垂涎欲滴的应景之物，也把一束线香插在香炉里燃着，但除了杨善的两个小孙子绕着荷花池嬉戏外，大人们都窝在各自房间里，对着油灯窃窃私语，或是满怀心腹事，无端地冷落了拜月议程。

这一切源自老爷杨善的突然出现。

杨善是十五日的后半夜叩开街门的。当时，老家人杨浦在门厅的偏房里睡得正香，隐约听见有剥啄之声，他嘴里念念叨叨的，起身摸索到火镰，嚓嚓嚓，打了半天，方点着灯笼。

敲门声音很轻，但越来越密，似有不开门誓不罢休之意。

杨浦有点不耐烦，趿拉着鞋子，在门厅里站定，用力咳嗽两声，迎着高大的门扇说，谁呀，都这么晚了，敲门做什么？

杨浦在杨府做了几十年的工，功劳和苦劳都摆在那里，谁都看得见，他有资格在夜深人静的时候听见敲门声可以装作没听见，但杨浦被那绵绵不绝的声音敲烦了，只能情绪满满地去开门。撤门闩的手劲儿特别大，言语也充满了挑衅，听见了听见了，敲两下差不多了，你还敲起来没完了，这是门厚，门要薄点，都让你给敲……老爷，是你呀？

门外站着的，居然是礼部左侍郎杨善。

杨善已经六十六岁了，按明朝文武官六十以上者皆致仕的惯例，早应该回家颐养天年了。但到了英宗皇帝治下，负责司礼监的中官王振，怂恿皇帝北伐瓦剌。皇帝要亲征，总不能清一色只带一群兵吧？总得有文武大臣陪王伴驾说话解闷吧？年轻的大臣不够用，只好拿老臣们来充数，于是就把他们一拨子老臣都带累了。

老家人杨浦，借一盏灯笼的弱光，吃惊地发现以往很少回家的主人头上佩戴的梁冠不见了，仅剩一领束发的笼巾；大红贮丝罗纱常服上，沾满各色污渍；绣有金银花的束带遗失了；清癯的方脸上凝结了一抹黑色血迹，分不清伤口的深浅；挺直的腰板忽显罗锅了。杨浦接过主人手里的缰绳，明显感觉一股凌乱而浊重的气息，从主人身体的各个方位漫溢出来，这是以往行事干练的主人从来没有过的。

杨浦不安地问道，老爷，前几日听说您随御驾出征瓦剌，怎么这么快就班师回朝了？

杨善没有答话，只是神经质地朝他牵着的马的后面看了看。月亮地里，大兴的街巷睡意正浓，不要说行人，连一只夜游的猫都见不到。

很远的地方，传来一两声狗吠，似是梦呓。

二

正统十四年八月十六日。

这个日子本没有任何实在意义，即使大明朝廷的史官都无法记录这一天皇帝朱祁镇的确切行踪。但对右玉林卫的马桂生来说，这一天实在是倒霉透顶，因为一次普普通通的出门，他把自己的饭碗给弄丢了。

在大同府的右卫或是左卫，甚至后来拆掉的玉林卫，谁都知道，马桂生是个卖油郎，马桂生的胡麻油分量足，味道正，不掺假，还是现榨的。右玉林卫周边的油坊不少，挑担卖油的更是多如牛毛，可有同行，没同利，一样的卖油郎一天能卖多半篓油就不错了，还得搭上不歇气的吆喝和不短的脚程。而马桂生却有高人之处，来到一个村舍，只吆喝一两声，就有提了油罐的男人女人从幽深的巷子里出来，循着马桂生吆喝的方向而来，都是些老主顾，都是些回头客。

那天，细眉细眼的马桂生挑了一副担子，沿着通往杀胡口的蚰蜒小道，一路疾走。马桂生那张漫长脸剃得青光光的，头上戴了顶小白帽。他打算去原来的玉林卫串一串，虽说卫所搬迁了，边民还在，那些隐藏在黄土褶子里的村子，在一天当中固定时辰里，还要统一冒出乳白的炊烟，一些鸡呀狗呀驴呀还时不时在那里打鸣或吠叫。

挑子前面是一只柳条编的粗腰油篓，挑子后面也是一只柳条编的粗腰油篓，木头盖子用油布裹了塞住油篓口，看上去两只油篓又脏又黑，附着了厚厚的油腻，活像宋定伯捉到两个鬼要挑往集市去卖，只不过隔几十步远，就闻到胡麻油的馨香。

马桂生起得早，出右卫城，走了约莫半个时辰，天色渐亮。他看到崇岗山巅上的天空一点点泛白，又一点点泛红，然后一轮橘红的日头，探头探脑地从山后面冒出，大地瞬间一派清澄。那些散落在沧头河两岸的村子，原来是看不见的，与天地混为一色，直到日头高了，夯土筑的堡墙突兀出现在视线里，宛如画匠用油彩草就一幅涂鸦。

按节气算，塞上八月能晒死骆驼，也能冻死牛。马桂生走得急，一步赶一步，虽看到路边的白芨草敷一层淡淡的白霜，但他浑身都在冒汗。没什么景物能够吸引他，沙丘，古堡，野树，流水，孤陋的庙宇，低矮的民宅，枯黄的草色，零星的羊群，掠地而过的旋风，这些在他眼里，和挑子上的油篓一样，平淡无奇。

一只麻燕从头顶飞过，叽喳一声鸣叫，马桂生的右耳抽动两下，忽然想唱歌。他唱道：天下怪事三百六，偷油的老鼠变成精；一夜拆掉玉林卫，天明修起右卫城；城墙不高三丈六，关公杀退鞑子兵……

卖油郎马桂生边走边唱。马桂生唱的不是自己的原创，他是听别人这么唱，偷学来的。正统十四年春天，右卫城发生了一件大事，朝廷下旨把杀胡口外的玉林卫给拆了，拆下来的砖瓦椽檩门扉窗牖猫头滴水之类，据说一夜之间统统搬运到七十里外的右卫城。这件事听上去有点不靠谱，但后来的右玉林卫的乡亲与外乡人扯起这事儿，直眉瞪眼说确有其事，他们不仅亲眼所见，而且是亲身经历者。他们说那个春天的夜晚，官府召集上万名官兵与边民，从玉林卫一路往南排成一线，一直排到右卫城，然后把拆下来的东西一个传一个，蚂蚁搬家一样，玉林卫就一夜挪到了右卫城。然后起了衙署，起了兵营，起了校场，起了粮仓，起了民宅，起了庙宇，并新起了名字叫右玉林卫。新城较老城大了不止一倍。

在草原上放牧的瓦剌部落听说这件事后，太师淮王也先很不高兴，一把将盛满马奶酒的铜觥砸在地上，和尚头上的虱子嘛，明摆着是针对瓦剌人屡犯明边这件事的，你撤卫就撤卫吧，犯不着把整座玉林城给拆了吧？再说玉林城里还有我们瓦剌部落的商铺呢，如今连一片瓦都没给留下。气势汹汹的瓦剌兵挑个雾蒙蒙的早晨，想奇袭右卫城。当身穿兽皮铠甲的骑兵呼啦呼啦拥向右卫城的北城门时，天雷嘎啦一声响了。据守城的官兵后来说，他们眼睁睁看见一道金光从厚厚的城墙里劈出来，瓦剌兵的人头像高太尉脚下的鞠，冒着青烟，滚落一地；他们再看城墙里，赫然是立马横刀的关老爷。这话有人信，也有人不信，讲故事的官兵跺着脚信誓旦旦地说，那张红脸，那部长髯，那口青龙偃月刀，除了关公，还能有谁？和右卫城关帝庙里的关老爷一模一样，明明就是关老爷显灵，护佑右卫城。

外乡人听来，这两件事都太玄乎，马桂生不这么看，天地之间，比这更邪乎的事儿多了去了。

前些天下了一场连阴雨，不宽的土路淋烂了。这条烂路在平实的沙梁上连绵不绝。路边野地里的莜麦收了，山药收了，胡麻也收了，留下半尺高的禾茬还在拼命生长。

雷公山上起风了，张起顶天立地的一股黄旋风。

你个灰猴，离我这么远。

马桂生不止一次瞎琢磨，如果那股旋风恰好把他裹进去，他就不用走路了，让旋风兜着他和油篓，想去哪儿就去哪儿，眨眼的事儿，多好！

马桂生只是想想而已，他又没有真的奔那股旋风去。马桂生翻过一座沙梁，他想把右肩上的挑子换到左肩上，猛一抬头，我的娘呀，好长一溜马队，乌泱乌泱出现在眼前。骑兵呀，战车呀，柳叶甲呀，兜鍪呀，红笠军帽呀，铁网裙呀，弓弩呀，长矛呀，大刀呀，还有滚了边儿的旗幡上绣了好大一只苍狼呀……马桂生一时被眼前的景象吓呆了。

看那旗幡和打扮，连老实巴交的马桂生都知道，这是鞑子的军队。马桂生像任意一个右玉林卫人一样，把所有北边过来的胡人都称为鞑子。

你个灰猴，啥也没听见吗？一下就扑到眼皮儿底下了。

马桂生想躲，已经来不及了，只好傻傻地在路边站着，站成一棵树。

一人一担，被大军沉重的马蹄声和被马蹄车轮掀起的漫漫尘土，吞没了。

天空依旧那么湛蓝，大地却在战栗。

这支军队一定走了很远的路。士兵们的嘴唇无一例外都干裂着，还爆了皮，眼里布满血丝。一匹匹战马也累得够呛，鼻翼里呼出的气息，坚硬撞击到马桂生的脸。马桂生站立不稳，一点一点往后退却。

马桂生有自己的小九九，他是想从这个是非之地，神不知鬼不觉地抽身出去；但他一个大活人，在那么多双眼睛有意无意的注视下，怎么能消失不见呢？

有一个脑后拖一条辫子的麻子脸的军爷勒住缰绳，让马从行走的队伍里脱离出来，问马桂生，喂，你是哪里人？

麻子说的是喀尔喀语，马桂生听不懂。麻子又用汉话说一遍，这回马桂生听明白了，他不敢再往后退，他看到麻子手里拎一杆丈八长矛，他只好对麻子说，小民是右玉林卫的，那边有座城叫右玉林卫，一年前还叫右卫，玉林卫拆了才改叫这个名字的，小民就住在那座城里。

麻子用长矛指着他的油篓说，里面装的是油还是水？

马桂生心疼自己的油，他以为军爷想要他的油了，不知该说是油好呢，还是水好呢。

麻子龇牙笑了，我渴了，想喝口水，你挑的是水，我就讨碗水喝，是油就啥也别说了。

马桂生也笑了，你想喝水呀？我篓子里全是油，胡麻油，不解渴的。

麻子摆动着长矛说，从这儿到你们那个什么卫有多远？

马桂生回头看了看绵亘的黄沙梁，估算一下路程，说，少说也有二十几里，我走了一个时辰，你们骑马比我腿脚快。

说完，马桂生后悔了，这不引狼入室吗？他倒没什么，可家里还有新娶的媳妇儿呢，还有老丈人老丈母呢，还有隔壁邻居满城的父老乡亲呢，万一城里人知道是他把鞑子兵指点过去的，还不把他家的祖坟给掘了呀？怎么就不会说，家住在那个狗日的牛心山堡呢？有一回，牛心山堡的一个赖皮要称他二斤油，没带钱，说好下回给；但马桂生再去，那个赖皮就不认账了，说马桂生红口白牙说胡话，如果不是村人拉偏架，马桂生非把那个赖皮揍趴下不可……

马桂生想把方才说出的话再吞回去，他说，右玉林卫城离这儿远，不如去牛心山堡，牛心山堡尽是财主，有钱，粮食也多，对了，牛心山堡还有口甜水井……

他说着说着不说了，他看到那个麻子军爷已经策马跑远了。

令马桂生略感欣慰的是，这些鞑子兵只顾赶路，并没有为难他的意图。或者说，这些当兵的没有得到杀光沿路汉人的命令。马桂生从来没有见过这么多兵，以往的右玉林卫也屯兵，六七千人的官军分成若干组，天天在瓮城或城外的校场上操练，骑马的、射箭的、摆弄火铳的，军威浩荡，气贯云天。马桂生每次看见明军随着口令齐刷刷出刀，齐刷刷跨步，就觉得热血沸腾，好像自己也是其中的一员了。有一回，打铁的郭老六，开油坊的王老五，开杂货铺的马东川，钉马掌的卢瘸子，开裁缝铺的牛本道，算卦的黄半仙，开生药铺的葛掌柜，还有卖油的马桂生他们十几个城里的百姓，得到指挥使的许可，爬上东城门楼，趴在垛堞上往城外俯视，看见那些当兵的分成一块一块豆腐状，演练兵操，都说好家伙，当兵的一声喊，都能把鞑子吓得尿裤裆。他们亲手摸到好几尊碗口炮的炮膛，马桂生还从一个戍士手里接过一支铁铸的火铳，像模像样地扛在肩上……那时候，右玉林卫的百姓都相信他们那座城固若金汤。让他们没想到的是，前些日子，满城的官兵忽然悄无声息地撤走了，丢下一座没人把守的右玉林卫。也不仅仅是右玉林卫，马桂生出门卖油，经过杀胡堡，经过破胡堡，经过铁山堡，经过云石堡……几乎所有的军堡一下子都变成了民堡。明军为什么要撤走，不是马桂生所能打听到的。城里算卦的黄半仙说，鞑子要来攻城了，天下要大乱了。

黄半仙算卦，少有准的时候，但这一回却言中了。

这些鞑子兵肯定是打了胜仗，马桂生相信自己的眼睛，他看到这支队伍当中，还有一些装满火铳大炮、铠甲头盔和粮草的武刚车。在粮草垛上，坐着许多被绑了手脚的明军，这些明军的头盔大都被摘掉了，也有人戴着，像个墓顶子那样难看。大约是为了减轻战车的负重，明军身上的铠甲被剥去，护脖没有了，护肩没有了，马甲没有了，护膝也没有了，仅剩一身内衣，看上去很单薄。在八月塞上的冷风里，他们齐刷刷地簌簌发抖，马桂生忽然想起他家门口的大槐树。他们沮丧地低着头，或用诡异的目光乜斜着路边的马桂生，这让马桂生心里很不舒服。他不认识这些明军，估计这些人当中未必有右玉林卫的守军，他们打了败仗当然不能笑逐颜开了。

还有一个非常特别的人引起马桂生的注意。那人没穿铠甲，没着军服，而是戴一顶乌纱翼善冠，披一件赭黄色团龙窄袖圆领袍，朱红色交领衣，眉是横眉，脸是方脸，脸皮很嫩，肤色如玉。很年轻的一张脸却霜打了一样，病恹恹的。说是俘虏吧，那人没有被绑着，而是一个人骑一峰黄毛骆驼。骆驼走得四平八稳，那人在骆驼背上一颠一颠的，还不住地舔嘴唇。他看见路边的马桂生了，嘴张了张，想说什么，没说。走过去了，却又回头，对马桂生说，十里认人，百里认衣，你穿的衣服我很熟悉，和京师那些市井庶民没有多少差别啊。

那个人咬文嚼字的口气实在可笑，但分明是在自言自语，恳切的目光又像是要与马桂生交流。

马桂生看了看自己身上的青布短衣和脚上的一双麻布便鞋，也没什么稀奇的。马桂生点点头，他发现那人眼里满是泪花，许是早晨的风太冷，太硬。

紧跟在骆驼后面的是一个头戴烟墩帽子的小白脸。圆脸，面白无须，眉心有颗痣，衣服是九色的妆花罗飞鱼服。他没骑骆驼，也没骑马，而是骑了一头灰毛驴。也是因为天冷，年轻人的身子如风里的树枝般簌簌发抖，上牙咬着下唇，几乎要咬出血了，攥缰绳的手也是死死的，生怕脱了手，驴会飞走。他对那个骑骆驼的人说，皇上，您就少说两句吧，让他们听见，指不定招来什么横祸呢。

那人的话音很低，没有被马桂生听见，马桂生当然不知道骑骆驼的是皇帝朱祁镇了。

年轻人没有猜错，很快就有一个骑马的瓦剌兵大声呵斥起来，只不过是冲着马桂生喊的，喊的仍是喀尔喀语。马桂生虽然听不懂，也大体上知道是说什么，无非是快走开，小心一刀砍了你。

三

连续数日，杨善闭门不出。

只有杨府的家眷们知道，老爷是从土木堡前线逃回来的。

即使闭门不出，杨善仍然坐卧不宁。他原以为跟着皇帝打仗，顶多磨烂一双战靴而已，不想险些把老命都折损在那个鬼气森森的土木堡里面。亏了他骑的是一匹日行千里的宝马良驹，从刀光剑影里东冲西突，好不容易捡了一条老命。几日来，杨善动不动浑身冒虚汗，脑子里一团糨糊，只要闭上眼，一口刀唰地就从天而降，然后就是兵部尚书邝埜的脑袋，呼一下从腔子上被一口马刀削掉，落在地上，打了几个滚儿，停在他的战马前，而他却无能为力。几日前，土木堡惨烈的战事犹在眼前，杂乱的马蹄，斩落的刀剑，燎烟的焦木，尸横遍野，血流成河……

而此时，刺目的阳光快速划过天空，空中乱云飞渡。

杨善形容憔悴。

在朝为官，食人俸禄，不能总待在家里。这天一早，杨善临时起意，打发家人杨浦去京城打探消息。

那个上午，惴惴不安的杨善在后花园的花圃旁来来回回走。花叶缀满碎露，一阵凉风，整畦花树簌簌摇动。偶尔一声鸟鸣，都让他心惊肉跳。

夫人命丫鬟唤老爷吃饭，他烦躁地挥挥手，去去去，不要烦我。

又说，整天就知道吃，吃吃吃，一群饭桶。

烦心事就像一层一层棉被叠压在杨善身上，蒙了头脸，让他喘不过气。他忽然想起被贬谪在威远卫的儿子杨容，这个不省心的东西，也不知近况如何，瓦剌人既然把大同总兵官武进伯朱冕和大同总督西宁侯宋瑛都一刀劈作两半，小小一个威远卫能撑得住几时？今日的处境，说来说去是他自己给自己掘的坑，怨不得别人。可怨不得别人又有点说不过去，为人父母，孩子犯法，刨根究底总是推脱不掉的，即使朝廷网开一面不再追究，他心里还是充满愧疚。很自然地，他又想到一贯惜子的夫人。女人总是无节制疼爱孩子，可当溺爱成性的孩子出问题后，女人只知道哭天抢地抹眼泪，把责任推卸得一干二净。

真是头发长见识短。

杨善的脑子乱糟糟的，由一件事想到另外一件事，由一个人扯到另外一个人，他甚至忘记最初的烦恼了。

两只喜鹊在一棵梧桐树上叽叽喳喳争吵，一定遇到什么琢磨不透或解决不了的难题，雄鹊扯东，雌鹊扯西，这对小两口尾巴一翘一翘的，意见总是无法统一。

杨善一边叹气一边摇头，看来无论是人，还是天上的飞禽地上的走兽，都有烦恼啊。

四

事情就这么过去了，那些穿戴烦琐的瓦剌士兵，呼啦呼啦一路向前。但让马桂生想不通的是，骑在骆驼上的人怎么会没来由地跟他说那句话，而那人看他的眼神尤其古怪。

你个灰猴，还认人哩，认衣哩，和鞑子混一块儿，一看就是个圪僚货。

马桂生看了看神龙见首不见尾的瓦剌大军，觉得就这么一直等下去也不是办法，他尝试着挑着油篓往前走，他的方向与瓦剌军队的方向背道而驰，这样的不协调很快被一个瓦剌人注意到了，这个人名叫绰罗斯·也先，是瓦剌可汗的太师，也是这支瓦剌部队的首领。

也先的脸膛红通通的，一副喝醉酒的模样。也先经过马桂生身边时，瞥了马桂生一眼，然后勒住缰绳，笑眯眯地对并驾齐驱的弟弟伯颜帖木儿说，我们走这么远，打这么多仗，见过的汉人数不胜数，还没见过像这个人这样目中无人的，你看他挑了扁担走得不徐不疾，根本就没把我们放在眼里。

伯颜本来心思不在马桂生这里，他是个做事喜欢讲因果的人，他一直以为俘虏了大明皇帝已属大不敬，还把皇帝冷落在一峰骆驼上就更加说不过去，但也先像一团油糕黏着他，他又不好说咱们一块去和皇上唠唠嗑吧。

也先猜得透伯颜的小心思，一不做二不休，他才不在乎什么大明皇帝呢，他又说，我不担心大明朝的五军营、三千营、神机营怎么神乎其神，我其实担心的是像卖油郎这样的汉人，他们看似寻常，却暗藏杀机，在你不防备的时候，突然射你一箭，捅你一刀，你连死都不知道是怎么死的。

怎么啦怎么啦？赛刊王的坐骑原本与两个哥哥的马匹尚有一段距离，但迎面刮来的风把也先的话零零碎碎吹到赛刊王耳朵里。他策马疾行，从也先和伯颜之间穿过，然后勒马回头，瞪着一双死鱼眼说，谁射箭了？谁捅刀了？

也先嘴角挂了一抹浅笑，他觉得他这个弟弟除了知道杀人外，其他什么都不上心。

伯颜帖木儿牵着缰绳，眼睛盯在马桂生脸上，他的瞳孔里有一个挑担的人影儿。他看得很专注，好像马桂生脸上有什么不干净的东西，又像盯着一个伪装巧妙的奸细。他很想从马桂生眼里看出如也先所说的那种隐藏很深的杀机，但最后还是摇了摇头，说，一个土头土脑认死理的生意人，给他一口刀，也未必能杀得了一只鸡，别看他埋头走路走得不慌不忙，那是他心虚，说不定他心里怕得要死，咱们的将士如此雄壮，他躲又躲不开，总不能趴在地上磕头吧？一念愚即般若绝，一念智即般若生，还是放过他吧。

也先摸摸下巴上的三绺长髯，并不认同弟弟的判断，说，你太善良了，凡事总往好处想。

你们真是啰唆，赛刊王似乎明白过来，你们怀疑这家伙有问题？我一刀砍掉他的人头不就结了？说着话，赛刊王手里一把长刀唰地剁向马桂生的脑袋。

当啷一声，赛刊王手臂一震，他发现剁下去的刀被另外一口刀磕开了，是太师也先。

也先的刀法和力道并不比赛刊王逊色多少。

马桂生却浑然未觉。

卖油郎马桂生不知道头顶上刚刚发生了什么事情，他走得心无旁骛。

也先对赛刊王的鲁莽很不满意，你不杀人手痒痒不是？

也先对马桂生的漠然视之更是气不打一处来，他朝马桂生大声说道，喂，小子，你走反了，朝这里走。

也先说的是汉话，他指向大军要去的南方，说，你看谁呢？说的就是你，卖油郎。

马桂生把扁担顺过来，抬头看着也先，你说啥？

也先说，你不要卖油了，跟我们走。

马桂生说，我为啥跟你们走？

也先给马桂生气笑了。

你不让我卖油，我吃啥？我喝啥？马桂生说，我又不会骑马，也不会射箭，更不会杀人，我跟着你们啥也干不了。

马桂生咽了口唾沫又追加一句，再说，我家里还有好几口人正饿肚子呢。

你听听这口气，也先笑得眼里满是泪花，他对弟弟伯颜说，你听见没有？他说他家里还有好几口人正等着饭吃呢。

也先转脸又对马桂生说，你不要跟我犟嘴，叫你做什么，就做什么，换了赛刊王，他早把你的头割下来了。

赛刊王把刀举得高高的，再次做出要劈下的动作。

这样，马桂生挑着一对油篓，被迫改变了行走的方向。他有些心猿意马，一脸的不乐意。

油没卖一两，就不让卖了？马桂生嘴里一直在嘀咕。

马桂生左顾右盼，他想趁也先不注意，找个空当溜了。

但也先比马桂生想得要周全，他已经指派了两个一胖一瘦的骑兵，专门负责看押马桂生。也先要那两个兵随时把马桂生的一举一动汇报给他或他弟弟伯颜。

胖骑兵长得有点像开生药铺的葛掌柜，只不过眼睛比葛掌柜要小，下巴要比葛掌柜宽大，腰身也比葛掌柜粗壮；那个瘦骑兵的脸太长，额头窄，下巴也窄，唯有颧骨隆起，就像一枚织布的梭子。

两个当兵的责任心很强，不住地催马桂生快走，胖子甚至用手里的长刀捅了捅马桂生的屁股。马桂生着了疼，不敢再有别的想法，他迈开双腿想加快速度，想迎合瓦剌兵行走的节奏，只是两条腿走路的人，到底赶不上四条腿走路的马。马桂生心说，坐轿的不知走路的苦，站着说话你不腰疼。

阳光照在通往右玉林卫的细沙路上，一些隐于沙丘背后的村舍一点点从沙丘上面冒出来，最初是堡墙，接着是树冠，再接着是牌楼和戏台的屋脊。

喂，小子，那个脸像一枚梭子的瓦剌兵对马桂生说，你知道我们是从哪里来的吗？

瘦子讲一口流利的汉话。

马桂生想了想，十分肯定地说，你们是从北边过来的，我看见你们的马队就是从北边来的。他心想，你们本来就是北边的鞑子嘛，你们身上的味儿顶风十里都闻得到，还问我这个？

瘦子嗤地笑了，他笑的时候整张嘴的牙齿几乎都龇了出来，我们不是从北边来的，我们绕了一个大圈子，其实我们是从你们的宣府来的，不过我们没去攻打宣府，不是说我们拿不下宣府，是那个宣府城不值得我们打，一匹马就能把它踏平。

瘦子说，我们在一个叫土木堡的地方，把你们大明朝五十万大军，砍西瓜似的，喊里咔嚓全砍光了，你看我们的英雄乎格勒。

瘦子笑眯眯地指了指胖子。

这样，马桂生就知道胖子的名字叫乎格勒。

他听瘦子说，你看乎格勒腰里挎着的那口刀，都让他砍卷刃了，他一个人一共砍下三十六颗人头。

乎格勒并不领瘦子的情，他说，唐兀台，你别瞎说，我什么时候砍下三十六颗人头？好像你一个没杀，就顾了替我数数儿了？

叫唐兀台的瘦子胸前挂了一只海螺号角，比挂了一只长命锁都滑稽。他说，当然，对我们的英雄乎格勒来说，砍几颗人头真的不算什么，他最佩服的是我们足智多谋的太师也先。我们太师派人去土木堡给你们大明皇帝送信说要议和，不打了，打打杀杀的他不喜欢，他喜欢坐下来一口羊肉，一口马奶吃着喝着慢慢谈，你们那个傻子皇帝就信了，以为我们真不打他了，带领大队人马准备过一条河逃命，太师一声令下，瓦剌的英雄们就像狮子搏兔，把你们的大军那一顿砍杀，我不知道杀死多少人，反正我看见那条河都让血染红了，河里漂的都是死人，河岸上躺着的也是死人，后来我手腕子软了，不想再杀人了，就骑在马背上一边吹冲锋号，一边看他们杀人。

瘦子用手指着他身前身后的瓦剌骑兵说，他们的心肠比我硬，他们的手腕子都不软，我骑着马溜溜达达就看见

023

一个坐在地上的人，我一看那人就知道不是普通人，那人一点都不慌乱，脸上还带着笑，他笑眯眯地看我们的人杀你们的人。当时我就想，这个人一定是个有钱人，半道上被你们的大军打劫了，是我们把他给救了，所以他一点都不慌。那人身上的衣服真好，面料我都没见过，我骑马直奔那人去了，我举起手里的刀想吓唬吓唬他，无非是想要他把藏在身上的银子交出来，把身上那件好衣服脱下来送给我，可旁边有个小白脸嗲声嗲气地叫了一声皇上，我就不敢吓唬那人了。我把那人引见给我们尊贵的赛刊王，说我捉住一条大鱼。赛刊王当时杀得正眼红，举着滴血的刀对准那人的脑袋就要砍，砍到一半却停了，刀还举着，血还往下滴着。我看见有几滴血正好落在那人的帽子上，那人的帽子也挺特别，后来我才知道，那不是一般的帽子，是皇帝戴的乌纱翼善冠。赛刊王骑了马，围着那人转了两圈，哈哈大笑，转过脸来对我说，唐兀台，你是捉住条大鱼，大大的鱼，你知道他是谁吗？你当然不知道了，他就是大明朝的皇上，哈哈，唐兀台，你立大功了，我会重重赏你的。还没等我高兴起来，我听那个皇上对赛刊王说，你是也先还是伯颜帖木儿？要不就是赛刊王？我对那个皇上说，他不是太师也先，也不是元帅伯颜帖木儿，他是我们草原上的猎鹰赛刊王……

马桂生哪有心情听故事，他始终找不到逃掉的办法，他越来越感到事态的严重性，这一次恐怕在劫难逃了。马桂生的情绪直接影响到他的听力，唐兀台说十句话，没有一句落入他的耳朵里。

你叫什么名字？唐兀台说。

马桂生只管走自己的路，没听见唐兀台问他。

唐兀台又重复一遍，马桂生还是没有反应，唐兀台脸上的笑容消失了，他对旁边的乎格勒说，这人耳朵有毛病啊？

乎格勒说，那你还那么卖力地跟他说话呢。

唐兀台大声对马桂生说，你听见我问你话了吗？

你问我啊？马桂生的右耳前后抽动两下，你问我啥呀？

我问你，你叫什么名字？

你问我叫啥名字？我叫马桂生。

马鬼生？这也是名字？唐兀台的一口龅牙又龇出唇外，他对乎格勒说，汉人起个名字也这么不讲究，难不成这人是鬼生的？

马桂生觉得浑身都在往外冒汗，他把油篓挑子从右肩换到左肩，说，天天卖油，也没觉得油篓重，今儿是见鬼了，走得腿都酸了。你说我的名字啊？我的名字是我爹给起的，我娘生我那年是癸巳年，我爹算是老来得子。高兴得不行，就给我安顿了个癸生的名字，我爷爷说叫癸生不好听，改成桂生吧，就是桂花的桂，以后我就叫桂生了，你们不细听还真听不出是哪个桂来，让你们见笑了。

乎格勒嘴里嘟囔了一句，什么乱七八糟的。

唐兀台胸前的海螺号角来回晃荡着，晃得马桂生眼晕。

唐兀台说，你们汉人做事就是不着调，就说今年吧，我们可汗派了三千人给你们大明进贡御马，你们礼部的人愣说我们只去了两千人，你们朝廷说要把公主许配给我们太师的儿子，我们送去的贡马就是聘礼，可你们那个姓朱的皇帝连我们使臣的面儿都不见，更别说和亲的事了，根本就是在作弄我们嘛，按你们汉人的话说，这叫士可杀不可辱。

马桂生说，我不知道这些事情。

听了马桂生的话，唐兀台和乎格勒先是愣住了，互相对视一下，接着唐兀台哈哈大笑起来，乎格勒也笑了，但笑得拘谨，只是浅笑，没有发声。最后是唐兀台一个人的笑声，把骑马走在前面的伯颜元帅也惊动了，回过头来看他们俩。

唐兀台笑了半天，直到笑够了，才对马桂生说，你是不知道这些事，你不是皇帝你怎么能知道这些事？

唐兀台是个话痨，他不停地要跟新认识的马桂生交流见闻。他问马桂生，除了朝廷里的事情，你知不知道乎格勒两个月前是做什么的？

肯定是当兵的啰，我又不是傻子。马桂生说。

你还说你不是傻子呢？唐兀台指着胖子说，他在老家就是个放羊汉，每天给头人放三百只羊，不过他宰羊倒是把好手，他宰的羊少说也有百二十只了，所以他杀起人来也比我硬气多了……

唐兀台，你嘴上不要总是杀人杀人的，乎格勒打断唐兀台的话，我杀的人并不多，我一杀人，心口就怦怦怦直跳，杀两个人，喘气都难了，杀上三个人，连脑子都不是我自己的了……

<h1 style="text-align:center">五</h1>

杨浦寅时出门，本来是步行，半路上搭了一辆往京师运铜缸的四套马车，省了不少时间和体力，辰时就到城根了。

在杨浦眼里，京师的繁华，依旧是捂不住的。高挑了幌子的钱庄还在那里，阔绰的当铺还在那里，南货估衣瓷器茶庄青楼客栈的高高低低深入浅出的建筑还一排排竖在那里；街面上熙熙攘攘的是优哉游哉的员外爷，章台走马教坊逐花的公子哥，南来北往一脸风尘的走卒，倚门卖笑勾引无良的烟花女子，捻风弄月无病呻吟的文人骚客，还有掮筐推车的脚夫贩夫，街头耍把戏的艺人，还有行迹诡异的江湖侠客……琳琅满目的，来来往往的，并不比从前的汴梁城逊色多少。只是浮华与喧嚣之外，似乎还隐匿着一层叫人心情震荡的惊悸。从南董坊到澄清坊，从明照坊到保大坊，杨浦兜兜转转的样子既不像无所事事的闲汉，又不像采办货物的商贾，倒像是锦衣卫管包打听的眼线，他发现许多人都拿异样的目光瞥他，钩子一样瞥得他浑身肉疼。其实他又不招谁不惹谁，他只是支棱着耳朵想听听街谈巷议，偏偏说话的人瞥了他之后都扎住嘴不再吱声。即使如此，杨浦还是从人们惶恐不安的脸色上，众口一词的言谈上捕捉到从老爷那里未曾打探出来的内容，人们大抵是谈论一件事，京师就要被瓦剌人攻破了。在人们的口舌中，京师就像横亘在悬崖上的一辆马车，摇摇欲坠。许多人说得言之凿凿，仿佛瓦剌的大军已经在京师外面扎好营帐，布好弓弩，只等一声令下攻城掠寨了。

事实果真如此，京师早已乱作一团。一些官宦人家门户洞开，身穿短衣、头戴小帽的下人们跑进跑出，吆五喝六的。大小车辆满载箱笼柜笈，源源不断从一扇扇朱漆大门里涌出，咕噜咕噜地行走在各条大小胡同里，最后水流一样汇聚在通往正阳门的主街上。他们要去的地方并不确切，只知道是南方，反正越往南走越太平。倒是散落在里坊牌铺里的那些蓬门荜户，少有人跟着蹚这道浑水。虽然他们心里也一样惴惴着，一样心神不宁着，怕瓦剌人烧房子呀，怕瓦剌人杀头呀，怕瓦剌人欺侮妇人呀，但又琢磨，瓦剌人抢的是金银珠宝绫罗绸缎，杀的是守城的将士、有钱的王爷，欺负的是那些打扮入时又有姿色的达官贵人的小姐太太，他们这些草民布衣、贫贱婆妇，连吃饭都是有上顿没下顿，瓦剌人怎么会跟他们过不去呢？

杨浦虽是下人出身，但见识要比一般人高，他觉得坊间是访不出多少实质性内容的，于是三绕两绕来到大明门外，看到门里门外围了不少人，都是些穿朝服，系绅带，戴梁冠的文武大臣。大臣们看上去刚刚下朝，却不忙着回各自的衙署，而是干脆走出大明门，三五一群，扎个小圈，在那里嘈嘈切切谈论着什么。也有散朝后走人的，不时有官轿吱呀吱呀从杨浦身边经过，有跟班的大声呵斥杨浦不要挡道，甚至有个异轿的轿夫也嫌杨浦碍事，一把将杨浦推个趔趄。杨浦想骂一句狗仗人势，话到嘴边，又咽了回去。

有个穿绯色官袍，腰缠花犀带的文官指天画地说着什么，不时还拍一下手，好像说皇上怎么，翁父怎么，五十万怎么，死者三之一怎么。

有人抑制不住心中的愤懑，拍一下胸脯，朝地上啐一口唾沫说，翁父？呸，什么狗屁翁父？王振那狗贼，压根儿就是国家的罪臣。

很快有人把手伸向那个义愤之人，一边捂了那人的嘴巴，一边小声说着什么。

杨浦是个办事极认真的人，老爷吩咐他在街上多打听打听，然后去都察院右都御史陈镒家里送一封信。他怀里揣着那封信，却削尖脑袋想从这些穿公服的朝臣嘴里探听到更多的隐秘，这样就引起了别人的怀疑，那个指天画地的文官突然斜着眼看到杨浦那张陌生而衰老的面孔，立刻警觉起来，瞪着杨浦问，你是什么人，鬼头鬼脑的？

杨浦不愿承认自己的鬼头鬼脑，但又不知该怎么回答那人，想了想方说，小的是棋盘街悦来客栈的掌柜……

你一个做买卖的来皇城做什么？你以为撒谎不带脸红就能把人给蒙了？我早就看出来了，你是瓦剌人的奸细，来人哪。

那人大声呼唤大明门外挎刀的羽林卫或金吾卫。

那天，是都察院右都御史陈镒替杨善的家人杨浦解围的。陈镒与户科给事中王竑结伴走出大明门，正好看见杨浦被卫士们捉起来，要押往左阙门外的刑部审问。因为场面混乱，陈镒当时没认出是杨浦，但杨浦眼尖，大声喊他陈大人，陈大人，快来帮我说句话。

耳尖的王竑指了指杨浦，对陈镒说，这人你认得？

陈镒摇了摇头，我没印象，他肯定是认错人了。

说着话，两个人拱手道别，各往各的官轿停歇的地方走。

杨浦急了，声音都喊劈了，陈御史，前些日子我还给您送过月饼呢，您怎么就不认我了？我是大兴杨侍郎府上的杨浦啊……

陈镒想起来了，大约半个月前，他的好友杨善的确打发此人来给他送过五斤月饼，现在杨善生死未卜，这个家人无疑是来打探家主人消息的。

那个文官一听说老头儿是杨善的家人，就挥了挥手，让卫士们放了杨浦。他对杨浦说，你这人也是的，我问你是谁，你怎么撒谎呢？怕说出你是杨大人的家人丢脸哪？还悦来客栈的掌柜呢。

陈镒对杨浦说，老人家，你不在家里待着，跑皇城来做什么？你不看京师到处都乱糟糟的吗？过不几天，全国各地的军队就要进城了，到时候城门也要关闭。

杨浦说，陈老爷说得在理，我家老爷……

没等杨浦把话说完，陈镒叹息一声，说，如今是多事之秋，国家都危在旦夕了，覆巢之下岂有完卵？不要说是杨大人，就是当今圣上，据说也让瓦剌人活捉了，都是那个阉人捅的娄子。

杨浦吓了一跳。他没听杨善说过，这一趟北征连皇帝爷也折里面了，好在他家主人还活着，而且毫发无损，便说，大人您不必伤心，我家主人有封信要您过目。

陈镒睁大眼睛，一眨不眨盯着杨浦，用大拇指点着自己的鼻子，你说什么？你家主人给我的信？

六

再走一里路，你们就把我送到家了。

马桂生对两个一胖一瘦的骑兵感激不尽，他一边喘着粗气，一边说，过了前面那个递送所，就到瓮城了，进了瓮城是镇朔门，出了镇朔门往前走不远，是郭老六的郭记打铁铺，郭老六好显摆，大冬天也赤裸了膀子在铺子里打铁，整天叮叮当当烟熏火燎的，他的老婆就是让他叮叮当当敲来敲去给敲跑的，跟了个卖茶叶的南蛮子跑了。他家对面是王老五家的油坊，王老五的胡麻油里尽掺菜籽油，我最看不惯他作假了，我说过他不止一回，我说胡麻油里掺东西是要损人阳寿的，可他不听，他还说我是狗拿耗子多管闲事，这种人不值得我跟他计较。再往前走，是马东川的杂货铺，针头线脑麻纸夏布，凡是你想买的，他家都有，马东川做买卖有些年头了，挣了不少钱，就是人吝啬，一文钱都想掰作两半花，是个蚊子腿上剔肉的主儿。杂货铺南边是一家磨坊，四盘大青石磨从早转到晚，四头毛驴连轴转，卢瘸子隔不了仨月就给毛驴钉一回驴掌。挨过去是孙寡妇的馒头铺，牛本道的裁缝铺，还有黄半仙的算卦摊，再走，就到玉皇三清阁下边了，往东走是东大街，往西走是西大街，往南走是南街，你们站在三清阁下边，就能看见毕在寺，我家就住在毕在寺对过，你们有空来我家喝茶呀。

马桂生不是个好客之人。但在正统十四年八月十六日这天，马桂生因为对自己前程的忧虑，开始变得热情了，大方了，甚至有些低三下四地邀请两个看押他的瓦剌骑兵去他家做客。老话说得好，救人救到底，送佛送到西，瓦剌人都把他送到家门口了，不请人去家里坐坐，喝口茶，实在说不过去。

两个当兵的都嫌他嘴碎。

乎格勒不大开口说话，一把长长的马刀挂在马鞍上，鼓着腮帮子，皱着眉头。

唐兀台就比较直截了当，龅着一嘴黑牙说，你少说两句行不行？你哇啦哇啦说这么一大堆，有意思吗？你以为我们是送你回家的？别做梦了，太师让我们把你押送到伯颜元帅的营盘，给元帅当马夫。

马桂生起初没有任何反应，走得中规中矩，不知后来是意识到了什么，忽然急躁了，脸像泼了血。他一个卖麻油的怎么能给人当马夫呢？他的老婆，现在虽不会等他回去吃饭，但他心里不能不惦记她。他娶了个蒙古女人叫乌热尔娜。乌热尔娜模样长得不算好看，脸上还有几粒俏皮的苍蝇屎，但炕上的活儿却做得精致，把老实本分的马桂生调教得七窍只迷一窍。自从把乌热尔娜娶过门，马桂生出门卖油的路程缩短了一半，在油坊榨油的时间也缩短了一半，唯有在炕上睡觉的时间无限度地拖长了。没出半年，马桂生家的炕板儿塌了三回。只是苦了马桂生的身子骨，从早忙到晚，即使铁打的身子也吃不消。但马桂生吃得消，他天天精神抖擞出门卖油，天天不知疲倦在油坊里摇着木杠榨油，天天在乌热尔娜身上使蛮力，啪啪之声肆无忌惮。这样的日子对做了三十六年光棍儿的马桂生来说，快活得好比做了神仙。忽然有一天，马桂生出门没卖成油，让人押解回右玉林卫城，虽离家近在咫尺，却回不去，这让思妻心切的卖油郎情何以堪？

大军进城的时候，没有遇到任何抵抗，守城的明军早跑得不见踪迹，城里的百姓除了做生意的，剩下的多是些手无寸铁的庄稼汉。他们一年到头，为养家糊口累折腰杆，也不见朝廷赏赐过他们哪怕一斗米，一匹布。现在瓦剌人大兵压境，他们当然也没有必要与城池共存亡。

也先和赛刊王他们没有随伯颜进城，而是带着各自部落的兵马分别驻扎在杀胡堡、云阳堡、牛心山堡等周边较大的一些村落。分手的时候，也先叮嘱伯颜，看护好他们的猎物，只要猎物在手，他们就算是卡住了大明王朝的七寸，稍一用力，连几百里之外的京师都要地动山摇。伯颜知道也先所指的猎物是什么，但他对也先的观点并不认同，他隐约觉得，朱祁镇并非是一只秀色可餐的猎物，而是一只烫手的山芋。

第一个看见瓦剌骑兵进城的，不是右玉林卫的里长牛泉，也不是坐在守铺里打盹儿的更夫，而是那个打铁的郭老六。满面烟火色的郭老六，在铁匠铺里一手执锤，一手执钳，叮叮叮敲打一把镢头，他的儿子拉柱啪嗒啪嗒抽拉着风匣杆。炉火把郭老六一张四方脸晃得油亮油亮的。

郭老六的铁匠铺只有三面围墙和一个顶棚，临街的一面没有墙壁也没有窗户，经年的炉火把房屋熏得黑黢黢的。郭老六尿脬小，打一会儿铁就要去外面撒一泡尿。他不在铁匠铺旁边尿，每次都绕到院墙北侧的胡麻地里，那块地是十王庙街武舍人家的，郭老六把那块地灌溉得臭气熏天，他一年四季的生尿和生粪都堆积在那里了。武舍人的胡麻长势并不怎么样，尤其是临近地头的那片几乎颗粒无收，有的地方被同一双鞋子踩瓷实了，有的地方嫩苗都让尿液烧死了，有的地方就是一摊又一摊发黑发臭的已经干结的粪便。

武舍人知道铁匠没有种地，铁匠挣了钱都和儿子吃喝光了，从没想过要置买土地。所以就不知道种地的辛苦。武舍人本不想跟一个打铁的一般见识，但耐不住老婆天天磨叨，就去找郭老六谈心，无非是让郭老六把屎尿都集中在一个小地方，哪怕在他武舍人地头挖个茅坑也行，只要不把整片地头都祸害了，他家的长工每年秋天进地里收割胡麻，都没法下脚。

郭老六没有给武舍人这个不速之客让座，再说他的铁匠铺里连个干净一点的板凳都没有，到处沉积着炭面儿和铁屑。听了武舍人的磨叨，郭老六已经不耐烦了，他的脑袋摇得跟拨浪鼓一样，他睁着眼睛在装糊涂，他说人常说，肥水不流外人田，我的尿金贵哩，我怎么舍得把尿排在你武舍人家的地里？你又没给我掏粪钱，我把尿都尿在自家茅厕里了，不信你进我家茅厕看看有没有新屎新尿。

当然，武舍人是不会去郭老六的茅厕鉴别屎尿成色新旧的，他只是想跟铁匠谈谈做人做事的道理。既然铁匠不承认是他在搞破坏，也就没办法摁着铁匠的脑袋逼他承认了，谁让自己没抓住铁匠的把柄呢？这样，郭老六的屎尿依旧天天侵略武舍人的胡麻地，而且不在一个地方，他嫌尿过屙过的地方脏。

那天，郭老六发现他的尿液呈琥珀色，泛着雪白的泡沫，还有股清洌的酒香味儿，他伸出一根指头在尿线上蘸了一点点，搁在舌头上慢慢咂摸，是有股子烧酒味。他正琢磨着该不该找只碗把尿收集起来，就看见镇朔门外沙尘飞扬，又听见马蹄声犹如他的铁锤不停地落在铁砧上，他冲着铁匠铺喊他儿子，拉柱拉柱，把火灭了，风沙要来了。

他一边系裤子，一边往铁匠铺跑，有几脚正好踩在屎盘子上。

最终，风沙没有来，来了一队打了胜仗的瓦剌骑兵。骑兵们披着盔甲，背着弓壶弓箭，挎着乌兹钢打造的马刀或腰刀，浩浩荡荡拥进右玉林卫的北城门，就像一群外出狩猎归来的猎户。所过之处，留下一层经久不散的味道。他们用绳子拴着他们捕获的两足猎物，那些猎物看上去并不悲哀，也不丧气，他们优哉游哉地坐在一辆辆三套或四套的武刚车上，屁股下面是他们从京城三大营拉出来的大炮和火铳，大炮和火铳连同他们一起做了瓦剌人的俘虏。他们看上去不像是一群任人宰割的羔羊，倒像是去赶集的农夫。他们不住地交头接耳，有时为了辩论一个微不足道的伪命题，竟然争得唾沫四溅，面红耳赤。当然，他们只代表绝少部分俘虏，大部分俘虏都在用脚行走，走得磕磕绊绊踉踉跄跄。有时候，后面押送他们的士兵的马蹄就要踢到他们后脚跟了。这些俘虏大都披着战服，戴着头盔，扎着护脖，穿着马甲，裹着铁叶护膝，外面罩着缝缀了铁片的衣锦，铠甲上绣了盘龙，只是这样的铠甲上面，不是沾着血迹，就是沾着泥土。他们没有骑马，或者说他们原来的坐骑要么被瓦剌兵杀了，要么就像他们一样被俘虏了，他们只好徒步走路，走得七零八落。从土木堡到右玉林卫的一条时断时续的驿道上，到处散落着俘虏们被腰斩后的残缺不全的尸体，斩杀的理由一般都是走路太慢。那条绵长而弯曲的驿道，变成露天的坟场。瓦剌兵骑在马上，总感觉视线下方那些双脚行走的明军，都有拖延时间的嫌疑，按太师也先的指示，凡有不听指挥的俘虏，一律格杀勿论。

伯颜却不喜欢杀无辜之人，他信佛。

伯颜骑一匹高头大马，整个马呈黑红色，但马面上有一圈白毛，巴掌一样，像故意画了上去，工整而形状别致，是一匹地道的的卢马。

伯颜逐渐脱离了也先的陪伴，他与那个骑骆驼的朱祁镇攀谈了一路，谈得口干舌燥。伯颜的汉话虽有些生硬，倒还算流利，但他还是打算给朱祁镇找个会说汉话又会喀尔喀话的人做翻译。他很快从俘虏里找到一个叫哈铭的蒙古人。哈铭在大明那边的官职就是通事。但伯颜不用哈铭翻译，他只是给朱祁镇预备着，他称呼朱祁镇圣上，朱祁镇称他为将军。

现在，伯颜周围的人都知道圣上是谁了，他们谁都知道圣上就是大明朝的皇帝朱祁镇。

伯颜话长，朱祁镇话短；伯颜说十句，朱祁镇顶多也就两三句，而且这两三句都是以诘问或回复的形式出现，显得伯颜有点婆婆妈妈，而朱祁镇又太过不明事理。

七

都察院右都御史陈镒没敢在大明门前细问杨浦究竟，他一边往轿里钻，一边头也不回地吩咐杨浦，什么都甭说，随我的轿子走。

陈镒那天没去都察院办公，直接回到位于前门大街的府邸。

一个穿宝蓝色盘领衣的门公，看到老爷的轿子吱呀吱呀抬回来了，赶紧从台阶上一溜小跑，过来挑轿帘。

陈镒提挈着袍襟，下了轿，对轿后紧跟着的杨浦说，你随我来，我有话问你。

陈镒的府邸是三进院。中间甬道两侧栽了两行梧桐树，叶大如拳。在中院的一间耳房里，陈镒把门关上，面色凝重地咳嗽一声，转身眯着眼上下打量杨浦。

杨浦被陈镒的眼神吓着了，陈……陈大人，老汉是送信的……

甭蒙人了，送你个头。

陈镒说话不客气，他才不信杨浦的鬼话呢，这种人他在官场上见多了，只是不知道连老友的一个家人都想编一串瞎话骗他，他有些不寒而栗。你给我老老实实说，谁打发你来诓我的？不说实话，我会让人给你这老头儿松松筋骨的。

杨浦忙说，别价呀，老汉我一个下人，哪敢欺骗陈大人您呢，是我家老爷让我给您送信的……

说着话，杨浦哆嗦着手，从斜襟内摸出一封信。

陈镒倒吸一口凉气，瞟了一眼信的封套，上面没有字，又看了看杨浦的神色，嘴里不禁喃喃道，天可怜见，杨公逢凶化吉了？

第
二
章

卖油郎充军

一

马桂生看见他家街门口的老榆树了，他兴奋地对那个三搭头的唐兀台说，那棵树我小时候就长成那样了，我爷爷说那棵树少说也有两百岁了，我记得我娘在世那阵儿，每到春四月，榆钱儿开满枝头，我娘会把鲜嫩的榆钱儿摘下来，搅和面粉和咸盐，在笼屉里蒸熟，说那叫块垒，再用胡麻油炝上葱花儿一炒，那叫一个香啊……至今，回想起来都能呷摸出那股味道来，可惜我娘十多年前就死了。

马桂生对乎格勒说，我越看你越像一个人了，是我们城里开生药铺的葛掌柜，你看见没有，那就是葛掌柜的生药铺。

乎格勒说，别啰唆，快走。

马桂生紧走两步，接着说，我们这座城啊，一共有四大街八小巷七十二条蛐蜒巷，我家住在东大街上，我二叔住在辘轳把巷，我跟我二叔老死不相往来。有一年，我二叔问我爹借过二斗荞麦，说好了年底还，可到了秋天，我爹死了，安顿我爹发丧那几天，二叔连面儿都不照一下，直到出殡那天才晃悠进我家。挨到年底，我二叔再不提二斗荞麦的事。我娘告诉我，二叔这人不能交往，还是个读书人呢……

右玉林卫的乡亲听说鞑子兵进城了，家家门户紧闭，插了门闩不算，又顶了一根木杠。男人女人齐上阵，把那些平时不用的石碾、石夯、石碌碡都往街门口堆。事实上，乡民们所做的种种努力都属徒劳，他们的院墙太矮，骑在马背上的瓦剌兵，不用踮脚都能把院里的一切看得清清楚楚，他们甚至看见有一家父子三人，使出吃奶的劲儿，低声喊着号子，合抬一扇青石磨去堵街门。瓦剌兵从后背上取下弓箭，瞄都不瞄，张弓搭箭，弓弦铮一声响，一支雕翎箭把三个抬磨盘的男人穿成一串血葫芦。

士兵们纵马越过矮墙，如履平地般进入那些早有防备又不堪一击的院落。许多人家的门户就是在士兵们的恐吓声中被主人亲手打开的，院子里顿时响起女人被羞辱时的尖叫和男人痛苦的求饶。

马桂生旗杆似的戳在三清阁下面的十字街口，一股风扬起一蓬尘土，把他和他的两只油篓都淹没了。

马桂生不想往前走，也不想往后退，他就想找个地缝钻进去。他不怕瓦剌兵用刀砍他，他就怕城里人千夫所指说是他把瓦剌兵带进来的，满城血雨腥风都是他造成的。

乎格勒用长长的刀背拍了他一下，他像个失去魂魄的躯壳，木然行走在被军队塞得满满的又被哭声喊声狞笑声聒噪得乱七八糟的大街上。

马桂生原以为这些瓦剌兵折腾一阵后就会撤走，他哪想到这支部队竟然赖着不走了，要在城里安营扎寨呢。这让马桂生不由地想到邻居家的那只癞皮狗，每到饭点，就赖在他家院里不走。只是狗还懂得摇尾巴，瓦剌人却不像是来做客，倒像是要吃人。

伯颜已经穿过牌楼，跨过石拱桥，站在毕在寺的山门外面。

伯颜身材很伟岸，但他仍然需要抬头仰望山门，他是在端详山门上的一块金字匾。伯颜对身后仍骑坐在骆驼背上的朱祁镇说，这字写得还算不错，米南宫体，出手干净，不过比起圣上您来，可就差远了。记得有一年，圣上在未央宫赏赐过微臣一幅字，那字写得真叫个好。

骑在驼峰之间的朱祁镇满脸风尘之色，他张开嘴，也端详那块匾，说，惭愧，苟活二十余年，治国无方，书道也不精。

那个骑毛驴戴高帽的圆脸年轻人倒是笑得蛮开心，接过话说，依奴才说呀，这写字可不是皇上的强项，米南宫有言，字要骨格，肉须裹筋，奴才虽没见识过伯颜元帅的字，但元帅的气势好似大风起兮云飞扬，想必元帅的书道也一定在颜、柳之上呀。

伯颜冷冷一哂，指头点着那人的帽子说，喜宁，怪不得圣上把你当作心腹呢，你这张嘴呀，奉承别人还行，可我不待见。

喜宁脸一红，僵在一边。

伯颜让人把朱祁镇搀扶下骆驼，转脸吩咐一个士兵把远处站着的马桂生喊过去，要马桂生把马和骆驼，还有喜宁骑过的那头毛驴都牵走。马桂生有些为难，他挑着一对装满胡麻油的油篓，不方便去牵牲口，他只好一手攥着扁担，另一只手去拉马、骆驼和毛驴的缰绳。马和骆驼还有那头毛驴都不听他使唤，骆驼看都不看他一眼，像个掉光牙齿的老人，嘴巴不停地嚼东西；那匹马，脖子一扭，打一个响鼻，躲开他伸过去的手；毛驴则一股劲朝后退，忽然又嗷嗷地叫起来。

伯颜皱了皱眉头，示意马桂生把油挑子放下。

马桂生没有明白伯颜的意思，他把扁担从左肩换到右肩，有一只油篓不小心蹭到伯颜的战袍上了，伯颜再一次皱了皱眉头。

这一次伯颜皱眉头有了效果，呼啦一下拥来三四个瓦剌兵，他们把扁担从马桂生肩上操走了，把两只油篓踢倒——亏了油篓的盖子压得严实，否则黑乎乎的胡麻油会漫流一地，而他的扁担也被扔得远远的。他们反拧了马桂生的双臂，并在他后腿弯处端了两脚，马桂生扑通一声跪在伯颜脚前，几把透着寒气的腰刀搁在他后脖颈上。

马桂生被这一连串的动作整晕了，等他明白过来，已经来不及了。他使劲扭动着脖子寻找他的两只油篓，有人在他脸上一左一右抽了两巴掌，他的两只眼睛都冒起了金星。

正统十四年八月十六那天，卖油郎马桂生没卖成油，早上挑了一百斤胡麻油出门，中午又把一百斤胡麻油挑了回来。表面看，对马桂生来说，除了麻油没卖成，似乎也没损失什么，但结果并非如此，马桂生虽然跟随瓦剌大军回到了右玉林卫，但他连人带油都被充军了。

二

正统年间，右玉林卫兴起建庙风潮，周长九里八分的城池，忽然间冒出许多香火缭绕的庙宇，除东门外崇岗山上的风云雷雨坛，北门外的郡厉坛外，单在城里就有西街的城隍庙，粮府署旁的慈真寺，仓街的关帝庙和接引寺，东大街的老爷庙、元帝庙、文庙和两座财神庙，还有毕在寺隔壁的玄帝庙，玄帝庙东边的关帝庙，邓家巷的尽忠庙和真武庙，西唐氏巷的广善寺，南关的马王庙和北岳庙，东学巷的古峰庵，西学巷南口的药王庙和潮音寺，西街的瘟神庙，城东北隅的三官庙，三清阁北的天荨庙，官厅街的观音庙和善里寺，洪福街的洪福寺，二道巷的二郎庙，还有东瓮城内的东岳庙，西瓮城内的老君庙……这么说吧，只要有街就有寺，只要有巷就有庙，庙里倒不一定有和尚有尼姑住持，但山门照例是森严的，庙廊照例是高耸的，不要说伯颜带来的这点骑兵和俘虏，就是把也先的中路大军都拉进来，也不愁找不到住的地方。

伯颜把朱祁镇安置在毕在寺内。

那天，毕在寺的和尚正做华严法会，一天一卷经文，已经念了好多天，还剩八天。方丈释静师父盘膝坐在大雄宝殿的蒲团上，边敲木鱼边诵经文，两撇如同柳丝一样飘拂的白眉，从眉棱骨垂下，奔拉在释静的颧骨上，显出别样的仙风道骨。

释静身后是二三十个小和尚。

小和尚们的僧袍脏兮兮的，脸也脏兮兮的，脑袋却无一例外明亮而干净。他们在方丈身后凌乱地念着经文，他们都跪着，面前各有一卷经书，念得七高八低。

小和尚旁边还坐着一些虔诚的居士，有男有女。他们念经的姿态和声音都压过了和尚们，有时候方丈需要重重地摇一摇法铃，然后再大声咳嗽一下，居士们才略微有所收敛。只是随着经文的逐步深入，居士们往往又要喧宾夺主，如夏日里蝉鸣大噪。

就是这时候，瓦剌兵如溃坝的洪水，涌进毕在寺。肃穆的毕在寺内，顿时风声鹤唳。

　　和尚们的耳朵比居士们要尖，他们听见外面的动静有别于寻常，甚至分得清密集的马蹄在前院的方砖上疯狂地叩击。他们以为是土匪来打劫了，他们连经书都不要了，连跟方丈打声招呼都来不及，吓得乱纷纷地抱头鼠窜。这个往东跑，那个往西跑，乒乒乓乓撞在一起。

　　居士们的逃法也不得要领，有藏在佛祖后面的，有躲在香案下面的，还有立在门后瑟瑟发抖的，他们以为外面的乱兵很快就会走掉，不就是抢点东西嘛，躲一时就等于躲了一世。

　　只有方丈释静坐在蒲团上，起了皱的一只枯手仍卖力地敲着木鱼，诵经声倒是小了不少，眼眉低垂，耳朵支棱着，谛听外面的动静。直到有一把刀，在他胸前一捅，他才烫着似的跳起来，嘴里道着佛号，吃惊地看着那个用刀捅他的瓦剌兵。

　　瓦剌兵大声恐吓他，要他马上退出大殿。

　　他看了看身前身后，徒弟们跑得一个不剩，只有佛祖在莲台之上忧栗地看着他。他心里暗叹一声，赶紧走出大雄宝殿。

　　大殿外面，骑在马背上的瓦剌兵虎视着从大殿里最后一个被驱赶出来的老和尚。老和尚仍然低着眉，缩着肩膀，从马腹之间，匆忙向前院走去。释静连方丈室都不敢回去，裹挟在一群和尚居士中间，狼狈逃出山门。

按理说，十二亩地大的毕在寺，有钟楼有鼓楼有藏经阁，有地藏殿有天王殿还有前殿和大雄宝殿，此外还有东西两排廊房，还有斋堂和曲径处的禅房，每一间房大都是青砖灰瓦卷棚顶格式，不像营帐那样逼仄单薄，遇一股沙尘暴，连人带帐都给卷飞了。可伯颜元帅却选择住毡子搭成的营帐。他把营帐支在前殿的前边，把朱祁镇和那个叫喜宁的年轻人安顿进后院的大雄宝殿，他让人从东院的方丈室搬来一张檀香木罗汉床，从西院的西堂室搬来一张花梨木床，也一并送进大雄宝殿。在帐篷里伯颜元帅自己却睡在用木头搭成的一块平台上，上面铺了厚厚的几条毛毡。

殿内经幡飘拂，香烟缭绕，几支大白蜡淌着黏稠的烛液。分别摆放在大殿两侧的两张床，床头漆面已经脱落，但床身还算结实。朱祁镇睡的是罗汉床，喜宁睡的是花梨木床。另有一张八仙桌，桌上摆着几样东西，青花瓷香薰，一只团花纹瓷茶壶，两只白釉龙纹瓷碗，一块茶饼，一个火镰，一沓纸煤儿，几支蜡烛。

门外有四个士兵轮流看守。

朱祁镇很清楚他现在的处境，他不得要领地仰望结构巧妙的大殿梁柱，想象在京师天牢里的感觉也莫过于此。

三

伯颜明知道他在这个陌生的城池里是不受欢迎的人，

他像瘟神一样给满城百姓带来了灾难，他一边在心里吟诵经文为那些无辜死去的亡灵超度，一边固执地相信没有人会把这一场兵燹之祸与一个叫伯颜帖木儿的瓦剌人联系在一起。但是，已经有人来到毕在寺山门外口口声声说要面见他了。伯颜当时就是一愣。

山门外要面见伯颜的是两个汉族老头儿。头上扎一个四方平定巾，穿一件麻布直裰的，是马桂生的二叔马连成；头戴六瓣小帽，穿一件葛布曳撒的，是里长牛泉的老爹牛百盛。他们在右玉林卫是数得着的名人，是仅有的两个进学生员。他们两个当然不知道伯颜的名姓，只是说要找瓦剌兵的最高长官，而门口的侍卫自然把最高长官这个称呼安置在伯颜的头上。

其实，想要见伯颜并非那么容易，毕在寺门口的侍卫先是用声音恐吓两个老头儿，不准他们靠近山门半步。但两个老头儿执拗得很，好像已经置生死于度外了，他们倚老卖老地往山门前靠拢，一边又觍着脸求侍卫向庙里的长官通禀通禀。侍卫见恐吓不起作用，干脆从刀鞘里抽出长刀，刀尖抵在两个老头儿的胸脯上，说，再不走开，就扎进去了。牛百盛的声音很高，指了指身后乱糟糟的一大片民宅，大声说，你们听听，女人们都在哭，娃娃们都在哭，男人们也都在哭，你们还让不让人活了？假如你们是来屠城的，我们就引颈受戮，你们若是有点善念，就让他们罢手吧，得饶人处且饶人，不为今生且为来世积点阴德吧。

侍卫本来是可以把刀尖扎进两个老头儿肚子里的，但其中一个侍卫觉得杀死两个老头儿未免胜之不武，就临时起意，替老头儿们通禀给伯颜。

这个过程很长，不知是报信的侍卫故意拖延时间，还是伯颜确实有事，一时半会儿顾不上决定见与不见。反正过了好一阵儿，马连成才看到那个侍卫走了出来，说你们跟我来。

那天，马连成和牛百盛两个老汉跟着那个侍卫一直进了毕在寺的中院，看见一顶帐篷前站着一个身材魁梧的鞑子。知道是他们要见的最高长官，马连成拽着牛百盛的手，扑通给伯颜跪下了，说，长官啊，你怎么这阵儿才肯见我们哪？城里的女人都快给你的手下糟蹋光了。

牛百盛像一只猴子那样渺小，手里怪模怪样地握一卷《太上感应篇》，说话如同跟人吵架，嗡嗡嗡的。牛百盛说，祸福无门，唯人自召，善恶之报，如影随形；古人有云，儒家君子，尚离庖厨，见其生不忍其死，闻其声不食其肉。何况人异乎？

伯颜在同样乱糟糟的毕在寺的前院接待了两个不速之客。他听了半天，方才明白两个老头儿的来意，是来为民请命的。他便肃然起敬，很认真地再次倾听了那个头上扎一个四方平定巾的马连成的慷慨陈词，然后不假思索就下了一道命令，所有士兵停止骚扰百姓，以牌子为单位，入驻城里的大小庙宇衙署学堂，伙食自备。

马连成和牛百盛，两个七十多岁的老头儿，原本是抱着必死之心误打误撞进了毕在寺见到伯颜的，依他们的判断，这些鞑子兵未必肯答应他们的要求，即使能够被他们说动，估计也不是三言两语的事情，万没想到伯颜答应得很痛快。两个老汉走出毕在寺时，马连成对牛百盛说，还别说，盗亦有道啊。

四

马夫马桂生住在东廊房最北边一间，他和几个瓦剌兵住在一块，倒也显不出他的地位低贱。唐兀台向他传达伯颜的命令，一是在寺内不准随便打听瓦剌军情，二是出门放马挑水时不准与汉人过多接触，三是除了放马挑水不准无故外出。

马桂生在毕在寺吃的第一顿饭不是在家里天天吃的莜面拿糕和子饭，而是一坨羊肉，一碗马奶。马桂生平时精打细算过日子，即使逢年过节也难得沾一次荤腥，他对羊肉倒不抵触，就是闻不得那股马奶的腥膻味。他蹲在廊房檐下，一边用力啃骨头上的瘦肉，一边盯着脚前那碗泛了油皮的白花花的马奶，直到把羊肉啃得仅剩下几根骨头，一碗马奶仍纹丝未动。他端起碗，闻了闻，实在咽不下去，想偷偷泼在院里，又怕被瓦剌兵发现来找他的麻烦。

桂生，有个女人从斋堂里出来，对马桂生说，桂生，你怎么也在这里吃饭？

女人的声音又细又嗲，听声辨音，马桂生不抬头都能猜得出那女人是谁，是十王庙街酿酒的范金宝的婆娘。范金宝人瘦且黑，他婆娘却又白又胖，两个人站一块儿，很难看出是两口子。

马桂生看见范金宝的女人怀里抱着柴火，站在西厢房房檐下，脸上似笑非笑地看他，也感到挺意外，咦，是你呀？你也在这里帮人家干活儿？我以为和尚们跑了，释静长老也给撵跑了，毕在寺就剩我一个本地人了。

范金宝的婆娘叫刘翠枝，那女人没生过娃娃，腰却粗，脸上的肉紧，虽三十好几的人了，看上去色相还算完整。在右玉林卫，这个女人的刀子嘴是挺有名的，马桂生很少跟她过话。

女人眼眉耷拉下来，轻手轻脚走到马桂生跟前，低声说，人在家中坐，祸从天上来，早上就觉得左眼皮直跳，心口忽忽，原以为是没吃饭，饿的，哪想到这伙害人精要来呀，不问青红皂白，把人抓来给他们做饭，做就做吧，还动手动脚的，简直是一帮畜生。

马桂生惊愕地看着刘翠枝，忽然想到他家里的那个叫乌热尔娜的女人。乌热尔娜的娘家原来在玉林卫。春天的时候，朝廷把玉林卫撤了，一座城让人拆成废墟，那时还不是老丈人和老丈母的老两口没地方去，只好带着待字闺中的女儿，跟随玉林卫的砖瓦檩梁迁徙到右卫城。右卫城也不好找落脚地方，找来找去就相中了吃苦耐劳的马桂生做姑爷。马桂生现在是伯颜的马夫，他虽不知道伯颜的官职有多大，但看伯颜身边簇拥的侍卫，就知道不是一个等闲之辈，可不管伯颜在这支队伍里怎样春风得意，他马桂生只是一只蝼蚁，或者连蝼蚁都不如，谁又在乎乌热尔娜是伯颜马夫的婆娘呢？说不定乌热尔娜也像范金宝的婆娘那样，已经被大军征用做了伙夫。

你看没看见我家那口子？马桂生问刘翠枝。

刘翠枝摇摇头，说，见倒没见，估计也闲不在家里，他们把城里的女人都赶到兵营里做饭了，谁不愿意，一刀剁了。

马桂生脖子一凉，恍惚间，听见山门外传来孩子们的聒噪：大轱辘车白马拉，里头坐个小腌臜，腌臜腌臜去哪呀，二道河湾拜亲家，拜完亲家回我家，馄子馍馍奶子茶，吃完饭打西瓜，红瓢瓢黑籽籽，嘎嘣牙碴碴籽籽……

这个时候，也只有孩子们心无旁骛地玩闹着。

第三章

落地凤凰不如鸡

一

不知从哪一天开始，京师由混乱状态慢慢过渡到忙乱状态。混乱是心理因素造成，忙乱是人为因素造成，这让过惯恬淡日子的京城人颇感不适。他们在杂七杂八吵吵闹闹的茶肆里，在水渍斑驳辘轳乱摇的方井边，在解惑算命预知前程的卦摊前，在高吊香饮子招牌或出售香烛纸扎的店铺里，在久住牛员外家的旅店内，甚至在挂有斤六十足价牌的羊肉铺里，到处谈论军队调遣的小道消息。他们说某王爷以前跟皇上尿不到一个夜壶里，这回得到郕王御旨，让他带亲兵进京了，郕王也是的，甭把大明朝的老本儿都折进去；他们说应天府的备操军来了，就扎在景山脚下；他们说瓦剌人浑身长刺，头大如斗，几百斤的大斧子舞动起来就跟玩儿似的，朝廷没办法，发出十万火急的勤王令，就连南直隶的备倭军都招了回来，要跟瓦剌兵决一雌雄……

大战在即，大家都没法淡定，有人后悔没有提前躲出京城，这下好了，等着挨瓦剌兵的开山斧吧。也有人一脸不屑，舌头比石头都硬，瞧你们吹得倒玄乎，嘛事儿没有，咱一平头百姓，鞑子兵跟咱过不着话。

耳朵长在每个人脑袋上，有听歪的，有听正的，都说小道消息，不足为信，但几乎所有人，还是有了紧迫感。他们在做饭的时候，尽量把面缸里仅剩的一点白面都挖出来，切面条吃，蒸白馍吃，炸麻花吃，哪怕是寅吃卯粮呢，总比让瓦剌兵抢了好。

夜里刮了一场大风，风把街巷里的柳树槐树榆树上逐渐枯黄的树叶吹落一地。天亮以后，一群不为世事所累的鸽子，悠扬地在紫禁城上空鸣着鸽哨。

杨善的官轿很早就出现在京师的东城门外。那时，天刚蒙蒙亮，城门口聚集了黑压压一圈子人，大多是从乡下进城的老乡。扎儒巾的，扎软巾的，扎诸葛巾的，不一而足。也有像杨善这样因某件事滞留城外的官员，他们把对时事的忧虑分解在交头接耳的议论里，只是声音不是很大。更多的人默不作声，一边估算开城门的时间，一边从褡裢里摸索出干粮充饥。若是往常，这个时候，城门早该开了，一般都是寅时五刻，开禁通行；戌时五刻，禁止出行。可能是形势所迫，晨钟虽响，守城的官兵却迟迟未见开启城门。

杨善在轿子里坐久了，慢慢有了睡意，他倚着轿梁打起瞌睡。

杨大人，别来无恙啊？

在杨善的官轿前，有一个穿麒麟袍却没有戴乌纱帽的官员向他拱拱手，他不看则已，一看吓了一跳，原来是监察御史张洪。他连忙从轿里钻出来，向张洪深施一礼，说，张大人，下官在轿内打盹，没有看到大人也要进城，还望见谅，您怎么是这副打扮哪？

杨善看到张洪隐在袖子里的一只手提着前襟，另一只手挎了一个柳条筐，身旁既无车马，又无随从，那样子分明是被强人打劫了。杨善就想，朗朗乾坤，天子脚下，竟然还有人敢劫监察御史的？真把不发威的老虎当作病猫了。

却见张洪叹息一声，从柳条筐里提溜出一颗血淋淋的人头，他指着那颗人头对杨善说，杨大人，你认不认得这颗狗头？对了，阉人王振，就是这个狗太监，把大明朝五十万大军葬送在土木堡，太师英国公张辅死了，泰宁侯陈瀛死了，驸马都督井源死了，平乡伯陈怀、襄城伯李珍、遂安伯陈埙、修武伯沈荣、户部尚书王佐、兵部尚书邝埜、吏部左侍郎曹鼐都他娘的死了，只有你杨大人还活得好好的……

杨善的脸吓绿了，他想替自己争辩几句，舌头却短了，一句囫囵话都说不出口，正急呢，激灵一下醒了，惊出一身冷汗。敢情是个梦，得亏了是个梦。但梦又真实得怕人，这个监察御史张洪，估计也凶多吉少。

他问前面的轿夫，城门还没开吗？

轿夫说，老爷，城门倒是开了，城里的要出来，城外的要进去，都扎成堆了。

杨善嘴上说，不急不急。心里却又咯噔一下，土木堡一战，并不是明军实力不济，而是指挥无方，一听说瓦剌兵杀来了，后面的明军要往前冲，前面的明军要后退，乱哄哄地挤成疙瘩，瓦剌兵趁势杀奔而来，收割庄稼似的把一颗颗明军的人头砍掉了，他眼睁睁看着兵部尚书邝埜的脑袋呼一下从腔子上被一口马刀削掉了，落在地上，打了几个滚儿……

二

正统十四年八月，朱祁镇变成一只落地凤凰。

光线黯淡的大雄宝殿，不期而然地代替了朱祁镇雍容华贵的乾清宫。结跏趺坐的释迦牟尼佛冷眼打量这个落魄的却依旧器宇轩昂的朱祁镇，四目交织，难分高下。一个是佛，一个是天子，他们以同一屋檐下的方式，邂逅在毕在寺的大雄宝殿。佛祖旁边的迦叶和阿难两个尊者，一如往常那样恭谨；倒是眉心有颗黑痣的喜宁公公抽了抽鼻子，他闻到一股霉味，那股霉味是从大殿的每一处空间和神像上散发出来的。

喜宁看到殿顶的梁柱间结了密密的蛛网，就连佛祖身上都附着了一层细细的尘土，他想毕在寺的和尚也太懒了，除了念经化缘点灯布施外，就挑不出哪怕一点点时间，打扫一下大殿？

喜宁在大殿里转了一圈，不安地注视着大殿里的每个角落，直到确信没有隐藏什么不干净的东西，才把目光停留在闭目打坐的朱祁镇脸上。

喜宁说，皇上，这下好了，咱们在这儿可以睡个囫囵觉了，比起您的乾清宫，是差了不少，可比起咱们在路上受的罪，又好了不少。

坐在罗汉床上闭目养神的朱祁镇叹息一声，受一点罪也没什么不好，想一想那些死去的大臣和士兵，朕的心都在滴血。

喜宁本来很轻松的神态经朱祁镇这么一说也变得压抑了不少，他对朱祁镇说，皇上，人死不能复生，大臣们为国尽忠，死得其所，想来他们在那边也不会埋怨您的，凡事要想开一点，既然事情已经到了这种地步，就应该随遇而安……

朱祁镇直摇头，事情本不该如此，是朕一意孤行才导致现在这种局面。

喜宁面向朱祁镇发了一阵呆，然后就走向大殿的门口，隔着门缝往外看，他的目光被挤压成窄窄的一条。他看到外面也有一双眼睛正贴在门缝里与他对视。

喜宁吓了一跳，向后跌坐在地上。

门外的瓦剌兵用脚踢了一下庙门，说，看什么看？

朱祁镇蓦然睁开双眼，他对喜宁说，你坐在地上干什么？快找找看，有没有马桶？

喜宁从地上爬起来，拍了拍屁股上的土，说，您是要出恭哪？这是佛殿，哪里来的马桶？

朱祁镇着急道，那可怎么办？

喜宁说，我问问他们，看让不让您出去方便。

如果在紫禁城，朱祁镇无须走出乾清宫的暖阁，他在宏阔的乾清宫里，既可以接见臣子，处理杂务，也可以足不出户就达到出恭入敬的目的。每次出恭，身边都有三四个宫人伺候，有拿衬布的，有拿手纸的，有提马桶的，也有专门等着给擦屁股的，等着给整理龙袍的。那时候，先生王振是没有瞻仰他出恭义务的，倒是眼前这个随遇而安的喜宁公公是专门负责给朱祁镇解裤带和系裤带的。朱祁镇坐的马桶是檀香木做的，像一只伺机捕食的老虎，他坐在马桶上，从来没有感觉到不适，比方被那些宫女太监眼巴巴看着，比方他便出来的脏物会不会熏着他，他只是习惯了马桶散发出的檀香与松香的滋味，直到有人帮他把屁股擦干净，喜宁公公帮他把龙裤系好，太监们把马桶用黄布裹严实了，埋着头异出乾清宫。那个挺招人烦的史官，竟然在他出恭的时候也不停地挥毫记录，也不怕记出什么幺蛾子来。而眼下呢，这座阴森森的大雄宝殿，让朱祁镇把不断袭来的便意又一次次憋了回去。

喜宁隔着门缝与外面的瓦剌兵套近乎，他觉得准不准许皇上去外面出恭的事情不是三言两语能够交涉清楚的，他想与外面看押他们的瓦剌兵搞好关系，为以后他和皇上的出恭铺平路子，所以他兜着圈子说一些不咸不淡的废话。看样子他一点都不为朱祁镇的大便着急，直到朱祁镇自己走到门前，用手拍打着门板朝外面喊，快去，我要见你们的元帅伯颜。

伯颜以为朱祁镇出什么事了，急急忙忙从中院跑来，命人把殿门打开，脸憋得通红的朱祁镇顾不上向伯颜解释，问明白茅厕的方位，就捂着肚子向前院跑去。朱祁镇跑得并不快，快要拉裤裆的时候，往往伴随着小腹的阵痛。朱祁镇咬着牙在前面一溜小跑，后面跟着捧着手纸的喜宁，还有两个负责看守的侍卫。伯颜在门口训斥另外几个侍卫，混账东西，谁让你们不准皇上去茅厕的？

到了晚上，喜宁公公忽然没来由地说了一句，皇上，您着什么急呀，不就是一泡屎嘛，我都跟人家说得差不多了，就等人家开门了，您可倒好，嚷嚷着要见伯颜元帅，元帅把看门的几位弟兄狠狠地训了一顿。不是我说您皇上，这里不比您的紫禁城，也不比您的大明朝，咱们是阶下囚，人家瓦剌人随便一个出来都敢朝咱们开刀，得罪不起呀。

喜宁咽了口唾沫又说，您看您那些大臣呢，都是树倒猢狲散啊，往日里那些个狐假虎威的国公呀，五马六猴的王爷呀，溜须拍马的学士呀，恨不能把天下说成他家祖产的这尚书那都督们，都他娘的哪儿去了？如今您成了孤家寡人，也就我喜宁守着您这尊泥菩萨不离不弃，您说我图什么呀？

三

朱祁镇天天要从后院绕到前院去出恭，他出恭的时候除了后面紧跟着的喜宁公公，还有两个瓦刺侍卫与朱祁镇保持着一丈开外的距离。

天天这么走来走去，就被马桂生看在眼里。每一次，马桂生都看见喜宁公公的嘴巴一直在动。起初，他以为喜宁公公嘴巴有毛病，后来有一次他与喜宁擦肩而过，才听出喜宁是在嘟嘟囔囔，有一句话马桂生是听清了，是说懒驴上磨屎尿多。

这样的话朱祁镇一定也能听见，却装没听见。现在，喜宁和朱祁镇的关系搞得很僵。

在马桂生眼里，朱祁镇每走一步都四平八稳的，拿捏着恰当的分寸，不像他们庄户人，稀松邋遢，背一捆柴火上路，横着可以走，斜着也可以走。这个人可不一般哪，马桂生心里掂量着，这可是个细乎人哪。

那时候，右玉林卫的卖油郎马桂生，确实不知道眼前这人就是那个离他十万八千里远，高居金銮殿的皇帝佬儿，他要是知道这人就是跺一脚大明朝都要晃荡半天的天子帝王，一定会趴在地上不停地叩头，不停地筛糠，连裤子也要尿湿的。平素，他想见一见右玉林卫的一个小小的同知或佥事都难上加难，更别说是帝王将相了。

有一次，马桂生端着空碗对朱祁镇说，吃了吗，小兄弟？

朱祁镇迟疑了一下，很快明白马桂生是在跟他说话，便点点头，说，吃了。

羊肉好吃，奶不好喝。马桂生笑着对朱祁镇说，眼睛却打量着后面那个喜宁公公，他从不隐瞒自己的观点和感受。

喂，看你走路的样子，像个娘儿们。

马桂生咯咯地笑着，他是在对喜宁公公说那句话，其实他是想开个玩笑，但他不知道他的玩笑开大了。他听见喜宁公公鼻子里哼一声，说，你是个什么东西，也敢拿这种口气跟咱家说话？这也是龙困浅滩，虎落平阳，要搁在平时，哼！

马桂生嘿嘿又干笑两声，就不敢再吭气了，心说，跟这种人开玩笑，倒胃口。

唐兀台绕过天王殿，匆匆忙忙跑来，他胸前的海螺号摇来摆去的。他对马桂生说，伯颜元帅要你去外面找个有青草的地方放马，还有那匹骆驼，还有那头毛驴。

伯颜的马和朱祁镇的骆驼，还有喜宁公公的毛驴都拴在前殿左侧的马圈里。马桂生去牵马的时候，看到院当央有一座用三层羊毛毡搭起来的营帐，捆绑帐篷的是胳膊粗的驼毛绳子。马桂生知道那个叫伯颜的将军就住在里面。现在，伯颜应该是整座右玉林卫的太岁爷了。马桂生看见那个叫作陶脑的天窗里不时飘出几缕香烟，他断定那个将军一准是个烟筒子。

当然，马桂生的猜测并不准确，伯颜不是在抽烟，而是在焚香念经。伯颜每天都要诵读一遍《金刚般若波罗蜜经》。五千多字的经文，伯颜几乎倒背如流，但他总是双手虔诚地捧着书写在姜黄色缣帛上的经文，逐字逐句，照本宣读，唯恐错念一字。诵读完毕，伯颜一扫先前的颓废，疲惫的神态重新焕发出熠熠神采。

或许是听见马桂生在院里走动的脚步声，伯颜挑开门帘，从营帐内走了出来。

伯颜的营帐前站着两个粗壮的侍卫，侍卫手里没有兵器，巴掌大若蒲扇，虎背熊腰的，就那样徒手而立，倒显得莫测高深了。伯颜的脸绷着，没有表情地看着马桂生。马桂生从伯颜的营帐前走过，迈过一座小小的点缀一样的石拱桥，走进马圈，伸手去解马的缰绳，那马咴儿咴儿地嘶鸣着，努力摆动脖子，不让马桂生碰它。

连马都看不起的人，会窝藏什么祸心呢？伯颜从两个侍卫中间走出来，朝马圈走去。

伯颜被太阳拖曳出长长一条人影，他用手拍了拍马脖子，听话，让他带你出去遛遛。

那马显然是听懂了伯颜的吩咐，安静下来，扭头看了看马桂生。马桂生讨好地笑笑，还把两只手在衣服上抹了又抹，还朝那匹马点了点头。

马桂生牵着马要走，却被伯颜喊住，你把骆驼也牵上，还有这头毛驴，去河边先让它们喝口水，再吃草，别给撑着。

马桂生说，好嘞。

马桂生从来都没放过牲口，这是第一次，但他相信自己能把这件事做好，总比骑马射箭好学。

这时候，朱祁镇和喜宁公公也从前院回来了。伯颜微笑着对朱祁镇说，这个地方太简陋了，吃的用的都不能与京城比，您有什么特别要求，我尽量满足您。

朱祁镇看了看喜宁公公，好像在征求喜宁的意见，却说，落魄之人，何谈要求？

又说，不知将军打算把我羁押到什么时候？

伯颜没有马上回答，而是对马桂生说，你还愣着干什么？还不赶紧出去喂马？

后面，伯颜怎么答复朱祁镇的问话，马桂生就不知道了。他只知道，当他牵着伯颜的的卢马和朱祁镇的黄骆驼，还有喜宁公公的灰毛驴走出毕在寺山门时，门口的四个瓦剌兵都用异样的目光打量他的面孔，他下意识地把两根缰绳并拢在左手里，伸出右手在脸上抹了一下，什么都没有抹下来，他的脸有点糙，还有点凉。后来他发现，四个瓦剌兵又开始注意他胸前挂着的那个铜牌牌，他本来塌着的腰，忽然就挺直了，这个铜牌牌是唐兀台交给他的，要他挂在胸前，这样就不会有人阻拦他了。

毕在寺对面就是马桂生家残破的院门。

从黄土夯筑的矮墙上，能够望得见他家的茅草屋。屋顶的茅草陈旧了，腐烂成一坨一坨的牛屎一样的糟粕。他的新媳妇儿，那个叫乌热尔娜的女人一定是在茅草屋里给他做熟了饭，左等他不回来，右等他还不回来，只好一遍遍地往灶膛里喂柴火，饭热了又凉，凉了又热……后来，乌热尔娜困乏了，倚在门板上打了个盹儿。她打盹儿的时候，恰好她的丈夫马桂生牵着别人的的卢马和黄骆驼，还有灰毛驴，从她家对面的毕在寺走出来，要去沧头河边饮马饮骆驼饮毛驴。虽只隔了十多步的距离，马桂生却不敢走进他家半步。

这时候，马桂生看见他家茅草屋上的烟囱很干净，没有炊烟，连一缕烟丝儿都没有。他一边望着他家的房顶，一边唱：二米子稀粥嘎嘣菜，来一回来一回你不在，花上银钱我不痛快，气得哥哥再不来……

四

马桂生走在空荡荡的右玉林卫的大街上，几乎所有店铺都上了护板，都打烊了。连鸡和狗在大街上也看不到一只。偶尔有两三个士兵风风火火地骑马经过，蹚起一路尘土。他们和伯颜的那匹黑红马一样，并不把马桂生放在眼里，但他们被马桂生牵着的那匹马吓到了，原本横冲直撞地纵马驰骋，忽然勒紧缰绳，把马头一拨，给马桂生和那匹马让开了路。

范金宝在三清阁前面的井台边，摇着辘轳把绞水。有个瓦剌兵嫌他磨洋工，起脚踹在他的屁股上，他身子失去平衡，向前倒去。亏了他一把托住辘轳下面的木架才没闪井里。范金宝吓丢了魂，脸色煞白，一边给瓦剌兵磕头，一边指着井口说着什么。

马桂生看见范金宝像只蛤蟆一样蹲在井口，举起的手抖得很厉害。

马桂生看见瓦剌兵不依不饶，手里的马鞭又要朝范金宝身上抽。

马桂生使劲咳嗽两声，瓦剌兵转移了视线。

马桂生就是这样的人，爱管闲事，还不分场合。

马桂生大声对范金宝说，金宝，你个灰猴，你知道我牵的是谁的马?

范金宝听清马桂生的问话了,可他哪有心思管马桂生牵的是谁的马,他怕瓦剌兵嫌他和马桂生说话,再补上一脚可就麻烦了。

但让范金宝没想到的是,瓦剌兵已经留意到那匹的卢马,瓦剌兵又看了一眼马桂生,却对缩作一团的范金宝说,快点把水挑回去,别磨蹭。说完,丢下范金宝,自顾自朝仓街那边走了。

桂生,你可是我的救星啊,范金宝哭丧着脸,不像是庆幸自己劫后逢生,他拖着哭腔说,狗日的,险些把老子踹下去,要不是你跟我搭话,那狗娘养的让我见海龙王了。

你不用担心,金宝,马桂生说,你还不知道呢,你老婆现在是鞑子头头儿的烧火丫头了,她说一句话,比我牵的这匹马都管用,我约莫,过两天你就不用给他们挑水了,你还接着干你的老本行。

范金宝是周记酒坊的大师傅。周老板新盖的三进院子的厅子房和新娶的两房小妾,说句不好听的,就是范金宝用手艺给他换来的。可范金宝住的两间破房子都是周老板租给他的,他只知道怎么把浸泡好的荞麦上笼屉蒸,怎么焖水,怎么煮粮,怎么吊甑,怎么复蒸,怎么出甑,最后给周老板酿成几缸烧酒。周老板用指头在酒缸里蘸一蘸,搁在舌头上,咂巴两下嘴,说酸了,这缸酒怕不好卖,工钱先欠着,等酒卖完了再结。范金宝的工钱就总是欠着,即使到了年底，周老板也总想再拖欠他仨月俩月的，说酒是卖光了，可大部分都是赊账，等来年赊欠都讨回来了再一并结清吧，少不了你一文钱，就当在我这里替你存着。范金宝虽没意见，可他老婆不好惹，他老婆会掐着腰站在周老板的酒坊地上，指着周老板的鼻子骂大街，什么难听骂什么。周老板起初会恼羞成怒，也想回几句嘴，但没等想好词，早被范金宝老婆的唾沫淹得辨不清东西南北了，赶紧掏工钱把那婆娘打发走。即使这样，周老板还是舍不得把范金宝辞了，范金宝的手艺打着灯笼都难找。

沧头河在城西，出了城门，走不了几步就下河滩了。河滩里的草有的枯了，有的还绿着，马桂生放开缰绳，让马、骆驼、毛驴自己去觅食，他蹲在河岸上，从口袋里摸出烟袋和烟荷包，用火镰引着，闷头抽着。他早把伯颜的吩咐丢到九霄云外了。过了好大一阵，他忽然想起伯颜的马，猛一回头，把他吓了一跳，那匹马面上有块巴掌大白斑的的卢马就守在他身后，也不吃草，而是睁着两只铜铃大的眼睛看他。马桂生心里一动，说，快去吃草，你看我做什么？你又不是我媳妇儿。那马就朝前走了两步，埋下头去吃草，一边吃，一边侧目马桂生。

这畜生，啥眼神儿呢，看人看得怪怪的。

日头西斜，河风吹皱一河细水。

隔河的雷公山上，有一坨旋风在那里盘旋。

沧头河是从南往北流的，河边少有树木，苦坡草铺满整个河滩，有高脚的鹭鸶在水面行走。河的上游，隐约看到有一群羊在河边喝水。小时候，马桂生和他一般大的孩子经常在河滩里玩，一玩就是一整天，摸鱼，凫水，打水漂，乐不思蜀。长大以后，马桂生再没有闲情逸致来河边消磨时光。

有个人沿河岸从北往南走来。那个人起初并没有引起马桂生的注意，后来那个人不声不响坐在距离马桂生不足两丈远的地方呜呜咽咽哭开了，哭得荡气回肠。这样，就把想心事的马桂生从心事里拉出来。马桂生看了看那人身上皱巴巴的僧袍，看了看那人和僧袍一样皱巴巴的一张老脸，看了看那人头顶枯白的短发和九个戒疤，看了看那人两撇如同柳丝一样飘拂的白眉，从眉棱骨垂下，就知道那人是谁了，那人叫释静，毕在寺的方丈。

老和尚哭了一阵儿，兴许哭累了，长长打个哭噤，瞟一眼木讷的马桂生。马桂生也正看那和尚，四只眼睛撞在一处，又乱纷纷地散开了，皆觉无趣。

马桂生能说什么呢？他觉得他的处境比老和尚好不了多少，老和尚只是让人把睡觉的地方霸占了，而他马桂生却是让人剥夺了回家的自由。马桂生不愿意再多看释静一眼，他埋下头，眼睛盯着脚底的一窝蚁穴，看到两只蚂蚁正张皇失措地寻找它们丢失的蚁穴。

释静后来就走了，什么时候走的，马桂生没在意；去哪里了，马桂生也没在意，这些都不关他什么事。

天近黄昏，马桂生牵着马、骆驼、灰毛驴回城。

马桂生把手贴在那匹马的马面上，那里恰好有块巴掌大的白毛。

西城门叫武定门。城楼上虽有瓦剌兵在把守，看到有人进出却不盘问。过了龙王庙，是一片庄稼地，再往前行，房屋多起来，几乎家家烟囱上都冒白烟。女人们白天大都被驱赶到兵营里做饭，午饭到晚饭之间是可以各回各家的，她们赶在给瓦剌兵做晚饭的空当，提前给自家汉子和娃娃做熟饭，然后又着急忙慌地消失在城里的各个庙宇里。

马桂生在城隍庙前，看到几个哭丧着脸的出家人，一个是姑子庵的平桂师太，一个是海藏寺的觉远师父，一个是广善寺的灵隐师父。

阿弥陀佛，我们庵里的沙弥尼、比丘尼都让他们给冲散了。

罪过呀，广善寺也让他们征用了。

这世道呀。

接下来，他们互相打听晚上去什么地方投宿，城里的几家客栈都被当兵的占了，城里所有庙宇都被当兵的占了，出家人没地方吃饭，没地方睡觉，合计着要不要出城去中元村或西窑沟找家农舍暂且小住几日，等大军撤走再回来。

出家人有出家人的烦恼，马桂生也有马桂生的忧愁，他又想起乌热尔娜独守空房的凄惨模样了。马桂生家里有祖传的三间茅草屋，他和乌热尔娜住西边的一间，老丈人和老丈母住东边一间，中间的房子当作共用的中堂，只是中堂里除一张掉光漆面的八仙桌和两把七扭八歪的太师椅外，什么都没有。他的榨油坊是借用武舍人家的后场院，武舍人全家三十六口，一年吃的胡麻油，都由他供应。当然，胡麻是武舍人地里种的，只是不付马桂生榨油的工钱而已。自从娶了乌热尔娜，马桂生没有睡过一天安稳觉，但每一天夜里，马桂生都是在亢阳鼓荡、血脉偾张里度过的，而且乐此不疲。但在正统十四年八月十六日这天，马桂生的幸福生活戛然而止。

五

杨善进城晚了，没有赶上早朝。

杨善的官轿距离天街还有三里路远，已过辰时，早有大臣们从掖门退出来，赶往各自的衙门料理公务。

礼部所在的东公生门口，不断有人进进出出。有个户部的郎中看见从官轿里下来的杨善，似乎愣了一下，但并无太多表示。而第一个看到杨善发出惊叫的，居然是礼部尚书胡濙。

胡濙驼着背，在门口送出一个熟人。熟人的轿子刚走，他扭回头，一眼就看见了左侍郎杨善，他有点不相信自己的眼睛，用手揉了揉眼眶，再看，还是杨善，不禁叫起来，杨善，你不要吓唬我，咱俩关系可不一般，自从你走以后，我已经向郎工替你们家多中请了一年的俸禄。

七十五岁的胡濙是五朝元老，早把人世间的稀奇古怪看淡了，他在仕途上一共遗失过两次官印，甚至因此坐了大牢，但他远没有像今天这样失态过，真是活见鬼了，光天化日，朗朗乾坤，战死沙场的杨善居然又活着回来了。

胡大人，杨善拱手道，鬼是没有影子的，你看我有没有？

胡濙说，你是真没死，还是摆个鬼影子作弄我？你跟我共事多年，也知道我这人天生胆子大，你心里有什么放不下的，尽管对我说，只要我能办到，一定不会让你失望，你就不要再在阳间走动了，多吓人呀。

那就不劳驾大人了，杨善笑嘻嘻地看着胡濙说，我死不了，今年是蛇年，我属鼠，不是我的本命年，太岁爷不找我麻烦。

胡濙还是将信将疑，他在自己腿上狠狠拧了一下，疼。他一边摇头，一边嘴里念念叨叨，世道变了，人和鬼都分不清了。杨善不管胡濙心里怎么想，他一口气把自己怎么逃生怎么藏在家里不敢进京的过程说完，胡濙信了。但胡濙的巴掌拍得震天响，坏了坏了，杨善，你这左侍郎怕是当不成了。

杨善心里忽悠一下，忙问怎么回事，胡濙竖起右手食指，嘘了一声，朝礼部衙门走去。

胡濙是正二品官，杨善是正三品，两个人的官阶差了一级，但胡濙不太讲究这些，他和他手下的左侍郎右侍郎，甚至正五品的郎中，从五品的员外郎，正六品的主事，从九品的司务都可以称兄道弟，把臂而行。从衙门口到书房，礼部的大大小小官员面对杨侍郎的死而复生，除了惊讶就是疑惑，他们很少听说有人从土木堡逃生的。

杨善耳朵里灌满了同僚们的窃窃私语，他跟祠祭清吏司的一个主事打声招呼，那人一张马脸，唰地白了，耗子见了猫一样缩回房里去了。胡濙说，你少跟人套近乎吧，不要以为大家都像我吃了熊心吞了豹子胆。

胡濙把杨善带进书房，关好门，窗子也插好，绕过一道屏风，在一间暖阁里坐定。胡濙把近日朝廷发生的一些事情对杨善嘚啵嘚啵讲了，直讲得杨善目瞪口呆。

六

马桂生出去喂马不过一个半时辰，毕在寺的大雄宝殿内，却引发了一场不大不小的争执。争执的双方竟然是朱祁镇和中官喜宁。

朱祁镇要喜宁公公向伯颜讨要洗脸水和洗脚水，当然不是要冷水，而是要热水。喜宁公公不愿去，他仰面躺在花梨木床榻上，懒洋洋地说，皇上，您以为您还在皇宫里当皇上呢？想净面就净面，想沐浴就沐浴？眼下咱们是囚犯，人家什么时候心不顺，就会拿咱们开刀的，您还有心思洗脸洗脚呀？洗了又给谁看呢？

朱祁镇坐在床边，两只脚已经从靴子里拔出来，做好了洗脚前的准备工作。

喜宁，朱祁镇揉捏着脚指头，一脸困惑，你以前可不是这样的，朕虽然遭此劫难，可朕的身份没变，依朕看，事情没有你想象的那样不堪，你看也先对朕挺客气的，伯颜就不用说了，他是真心想跟朕交朋友。有时候，朕也在反思，是不是我们对待瓦剌部落的偏见太深了，以致许多方面做得不够稳妥。就说西征大同这件事吧，朕也是脑袋一时发热，听了王先生一面之词，没有多听听大臣们的意见……

得了吧皇上，喜宁公公胳膊肘屈着，用拳头支着脑袋，侧脸看朱祁镇，您最擅长事后诸葛亮了，在宫里，您唯王先生马首是瞻，王先生放个屁，您也要琢磨合不合治国韵律；眼下，王先生让人砍了头，您知道他不能把您怎么样了，就把所有责任都推给了王先生，皇上，您这么做，岂不让忠良们寒心哪？

…………

不是咱家替王先生吹牛，喜宁公公坐了起来，王先生是咱家的恩师，王先生治国安邦之道不亚于伊尹，运筹帷幄之才不逊于张良，不要说那些朝堂之上脑满肠肥的三公九卿了，就算是普天之下的谋士臣工，能堪与王先生比肩的也不过一二，依咱家看，应该是大明的国运要尽了。

国运要尽了？朱祁镇本来对王振并无错怪之意，只是听喜宁公公这么一说，忽然就激动起来，他光着脚，在地上跺了两下，指着直棂窗外说，喜宁，此言差矣，王先生要朕御驾亲征，朕就御驾亲征；王先生要朕把满朝文武大臣都带上，朕就把他们都带上了；王先生要朕不敢在大同府久留，朕想都没想就下旨撤军；王先生一会儿说走紫荆关路近，顺便去他老家蔚州看一看，朕便说紫荆关的风景据说很不错，顺路可以看看风景；走了四十里路，王先生突然说蔚州的庄稼都成熟了，大军过处，难免把百姓的庄稼糟蹋了，要原路返回，朕也没说什么；王先生要转道宣府，朕说都察院的罗亨信前些年要朕拨款大修宣府，听说宣府的城墙都用砖石包了，固若金汤，朕也早想去看一看；王先生要成国公朱勇和永顺伯薛绶去鹞儿岭阻击瓦剌兵，三万铁骑，连一个喘气的都没活着回来，朕也没怨过王先生一句；到了土木堡，眼看怀来城也不远了，进了城就算万事大吉，可王先生不让进城，说他的一千多辆拉大炮的武刚车还落在后面，咱们耐心等等吧，朕说等等就等等，还怕初一等成十五？这一等就把也先给等来了……照公公你的说法是，王先生一点都没错，错就错在朕的运气不佳？朕是这一场败仗的始作俑者，朕做了也先的囚徒，也是咎由自取？你说大明的国运要尽了，朕说你喜宁要变心了。

喜宁公公冷笑一声，接着又冷笑一声，也不看朱祁镇一眼，像是自言自语，商女不知亡国恨，隔江犹唱《后庭花》，这个杜樊川也是的，一个卖艺的歌者，跟你亡国有什么关系？扯不扯啊？

朱祁镇愤愤地一脚踢在花梨木床腿上，床腿没有变形，他的脚指头反被磕出了血。

有人送来饭菜，一个盆子里盛着炖羊肉，一个盆子里盛着热乎乎的马奶，仍然是午饭的重复。朱祁镇不想吃，也不想喝，他重重地倒在床上，眼睛盯着渐渐暗下来的大殿。如果在往常，这个时候，钱皇后已命人把晚膳准备好了，而王先生也该把今天早朝上的奏章替他批阅完毕，送来让他过过目，只等第二天上朝时让杨善照本宣读就行。他接下来的事情就该决定要临幸哪个妃子，是丰腴撩人的万宸妃呢，还是杨柳细腰的刘敬妃呢，抑或是嗲声嗲气的王惠妃呢？

皇上，我不知道您是怎么想的，宫里太监那么多，您怎么偏偏把咱家给带出来呢？瞧我这晦气。

七

正统十四年八月，当大明朝的天塌了时，郕王朱祁钰并没有想过要登基做皇帝，或者说朱祁钰还没有准备好要做皇帝，再或者说朱祁钰想做皇帝了，又怕被太后被皇兄的后宫被文武大臣被宫廷内的大太监小太监、无处不在的史官、神出鬼没的锦衣卫们，甚至所有所有的天下人看出他的觊觎之心，所以朱祁钰每天漏尽时分都赖着不上朝，每每是管事的中官金英，一催再催三催才不情愿地出了王府，坐上早已候在府门前的一乘省去好多装饰的銮驾，被抬往奉天门。

那时，京师还在沉睡，一些昼伏夜出的鸟兽仍在京城的空中或街巷里出没，执更的更夫在拂晓前的长安街上把梆子敲得既空灵又彷徨。而从居庸关方向吹来的风让人觉得既紧张又寒冷。

说心里话，朱祁钰的确有点烦上朝。连日来，关于皇兄和五十万人马给瓦剌兵包了饺子的奏章他都听腻了，也看腻了，他有什么法子呢？皇兄把大明朝几乎所有的精锐之师都带走了，都带进了鬼门关，留在京城的也就是些尸位素餐的老弱病残，他们从直房走出来爬上城墙都嫌累得慌，想让他们去抵挡也先的千军万马，岂非以卵击石？即使京师还有足够的兵马可以调遣，他也总不能再来一次御驾亲征吧？

朱祁钰在上朝以后表现出的令人费解的懒散，被细心的孙太后看在眼里。于是，孙太后在散朝后，把朱祁钰喊入仁寿宫，两个人进行了一次严肃而悲壮的谈话。

孙太后那么坚强的一个人，在朱祁钰面前也抑制不住流下泪水，她对这个与她没有一点血缘关系的郕王说，大明江山危在旦夕，你听听后宫里的声音吧。

朱祁钰侧耳倾听后宫方向的声音，什么都没听见，但他能够想象此刻后宫里到处都是嘤嘤的哭声，皇兄的妃嫔们一定把干干净净的后宫哭成一片汪洋，皇帝都被人掳走了，她们这些皇帝的女人接下来又能以什么样的身份在宫中待着呢？

朱祁钰不敢在太后面前流露出事不关己的超然，他尽量使他那一张年轻而较为呆板的面孔蕴含了丰富的表情，他说，这些日子，我没有睡过一天安稳觉，我知道宫里宫外的人都在难过，都在替我皇兄牵肠挂肚，可那又有什么用呢？

孙太后悲悯地看一眼朱祁钰，她没有再说后宫里的事，而是转移了话题，你对皇上此次用兵瓦剌有什么看法？

朱祁钰没有马上回答太后的提问，而是很冷静地观察太后的表情。但他从太后脸上并没有看到答案，沉吟片刻后，朱祁钰说出了自己的一些想法，主要是评判了一下皇兄此次出征的过失，他掰着指头罗列了皇兄的四大失误：其一是草率用兵，不留后路，怎么会把五十万精兵强将都一股脑带走呢？任何一次战争都不可能有必胜的把握，釜底抽薪对一个国家而言，百害而无一利；其二是对军队的战斗力期望过高，尤其是太把京师的三大营当回事了，太把三大营的火器当回事了，太把那些养尊处优的将军们当回事了；其三是朝中缺少谋略过人的顾命大臣，只有一个刚愎自用又自身有缺陷的王先生，过分倚重王先生的才能，甚至把皇上的身家性命都搭了进去；其四是五十万大军怎么就敌不过区区十几万人的瓦剌部队呢，说九说十还是将帅的指挥能力有限。

说到这里，朱祁钰故意不再往下说，他看到太后的脸色很难看。

太后眼眶里窝着一汪清泪。

太后说，要换作你，你又能怎样？

朱祁钰一时语塞，他是个半吊子郎中，他可以诊断出皇兄的病症，但要他来下药方，他还真没有这种本事。

太后叹口气，接着说，皇上生死未卜，国又不可一日无主，你虽以监国的身份代替皇上主政，但如果皇上一直渺无音信，我也不会就这么一直等下去，我有心把你推上金銮殿去，又怕大臣们心里不服气，这几日上朝，你遇事一定要三思而后行，大臣们的每一个奏章，你都要尽量考虑周全，然后再做决定。

太后又说，你父皇当年在你皇兄登基前，就给他物色了好几位老臣。短短十几年，老臣们死的死，老的老，到如今可堪大用的也只剩下一个礼部尚书胡濙了，他又是个手无缚鸡之力的文职，年龄也大了，我只好给你重新物色一个股肱之臣，此人叫于谦。

太后停顿片刻又说，如果于谦都保不住京城，咱们老朱家的江山也只能听天由命了。

朱祁钰说，这个于谦我好像听说过。

太后愣了一下，脸上满是怒其不争的样子，接着说，这句话真不该从你嘴里说出来。

朱祁钰连忙改口，我是听说过书房的先生在背后议论他，这个人我当然知道。

太后说，先生们在背后怎么说他？

朱祁钰摸着后脖颈说，也没说他什么，就是说他有点，有点自大了。

太后说，什么叫自大？

朱祁钰吭哧了半天，说不出个所以然。

太后说，你不要听他们乱说，于谦是个难得的将才，大明朝要多几个于谦，何愁瓦剌兵不退？也就不会像现在这样连个带兵的都挑不出来了。

八月十八日，天空布满阴霾。

漏尽时分，五凤楼鼓响三声，文武百官从各自的朝房内走出来，过了端门，赴掖门前排队候朝，文官从左掖门入朝，武官从右掖门入朝，在金水桥南依品级序立。等到鞭响之后，过了桥，在奉天门的丹墀前相向立候，只等郕王坐上伞盖与团扇装点好的金台。

但那天郕王朱祁钰上朝又迟到了。不知是这个代理皇兄执政的郕王忘记早朝的时间，还是晚上研究奏章研究得太晚，总之是睡觉睡过头了。他坐銮驾匆忙赶往奉天门时嘴里不停地打哈欠，甚至想到出宫时忘了净面，低头看自己穿戴的蟒袍，有好几个地方都起了皱，胸前绣有仙鹤的补子上竟然有一块污渍，估计是仓促用膳时淋上去的。

年轻的郕王迈向金台时，脚尖磕绊了一下，险些向前扑倒，亏了旁边的中官金英眼疾手快，把他搀住了，才没有出洋相。

朱祁钰朝丹墀下面望去，看到黑压压一片官帽，他觉得头晕，他承认他没有皇兄朱祁镇那样君临天下的定力。他回了回头，无意间发现，孙太后就坐在他的右后侧，面沉似水，他连忙收回视线，不敢再往太后那里张目。

三声鞭响，鸿胪寺拖长声音唱一句入班，文武百官随着那一声喊，缓缓步入御道，行一拜三叩头礼。

以往，鸿胪寺卿杨善在殿前唱入班，喊奏事，宣念谢恩，声如洪钟大吕，在紫禁城内余音绕梁；眼下这个鸿胪寺官是一副公鸭嗓子，难听不说，还瘆人，让人由不得起一身鸡皮疙瘩。

接下来是臣工奏事。兵部侍郎宣读了一份在土木堡战死大臣的具体名单：英国公张辅、成国公朱勇、泰宁侯陈瀛、驸马都尉井源、平乡伯陈怀、襄城伯李珍、遂安伯陈埙、修武伯沈荣、都督梁成，还有王贵……

有人在殿前哭开了。悲伤的情绪是可以传染的，一个人哭泣，很快带动起群臣的恸哭，声音在紫禁城里扭结成一股气势磅礴的旋涡，所有人在哭声里暂时忘记了身份和体统，他们的声腔掺杂了太多的义愤与不安，恐怕有一多半是在埋怨朝廷，或者说是在埋怨那个被瓦剌人活捉走的英宗皇帝朱祁镇。

接着，通政使代读一份奏章，是居庸关巡守都指挥同知杨俊的急报，说他们在土木堡附近，捡拾到大量的军械物资，其中包括盔六千余顶，甲五千八十领，神枪一万一千余把，神铳六百余个，火药一十八桶，战车……另有明军死尸无数。因尸体太多，官兵们只好把尸体推入沟谷之内，用白灰和黄土加以覆盖。又有鸿胪寺官代读另一份奏章，是宣府总兵杨洪的急报，说近日于土木堡拾得明军所遗军器，得盔三千八百余顶，甲一百二十余领，圆牌二百九十余面，神铳二万二千余把，神箭四十四万枝，大炮八百个……另有明军死尸无数。

朱祁钰先是感到浑身燥热，每个毛孔都往外冒汗，后来又觉得浑身都在往冰水里沉，寒气逼人。虽然前几日，已有明军溃败的确切消息传来，并有部分冲出重围的官兵报回前方军情紧迫的噩耗，而且有个叫梁贵的锦衣卫亲眼看见英宗朱祁镇被瓦剌人活捉了，执掌司礼监的王振也让皇上的侍卫一锤子砸烂了脑袋。但让朱祁钰感觉不舒服的还不仅仅是这些，更多的是来自前方清理战场的一份份滴血的清单。

八

马桂生不是单独一个人住一间房，他还没有那么高的待遇。和马桂生同住一间房的还有另外三个人，一个是长得颇像葛掌柜的乎格勒，一个是吹号手唐兀台，他们两个与马桂生都是老相识了，住在一起顺理成章。还有一个蒙古人叫哈铭。马桂生居然不知道哈铭也是一个俘虏，他一直以为哈铭是个地地道道的瓦剌兵。

每天早晨，马桂生都是被呜呜的号角声惊醒的。那时，屋子里仍漆黑着，睡在他身旁的唐兀台已经出门，乎格勒和哈铭开始窸窸窣窣穿衣。让马桂生感到幸福的是，他无须像唐兀台那样，穿好衣服往屋外集合去操练，也无须像哈铭那样穿好衣服去后院找朱祁镇，他这个独来独往的马夫还可以多睡一会儿，直到天光大亮。但让马桂生受不了的是，他们住的廊房里始终充斥着一股令人窒息的甜腻腻的味道，他疑心是从唐兀台或是乎格勒身上散发出来的。

哈铭是个大忙人，他的职业就是守在朱祁镇身边，随时把朱祁镇的需求通禀给伯颜。哈铭每天早早就跑去后院，很晚才回到廊房里歇息。哈铭告诉马桂生，伯颜怕皇帝跑了，专门派了八个人轮班看守。

马桂生听完哈铭的话就愣住了，右耳抽动两下，你看的是皇帝？皇帝在毕在寺里住？

哈铭把食指竖在嘴前，嘘一下，说，小点声，你知道就行。

马桂生脑子飞快地转了几个弯，他已经从住在后院的那两个汉人中甄别出了朱祁镇，他摸了摸自己的心口，嗵嗵嗵直跳。这个卖油郎生平第一次跟这么一个大人物住得如此之切近，真是不可思议。

哈铭告诉马桂生，伯颜元帅要他代替那个喜宁公公去服侍大明皇帝。伯颜说他哈铭是个能人，他哈铭说的汉话比汉人都地道。可哈铭自己还没有想好这件事。

哈铭说，我一个小小的通事，从来没有服侍过皇上，这事儿真是头疼啊。

马桂生说，伺候人还不会？不就是端茶壶，倒夜壶，温酒壶吗？

哈铭摇了摇头，你听没听说过伴君如伴虎的老话？

哈铭这么问马桂生，马桂生回答不来。

马桂生那时正帮另一间廊房里的瓦剌兵糊窗户。他对哈铭说，我是汉人，可我又是个卖油的草民，我更服侍不来皇帝，我吃惯了粗茶淡饭，听说皇帝每顿饭吃的都是精米细面，吃都吃不到一块，更别说在一块说话了，我说今年的胡麻又歉收了，十贯大明宝钞买不来一担生胡麻，他一个皇帝知道我说的是个啥？

九

伯颜带了一副棋枰来找朱祁镇。

绿沧庭院月娟娟，人在壶中小有天。身共一枰红烛底，心游万仞碧霄边。伯颜是在明月初上时分来拜谒朱祁镇的，人未进门，声音已传入殿中。

在床上躺着的喜宁，看到伯颜进了大殿，慌得鞋子都来不及穿，从床头滚翻到地上，诚惶诚恐地膝行而前，给伯颜叩头，奴才见过元帅。

伯颜厌恶地拧紧眉头，说，公公，以后不要给我行此大礼，君臣上下，父子兄弟，非礼不定，你是圣上身边的人，就应恪守合乎身份的礼制，伯颜乃一介草莽，如今已涉犯上之嫌，自然担当不起如此大礼。

喜宁头也不抬说，奴才身份卑微，礼从宜，使从俗，奴才行礼，也是相宜而行。

伯颜不再理会喜宁，而是向朱祁镇行了君臣之礼。他心里满是内疚，他不知道该以怎样的方式或话题，消除这个被他囚禁起来的皇帝心中的恐惧与对立情绪，于是他想到了围棋。伯颜猜测朱祁镇在皇宫里一定也下棋，在气息平和的落子间，或许能够拉近他们的关系。

喜宁却告诉伯颜，皇上不会下棋，伯颜只好把棋枰放在一边。

殿内点了四支蜡烛，仍显光线不足。伯颜在释迦牟尼佛像前上了一炷香，双手合十，嘴里默念一声佛号，然后环视一圈幽暗的大殿，再次来到朱祁镇的罗汉床前，说道，这房子太冷清了，圣上贵为天子，不该吃这般苦的。

朱祁镇没有说话。

伯颜接着说，我知道，土木堡一役，伤的不仅是大明的元气，更伤了瓦剌与大明的君臣关系。但我没有办法，我是绰罗斯·脱欢的儿子，我的父亲，我的兄长也先都有征服大明的野心，而我又不能反其道而行之。虽然圣上不得已羁留在此，但我会竭力劝服也先尽快让圣上回归大明。

朱祁镇一直在罗汉床上闭目打坐，如一个入定老僧，这时睁开眼，暗自叹息一声，说，自古成者为王，败者为寇，寡人身陷土木堡，就已做好必死之心，讨一点点苦吃算什么？既然将军有这样的想法，寡人在此谢过了。

有人进殿来奉茶，朱祁镇一盏，伯颜一盏。

圣上，伯颜用碗盖轻轻撩拨盏里的茶叶，说，伯颜以为，胜败乃兵家常事，这一次瓦剌兵犯大明，固然有备而来，圣上本不该以九五之尊履险蹈危，何况大明军队久疏骑阵，焉有不败之理？

朱祁镇说，元帅说的是，寡人不懂兵法，王先生虽治国有方，但在两军阵前，也是睁眼瞎……

那一天，伯颜很晚才从后院回到中院。

至此，伯颜日日要去大雄宝殿走动，一炷香，两盏茶，一席清谈，倒也相见恨晚。

十

近来，马桂生像一只困在笼子里的猛兽，他家离他近在咫尺，他却有家回不去。一个一心想回家看看的男人，是没有什么能够阻挡的。马桂生也在等待时机。时机总是留给有准备的人，马桂生很快就等到这一天这一刻的到来。

那天，马桂生故意缩短放牲口的时间，骆驼和毛驴没什么反应，那匹马很有意见，一路上不住地往后看，还尥了一次蹶子。快接近毕在寺时，马桂生拐进旁边一条小巷，他把三匹牲口拴在一个碾盘上，自己悄悄绕了一个圈，拐了好几个弯，从一家人的墙头爬上去，攀上另一家人的屋顶，然后跳入他家院中。

他轻手轻脚直奔西边那间茅草屋。

屋里没人。他退出来，去了一趟茅厕，茅厕也没人，只有一口大屎缸。

这狗日的哪儿去了？他嘴里嘟哝着，在自家屋里屋外找几遍，还是没找到乌热尔娜。

住在东边茅草屋里的老丈母，听见院里有响动，开门出来，一看是姑爷，先是愣了一下，接着一拍巴掌说，阿弥陀佛，你可算回来了，这些日子你哪儿去了？

马桂生说，我哪儿也没去，就住在对面的毕在寺，替人家鞑子看马呢。

他老丈母一听就不高兴了，桂生，你都这么大个人了，咋不给家里捎个口信呢？你不知道这些天我们一家老小找你找得好辛苦啊，我都这把年纪了，还去了趟元山子和富家沟……

马桂生没心思听丈母娘唠叨，他往东屋里瞅了两眼，他看见老丈人蹲在炕沿儿上，一边抽旱烟，一边唬着一张脸拿眼瞪他。他缩了缩脖子，从东屋退出来，他问老丈母他媳妇儿哪去了？

老丈母说，她出去了，她给鞑子做饭去了。

马桂生还不死心，他的眼睛在院子里四处梭巡，旮旯犄角都看遍了，哪个地方都不像能藏得住一个大活人。

他的样子让老丈母感觉不舒服，说，你还信不过我的话哪？你是她男人，我能把她藏起来不成？这几日你出门不在家，她想你想得都快疯了，好几次磨缠她爹出城去找。她爹转了七八个堡子，问了几十号人，都说知道有个右玉林卫卖油的后生，都说这几日没见过你。她爹回来对我闺女说了，我闺女就哭，她一边哭一边还骂你，说你是个没良心货，就知道一个人在外边风流快活，不晓得家里还有个新娶的媳妇儿。又过了一天，她说她梦见你了，梦见你让鞑子拿刀剁了，人头就挂在北城门楼上。她一个人跑出去，到城门楼下边看，没见有人头，又跑到瓮城里边看，也没有。她哭着回来说，你一定是被鞑子把人头丢进沧头河里了，她要去河边给你烧一份纸钱，她要跳进沧头河里去找你。我们劝也劝不住她，她寻死觅活的，一会儿说要上吊，一会儿说要跳井，闹腾了整整两天。今儿一早，又让鞑子找去做饭了，也不知在哪个庙里。

老丈母说着说着就哭开了，你看看，鞑子一来，把家里翻得底朝天，你给我闺女的那对银镯子，都让他们抢跑了，可怜的闺女让他们……

老丈母说到这里，忽然不说了，也不再哭泣，吃惊地看着眼前的女婿，好像那些话都是马桂生逼她讲的。

马桂生心里乱糟糟的，他倒没听出老丈母最后那句话里的潜台词，一边对老丈母说，他也是身不由己，要不早回来给他们报平安了；一边往门外走，又说他不敢耽搁久，回去晚了，鞑子饶不了他的。

他又原路翻了几道院墙，来到他拴牲口的碾盘前，他意外地发现，毕在寺的方丈释静正坐在碾盘上，替他牵着三头牲口。

这是第一次回家。

第二次回家也是在他放完牲口后，他快走到毕在寺时，就刺溜一下拐进旁边另一条小胡同里。这回他长了个心眼儿，把牲口寄放在卖干果零碎的牛田河院子里。他从牛田河院墙上翻过去，进了另一户人家院子，又从那家人的院墙翻过去，爬上他家邻居的屋顶，咚的一声，跳进自家院里。他落地的声音很重，把两只在院里刨食的母鸡吓得扑棱开翅膀咕咕咕飞起一人高。他顾不上安抚两只鸡，大步流星向西边的茅草屋走去，推开门，他心里一块大石头落地了，他看到他日思夜想的乌热尔娜，像条蟒蛇盘睡在炕上。乌热尔娜穿着衣服，脚上的鞋都没脱，脸朝窗户，背朝山墙，似睡非睡。马桂生想给乌热尔娜一个大大的惊喜，他尽量不让脚底发出声音，靠近炕沿儿，如同老鹰抓小鸡那样扑向那个女人。

让马桂生没想到的是，乌热尔娜居然如同死尸一样迎接了他。在他奋力扒下她的裤子以后，乌热尔娜这才反应过来，眼也睁开了，看清是马桂生的脸，嘴里即刻骂道，你个没良心货，你死哪去了？让我好找……

马桂生觉得他浑身都着了火，他手忙脚乱地把两个人的裤子都褪去，在他压向那女人时，他把他们俩想象成一对街头媾和的野狗。

他一边在女人身上乱动，一边把这几日被瓦剌兵控制在毕在寺的经过言简意赅地说了，说得气喘吁吁。

乌热尔娜似乎对他所说的话并不上心，在他一射如注之后，突然说了一句没头没脑的话，你瘦了，啥都瘦了。

马桂生眼眶一热，他以为媳妇儿是关心他的身体呢。马桂生舔了舔嘴唇，觉得这个时候，他比做皇帝都幸福。

幸福的马桂生在那天下午，幸福地趴在媳妇儿肚皮上，幸福地打了一个盹儿。那个盹儿其实很短，他却觉得很长，他很快就被自己的呼噜惊醒了，他该回毕在寺了。

舍得一身剐

一

晚上，哈铭躺在火炕上，推了推旁边的马桂生，喂，你回家看你老婆了？

你听谁说的？马桂生一愣。

我在伯颜的营帐外面听见有人说你回了一趟家，哈铭说。

马桂生顿时紧张起来，但紧张过后很快就释然了，不就是回了一趟家嘛，又没住在家里。这么一想，就嘿嘿地笑了。

马桂生睡不着了，一个人赤裸身子，盘腿坐在炕沿边抽旱烟。他还沉浸在两个时辰之前的兴奋当中，他后悔光顾了瞎折腾，忘了尝尝乌热尔娜那张肉嘟嘟的厚嘴唇的味道了。

　　唐兀台听了哈铭的话也来了兴致，唐兀台说，桂生，你家住在哪里？

　　马桂生听见唐兀台问他，把嘴从烟袋上移开，在没有掌灯的黑暗里对唐兀台说，我家就住在毕在寺的对门，那天进城，我不给你们说过了嘛，我以为你们都知道呢，我如今是身不由己，家这么近，放个屁，家里人都能听见，可就是回不去。

　　哈铭说，我不知道伯颜怎么不让你回家，既然放心你一个人出城放马，就应该相信你住在家里也一样跑不了。

　　这时，一直没发声的乎格勒开口了，乎格勒说，这不是伯颜的主意，是太师也先要伯颜好好看管桂生，再说，桂生又没对伯颜说他家就住在对门。

　　乎格勒说的是喀尔喀话，马桂生似懂非懂。乎格勒就用汉话说，桂生你也是的，你要告诉伯颜的话，说不定早让你回去住了。

　　第二天一早，马桂生又被一阵呜呜的海螺号吵醒了，他身边躺着的哈铭和乎格勒麻利地往身上披挂衣服，他知道乎格勒又要去出操，哈铭又要去后院陪皇上，只是不见了唐兀台。他对正要出门的哈铭说，这个唐兀台怕是有毛病呢，天天一早就出去拉肚子。哈铭说，他肚子好着呢，他才不拉肚子呢，他是让别人拉肚子。

　　马桂生趴在被窝里，下巴抵在枕头上，好些天没刮胡楂了，胡楂扎在枕头上，下巴反被扎得生疼。他攥紧拳头在炕头一捣，拿定主意要去找伯颜谈谈。

马桂生吃过早饭，用袖口抹了抹油嘴，对自己说，走，找伯颜说说去。然后，精神抖擞地出了房门，脚步轻盈地迈下台阶，绕过天王殿，照直向院当央那座厚实的营帐走去。

起初，帐前两个侍卫并没注意到走过来的马桂生，他们把更多的精力放在别的地方了。直到马桂生伸手去掀营帐的门帘，两个人几乎同时反应过来，他们暴喝连声，只一个照面，就把马桂生简简单单结结实实摔翻在地，又把马桂生两条胳膊反拧过来，疼得马桂生呼爹喊娘地叫唤。

马桂生的脸被一只靴子踩在地面，他每叫唤一声，地面的土就要吹起一片。

侍卫的动静很大，营帐里很快有了回应，什么事情？伯颜在问。

一个侍卫说，有刺客。

另一个侍卫说，是新来的马夫。

头一个侍卫把脚从马桂生脸上移开，仔细打量一下，说，是马夫。

伯颜说，他手里有没有凶器？

侍卫检查一遍被他们控制起来的马桂生的两只手，说没有。

伯颜说，放开他，让他进来。

马桂生揉着被靴子踩麻了的脸腮，转了转舌头，觉得嘴里咸咸的，啐了一口血唾沫。他又觉得两条膀子疼得要命，他举手揉脸都勉为其难了。

伯颜在营帐里盘膝而坐，手捧一卷《金刚经》，并不看马桂生，眼睛紧盯着那卷佛经，嘴里念念有词，诸菩萨摩诃萨应如是降伏其心所有一切众生之类若卵生若胎生若湿生若化生若有色若无色若有想若无想若非有想非无想我皆令入无余涅槃而灭度之……

伯颜突然不念了，仍没抬头，眼睛仍停留在经卷上，生硬地说，你找我有事？

马桂生吭哧起来，早已打好的腹稿，竟忘得一干二净。

伯颜说，你不用怕，有什么话就说出来。

马桂生这才吞吞吐吐讲了，他借用的是乎格勒的话，其实乎格勒并没有这样说，他说乎格勒告诉他，元帅惜民如子，草民有难处，都可以对元帅说，元帅从来没有刁难过草民……

伯颜无声地笑了，伯颜脸上沉浸着一种宁静而慈祥的光泽。

你不用绕弯子说话，你说说你的难处吧。

马桂生说他最大的难处就是看见家门口，却回不去。如果允许他回家，他是万分感激元帅的。

马桂生说完，眼巴巴瞅着伯颜的脸。那张脸没有任何变化，这让马桂生看到了希望，他觉得离回家的时刻不远了。

伯颜却说，你不是已经回过两次家了吗？有人把你回家的事对我说了，我说有再一再二，没有再三再四，如果这个马夫还要瞒着我回第三次家，我就会把他送给我的兄长，就是太师也先，让也先用军法处置他。

马桂生的脸唰地变白了。

那天，马桂生都不知道是怎么走出伯颜元帅的营帐的，他一整天都心不在焉，牵着马出了毕在寺，走到三清阁下边了，才突然想起忘记牵骆驼和毛驴。他返回毕在寺，把骆驼牵出来，门口有个士兵多看了他一眼，他身上又不舒服起来，他疑心回家的事情要么是站岗的侍卫告诉了伯颜，要么就是哈铭告的密。这可恶的哈铭。可他又想，他是背着瓦剌人翻墙回去的，他前后左右都看遍了，没有一双眼睛盯着他，但他毕竟是被出卖了。

门口居然遇见了二叔马连成。

马连成正在毕在寺的牌坊前朝毕在寺山门方向张望，鬼鬼祟祟的样子让任意一个人看了都觉得他可疑。只要牌坊前有人经过，马连成就故意装出一副若无其事的样子，端详牌坊上的门额。直到马桂生牵马出来，马连成嘴里嗤地一哂，鼻子里再轻轻一哼，反剪了手走开了。

马桂生没心思琢磨二叔嘴里和鼻孔里发出的声音，他一步一步来到沧头河边，直到马和骆驼开始吃草，才蓦然想起，毛驴忘记牵了。

二

范金宝的处境果真如马桂生预料的那样，有了质的改变。他不再承担给瓦剌兵挑水的任务，他有了一份比挑水要轻松一点的活计，推着一辆独轮车，每天从校场上把事先杀好的羊或牛，连肉带杂碎，运送到城里的各个庙宇衙署，交给那里负责军营伙食的女人们。

范金宝推一辆独轮车从老爷庙门口走过，他看见马桂生牵着三匹牲口慢悠悠地走来，嘴里还哼着歌：想哥哥呀我真想你，三天吃不了半碗米，想哥哥呀真想你，头不梳来脸不洗……

范金宝用袖子揩一把额上的汗，说，桂生。

马桂生还在唱：想哥哥呀真想你，两腿发麻，两眼发花，腰杆发酸……哎，金宝，你个灰猴，我说你用不了几天就时来运转了，你还不信我的话，这回信了吧？

挑水换成推车，屎窝挪到尿窝，范金宝说，我算啥时来运转？依我看，满城人数你好活哩。

看你说的。马桂生听了金宝的奉承，也是满心欢喜。

他正要继续往前走，却听范金宝低声对他说，牛泉找你好几天了，总碰不上你。

马桂生一听就愣了，右耳抽动两下，牛泉？牛泉找我干啥？我又不欠他银子，也不欠他麻油。

范金宝四下里看看，除了远处元帝庙门口有一个瓦剌兵在那里对着墙角撒尿，再无旁人，就靠近马桂生说，牛泉有要事和你商量，你去一趟他家吧，顺路的。

牛泉是右玉林卫的一个里长，住在西大街城隍庙对过，平时除了收税派差露个脸，很少与马桂生这样的平头百姓来往，他连个九品芝麻官都不算，路上遇人，眼却在天上飘着，总等对方跟他搭话。马桂生看不上牛泉这号人。

马桂生对范金宝说，我和牛泉没话说。

范金宝推了马桂生一下，你这人也是的，见见牛泉能高了他，还是低了你？

马桂生牵着牲口自顾自往西走，他才不尿什么牛泉马泉呢。

范金宝回头看着马桂生的背影，半天方说，看你牛×的，不就是给人家放放牲口嘛，以为你金榜题名了？

过玉皇三清阁时，马桂生看见南街上走来三个人，两个挎刀的瓦剌兵押着一个年轻人。一个瓦剌兵推了年轻人一把说，快走，别磨蹭。另一个瓦剌兵也推了那人一把，走……走……走……快点。那人被推得朝前跟跄几步，稳住身形，转脸看了看那个说话结巴的瓦剌兵。瓦剌兵猛地站住，伸手握住刀柄，你……你……你……想干什么？年轻人摇了摇头，依旧朝前走路。

马桂生看见那人个子高挑，像根细竹竿，脸上还有一道疤，从颧骨处一直划到下巴，衣服破破烂烂的，如果不是那人穿一件军士特有的马甲，是看不出俘虏身份的。

他们在玉皇三清阁拐了个弯，朝东大街去了。

又是个冤死鬼。马桂生知道，每天都有俘虏被押出城门外，把脑袋割掉。在马桂生看来，那个瘦得像一根竹竿的明军，原本就是一具行尸走肉，说不定他身上的魂魄早就飞走了，飞过了奈何桥。

三清阁过去就是城隍庙。

城隍庙里没有驻军。城隍是管生死的，城隍庙里经常摆着十几副棺材。瓦剌兵天不怕地不怕，但也怕棺材里躺着的死人。在右玉林卫，有老人下世，都要把棺材在城隍庙里摆放一段时间，等到阴阳先生算好的黄道吉日到了，才舁棺下葬。晚间，马桂生经过城隍庙，头皮总要发紧，浑身汗毛孔都要炸开。但那天在城隍庙前，有三个老汉靠着庙门前的露明柱晒太阳。其中一个就是马桂生的二叔马连成。马连成平时是不坐街的，总在家里读书，可自打瓦剌兵进城后，马连成没有心思再读书了。

一个戴小白帽子的老汉看见走来的马桂生，张开黑洞洞的嘴巴笑着说，桂生，你摊上好差事了。

白替人家放马，不赚人家一文钱，这也算好差事？我都五六天没顾上卖胡麻油了，马桂生说。

又一个穿黑衣的老汉腰里勒一条青布带，说，你是得了便宜卖乖呢，仓街上赶脚的老孔，替鞑子砍柴，还没等出城，就让鞑子搜出一把斧头，当下就把头割了，如今就在城隍庙里躺着呢，你说亏不亏啊？没斧头怎么砍柴火？老孔到哪儿说理去呀？

马连成对戴小白帽子的老汉说，到哪儿说理？到阎王爷那儿说吧，阎王要你三更死，谁敢留你到五更？我看哪，别看有人平时牛皮哄哄的，牵头牲口比孝敬他爹还上心，保不住阎王爷早就在生死簿上把他的小名儿划掉了……

马桂生再次见到袁彬时，已是几天后的一个早晨。他用木筲从牌坊外面的井里打起水，提到中院去饮马。那两个曾把马桂生撂翻在地的彪形大汉，门神似的守在伯颜的营帐前；朱祁镇恰好从后院绕过来，身后跟着两个人，一个是喜宁公公，一个就是前几天在玉皇三清阁下面见到的那个脸上有刀疤的竹竿儿。

当时，马桂生还不知道这根竹竿儿叫袁彬。马桂生只是庆幸竹竿儿没死，还换了一身干净的行头，破衣服不知扔哪去了，一袭青布长衫让竹竿儿穿得风飘飘的。

这时，喜宁公公吩咐竹竿儿，喂，袁彬，你听好了，以后皇上出恭的事儿就交给你了，不要总像根木棍儿似的戳着，学机灵点。

听不到袁彬答应，但看到袁彬不住地点头。

马桂生就知道那根竹竿儿是有名字的，叫袁彬。

朱祁镇走得很急，估计一夜的尿憋到现在，实在憋不住了。朱祁镇边走边说，尿出来了，尿出来了。

喜宁公公扑哧就笑了，说，皇上，您憋不住，干脆在这儿解裤了尿得了。

马桂生有些可怜那个皇帝，连个夜壶都不给配。

吃早饭时，马桂生问哈铭，后院又添新人了？

哈铭说，你是说袁彬吧？他原来是锦衣卫校尉。

马桂生说，这回不用你伺候那个皇帝了吧？

哈铭说，推不掉的，伯颜要我准备一下，今晚就搬到大殿里住。

三

释静师父是个安于现状的人，又是个随遇而安的人，但现实对他打击太大，让这个本本分分的出家人兀自产生了杀人的念头。

那天早晨，在城隍庙的棺材堆里，在死尸特有的腐臭味里，凑合了一夜的释静被一阵汩汩的流水声吵醒了。释静睁眼看了看神殿敞开的门扉，没有下雨，也没有流水，水声是从他肚里发出来的，咕噜咕噜，让他心烦意乱。

以往，从不出门化缘的释静，现在不得不厚着脸皮挨门逐户讨要食物。每次站在施主们的院子里，他都开不了口，更有被一些守门的狗咬得他满院飞跑。已经六十有六的释静很担心自己两条腿会在飞跑之中，咔嚓一声折了。

每在这时候，释静生气的不是那些弃他而去的弟子，也不是那些不再听他讲经说法的居士，而是气他自己，气他自己太老了，如果再年轻十岁，他会云游四方做个苦行僧的。

　　释静发现天色尚早，不利于出门乞讨，就在两只棺材之间盘膝打坐。他闭目念了一段《无量寿经》，念到动情处，不由地伸手捻起一根筷子击打一下碗边，他的木鱼没来得及从毕在寺带出来，只好因陋就简了。

　　城隍庙里的棺材明显比平时多了不少。以往，在正殿里是不放这些不祥之物的，只在前院的偏殿里摆放，但最近城里暴死的人太多，死者家属又不敢把这些暴死的亲人运出城外去安葬，就只好暂且寄放在这里。偏殿放满了，就摆在了院里，院子的空间也不是很宽裕，有人就在城隍爷的香案前烧了一份黄表纸，叩了个头，把他们死去的亲人与城隍爷安顿在一起。

　　这些棺材里沉睡的人，释静都认得。几天前，他们还去庙里上香或送灯油钱呢，如今说走就走了，走得还相当生猛，有被刀劈作两半的，有被捅个透心凉的，也有脖子上留下碗大个疤的。他们在入殓之前，血已流尽，所以在这间正殿里，释静一点也闻不到血腥气。

　　太阳出来了，把院子照得白晃晃的。

　　释静再次被肚里的水声打断了早课，他该出门化缘了。

　　沿街的店铺还没开张，其实开张与不开张都没什么两样，自从瓦剌兵进驻右玉林卫，城里的店铺就很少再有人光顾，如果哪一家店铺里呼啦一下拥进好多人，那一定不是什么好兆头，不是伤人就是要伤财。能够解决一日三餐的只有绕过店铺，走进一条条蚰蜒小巷里。巷子两侧的院墙都很矮，街门大多是柴扉，也有一家两家砖砌的门楼，不见得高出人头多少。释静对那些门楼下面厚厚的朱漆门心怀抵触，他怕了朱漆门里的狗，咬住人腿不松口。他挑那些蓬门荜户进去，虽然饭食粗糙了些，吃进肚里却感觉暖和。

街巷里少有走动的行人，家家都是门可罗雀，一只瘦狗在路中间叉着腿屙屎，屙不出来，浑身都在哆嗦。所有的院门防贼一样盯着释静师父。释静手掐念珠，嘴上喃喃有音，心里却想起在寺院里的生活，恍如隔世。

阿弥陀佛。

释静被一声佛号吓得浑身一激灵。当时，释静正打算推一扇用树枝扎成的柴扉，心里盘算着该怎么跟主人开口讨要一口热饭，突然就听见那声佛号了。释静从八岁开始出家，他听过的、说过的这句佛号就像他身上的僧袍一样习以为常，一个整日与佛号打交道的人，却被佛号惊出一身冷汗，释静回头的时候，心里暗骂了自己一句。

吓了释静一跳的是里长牛泉。

牛泉的衣服很干净，牛泉的脸也干净，牛泉长得胖，牛泉说话慢条斯理的，长老，又要饭哪？

101

释静听着心里不舒服，他又重新捯动念珠，回了一句阿弥陀佛。

牛泉手里提溜着一只食盒，他对眉毛都白了的释静说，您这么大年纪了，落得这般光景，真是罪过啊。

释静瞟了一眼牛泉手里的食盒，他嗅到一股点心的香味。这种香味他太熟悉了，佛祖案前的供盘里经常充盈着这种滋味，他甚至能够猜得到食盒里有几种点心，是什么馅儿，什么形状，可猜出来有什么用？他看了看牛泉，牛泉并不像是要孝敬他的。

牛泉掂了掂食盒，说，我给我爹买了几斤炉食点心。

释静知道牛泉的爹牛百盛，为图清净，一个人住在玄帝庙后面的别院里，一日三餐都是牛泉送过去的。

释静喉咙里咕地咽下一口唾沫，他有些羡慕红尘世上儿孝女敬热茶热饭的生活。

牛泉说，长老，您到我家坐一会儿，我送完点心就回去，有话跟您商量。

一个骑马的麻子脸军爷从巷子那头拍马而来，牛泉和释静分手了。

在右玉林卫街头，到处张贴着不准串门，不准群集，不准打猎，不准举办法事，不准执持弓矢的告示，两个人在街头都不允许停留太久，否则按谋逆罪论处。白纸黑字写得再明白不过，而且是汉字。

释静本不打算去牛泉家等牛泉，牛泉不算是毕在寺的香客，牛泉跟广善寺的灵隐师父走得近。自从释静被瓦剌人扫地出门，像个孤魂野鬼一样寄居在城隍庙里，也从不见牛泉来给老和尚布施一碗粥，一盅茶，今天是太阳从西边出来了。但释静是个很随和的人，他不想驳牛泉的面子，毕竟牛泉是里长，在右玉林卫，大小是个官。

释静来到城隍庙对面的牛泉家街门口，他虽然看到街门虚掩，却不知该不该进去。牛泉不在家，家里只有牛泉的老婆，释静不想进去招人口舌。他穿了皱巴巴的一件僧袍，手持念珠，肚里咕咕响着，百无聊赖地站在牛泉家街门口。

几个瓦剌兵从西大街哗哗地打马跑向北大街，他们带过的风影，把沿街的幌子都掀起来了；范金宝推着独轮车在释静身前走了一个来回；卖油的马桂生牵着一匹马、一峰骆驼、一头毛驴也走了过去；卢瘸子迎面走来，肩头背着褡裢，一边走一边骂骂咧咧，慢慢近了，释静才听出卢瘸子是骂鞑子，让他钉了十几副马掌，不给一文钱，还踢了他两脚……

释静眯细着眼，把太阳从东山上，一直望到头顶上。他几次决定不再等了，但几次又变了卦，然后才看到溜溜达达走来的里长牛泉。

牛泉手里仍提溜着一只刷了红漆的食盒，食盒明显是空的，前后摆动的样子，就像一只大尾羊在炫耀自己的尾巴。

咦，长老，你咋在我家门口站着？

阿弥陀佛，施主不是让老衲在这里等你吗？

我让你等了吗？

施主好好想想，你说你有话跟老衲说。

喔哟，瞧我这记性，把这茬儿给忘了。

牛泉狠狠拍一下锃亮的脑门。

牛泉赶紧把释静师父让进院，又让进中堂。

牛泉找释静师父其实也没什么大不了的事情，就是想问释静回不了寺院，心气顺不顺。

阿弥陀佛，释静又道一声佛号，释静也说不出什么，他又不会骂人。

牛泉说，你们出家人就是逆来顺受。

释静说，施主，出家人四海为家，六根清净，只要佛在心中，住哪里都一样。

长老，你没说实话，牛泉直摇头，我能听出你心里想说啥，我有件事还想告诉你，你那庙里有尊大大的活菩萨，可菩萨如今遇难了，就看你敢不敢，愿不愿救菩萨。

牛泉的话，对于释静来说，就像天书一样晦涩难懂。释静的两撇白眉毛，一下一下往上挑，他说，施主有什么话就直说，老衲生来迟钝，猜不透你话里的话。

牛泉这时候就把他的老婆和两个娃娃撵出去，贴着释静的耳朵说了一句话，直说得释静目瞪口呆。

咕噜咕噜，释静的肚里又一阵水响，但释静没有听见。

转天，释静还像往常那样，在右玉林卫的蚰蜒小巷里化缘。有一点不同的是，他推开了好多家街门，不管是柴扉还是厚厚的朱漆门，而且在那些人家里停留的时间比较长。他出来后，也不见手里有果腹的食物。

隔一段时间，那家人的男主人会走出户外，蹭着墙根儿往前走，躲躲闪闪的样子让人觉得很可疑。

他们最终会来到很隐蔽的卢瘸子家。

四

仁寿宫的沙漏走到寅时三刻，负责起居的宫娥，用如莺的细语把孙太后唤醒。八方宫灯透过粉色的绢纱流淌出梦一样的柔光，香几上的五彩花盆，盘凤红木漆柱，紫檀木锦榻，甚至簇拥在滑如香脂的苏杭织绣被子里的孙太后，莫不被映照出瑰丽典雅的色泽。

太阳穴针刺一样灼痛，孙太后嘤咛一声，早有执事的宫女把门外的中官袁熙喊来。袁熙轻声问过太后，用不用请太医，孙太后说不必，该上早朝了。

与孙太后一样因睡眠不足导致精神消沉的还有一个人——翰林侍讲徐珵。

徐珵喜欢看书，朝廷里谁都知道，徐珵看书一目十行，有人质疑他有走马观花之嫌，从翰林院浩如烟海的历朝典籍里随便抽出一本，掸落封面的灰尘，随便翻开一页，随便撷取一句话，要他逐字释义，补齐上下文，猜出文章标题，作者某某，哪朝哪代，写作背景，中心思想云云，徐珵不假思索，追根溯源，信手拈来，几无出入。树大了招风，朝臣们明里暗里都在妒忌徐珵。文选郎中李贤曾当着许多大臣的面儿奚落过徐珵，说别看徐大人坐着比站着都高一头，跑三步不及咱们走两步远，可人家脑袋里装的都是书啊，上知天文，下晓地理，阎王爷的生死簿都在他身上揣着，可惜没有生在战国，如日月可回转，徐大人与马服君赵奢之子赵括有一拼，秦之所恶，就不是独畏马服君赵奢之子赵括为将耳，应该是瓦剌之所恶，独畏翰林侍讲徐珵为将耳。

李贤说这话时，徐珵正背着手仰面观天。

徐珵除了喜欢看书，就是喜欢看天。书中自有黄金屋，书中自有颜如玉，可天上有什么呢？别人眼里的天，也就是个天，徐珵却能看出别人看不出的名堂来。孙太后身体略感不适的前一天，天色阴沉，在翰林院的一棵胡桃树下，徐珵抬头看了看紫禁城方向的天色，什么也看不出来，但有一股杂乱无形的氤氲之气在空中此消彼长，清者升，浊者降，星官四散，三垣震荡，紫微垣移位。徐珵掐算半天，还是把最坏的打算告诉了自己的夫人。虽然朝廷明令禁止官员家眷擅自举家离京，但政令是死的，人是活的，徐珵要夫人和公子小姐，分散开乘轿出城，家中财物大可以删繁就简，把最值钱的带上就行，过了黄河方保平安。他呢，人在官场，只能听天由命了。

一夜无话。第二日早朝，徐珵意外地看到一个人——文选郎中李贤。徐珵连忙低头掐指算，算来算去，他心里不禁咯噔一下，这个人不该活着嘛。

李贤和杨善一样，都是从土木堡混战中逃出来的，只不过李贤直接回到京城，第二天就上了早朝；杨善却前怕狼后怕虎，一直窝在大兴的家中，也就错失了第一时间面见孙太后与郕王朱祁钰的良机。

徐珵和李贤不对付，倒不是因为李贤曾在同僚面前奚落过他，而是李贤曾弹劾过徐珵，说他信鬼神多于信天道。天道是什么？天道就是王法，就是30卷的《大明律》。李贤在一次晨间朝会时说，既然徐珵目无天道王法，就不该在翰林院为职，误人子弟。当时，金台上坐着的还不是朱祁钰，是英宗朱祁镇。头一天，朱祁镇还找徐珵卜过一卦，听了李贤的面奏，朱祁镇脸一红，不置可否。

那天早朝，孙太后下了三道诏书，一道是任命兵部侍郎于谦为本部尚书；一道是立皇子见深为皇太子；还有一道是抚恤所有阵亡将士。这三个决定没有任何争议，皇上朱祁镇去北方狩猎未归，朝政理应由郕王朱祁钰主持，但郕王的身份有点尴尬，并不适宜在朝堂上颁布圣旨，而受形势所迫，京城乃至大明王朝都危在旦夕，只能由孙太后垂帘听政。郕王只是象征性地看了看诏书，然后就交给中官金英，当着满朝文武大臣的面儿宣读了。

对于第一项，郕王没有任何想法，何况这件事太后已经与他做过沟通。关于第二项，郕王也没有争执的必要，他只是个监国，难不成让他的儿子顶替朱祁镇的皇长子见深来做太子殿下？关于第三项，也正是郕王的本意。

在接下来的奏章环节，翰林院的徐珵就提出迁都一事。徐珵躬身跪伏在御道上痛哭流涕，他一边哭一边捧着象牙笏向郕王和珠帘后面的太后倾诉他的满腹忧虑。他说古人有云，天垂象，见吉凶，圣人象之。昨天夜里，微臣仰观星宿，发现诸事不谐，北斗南移，月遮长庚，岁星侵入端门，凶兆尚且凌厉，若再不迁都，朝廷上下恐遭不测啊。

在徐珵之前，迁都之说早已甚嚣尘上，许多事情都无法藏着掖着，就连街头一个卖糖葫芦的贩子也知道大明朝的精锐之师都葬送在了土木堡，留守京师的只剩一些快要退役的老兵老将了，加以瓦剌骑兵所向披靡，鸡蛋哪有碰过石头的道理？惹不起就赶紧躲啊。这样的话曲曲弯弯传到孙太后的耳朵里也颇费一番周章，孙太后讨厌这种弃都论，动不动丢下一座城一片土地拔腿逃之夭夭，算什么事啊！何况这是周遭四十五里的繁华京师呢，何况紫禁城的任意一间房子里莫不堆锦叠绣，哪怕院里的一花一木，一段汉白玉阑干，一口随意摆放的大铜缸，也都是价值连城啊，怎么搬走？

郕王虽然也听过不少迁都的风言风语，但在朝堂之上还是第一次有人上疏这种奏章，他吃惊地俯视那个浓缩成小小一个圆球的徐珵，忽然觉得头顶的奉天殿簌簌摇晃起来。

徐珵的天象术在英宗时期堪称笑话，朝臣中多有把徐珵的预测比作乌鸦嘴的，他算好的吉日，往往很难兑现；他掐算的凶日，倒一算一个准。按说，徐珵劝说太后和郕王迁都本身就是在炒一锅别人吃剩下的冷饭，只是他炒的方式与众不同，他用了精致的炒瓢炒勺，用了喷香的底油和佐料，他掌勺时的动作也不一样，这样炒出来的馊饭就有了独特的艺术性和鉴赏性。

徐珵在朝堂上这么呜呜咽咽地一哭一说，许多人都受了郕王的影响，顿时觉得头顶上的太阳黯淡了不少，奉天殿檐下的风铃也诡异地叮叮当当响起来，没有风的日子，风铃这么响，绝非什么好事情。

中官金英鄙夷地朝徐珵翻着白眼，在他眼里，徐珵就是一个胆小如鼠的怕死鬼。

真是一派胡言！刚刚由兵部侍郎升为本部尚书的于谦，从臣工序列里站出来，指着仍跪在御道上的徐珵说，非常之期，当勠力同心，共赴国难，徐大人身为朝廷命官，不是誓与京师共存亡，反而危言耸听，以所谓的星宿异象来蛊惑人心。迁都之事岂能儿戏，我朝从永乐十九年迁都京师，曾有礼部主事萧仪以迁都后诸事不便为由，横加阻拦，被太宗当即处死；徐大人乃饱学之士，你可记得宋朝南渡的亡国旧事吗？前车之鉴断不会轻易忘记吧？今日之京师，乃我大明龙兴之地，怎能因小小的瓦剌蛮夷，而弃我大明之龙脉于不顾？恳请太后下旨，今后若谁胆敢再提迁都，一概以通敌罪论处，杀无赦。

户部尚书陈循也出列启奏，迁都之事恐伤及国运，万万不可草率行事。

礼部尚书胡濙也说，还是于大人说得在理，非常之时，不可蛊惑人心。

徐珵听了一班大臣你一言我一语，哭着哭着就不哭了，他慢慢从御道上站起身，退入文班序列。

大臣们虽然没有抬头打量徐珵的脸色，但大家都能想象出徐珵的心情一如天气一样充满挫折感。

五

有一天黄昏，马桂生牵着马、骆驼、毛驴准备返回毕在寺，突然看到东城门口拥进一股骑兵。

那些骑兵一个个嘴绷着，两目无神，似是受了过度惊吓，有戴头盔的，有没戴头盔的，有铠甲上沾着血迹的，也有铠甲上没有血迹却沾满尘土的，他们如死尸一样，被马驮着从东大街走过，全无往日恨天高恨地深的威风。

许多右玉林卫的乡亲，屏住呼吸，隔着门缝朝外看，他们惊讶于这支马队的狼狈。

吃完饭，马桂生才从唐兀台嘴里知道，伯颜派出去的一队人马在大同府吃了败仗，死伤逾百。他们中了一个叫郭登的明将的算计，许多人和马匹未经与明军交锋，就落入郭登事先挖好的陷阱里。郭登趁势杀出城外，把瓦剌兵杀得屁滚尿流。吃了败仗的不仅仅是右玉林卫的骑兵，还有驻扎在其他地方的瓦剌骑兵。

第二天上午，铁匠郭老六把正经过城隍庙的马桂生截住。他把马桂生和他手里牵着的三头牲口连拉带拽，拖进城隍庙，显得蛮横无理。郭老六手里有劲，有人见过郭老六掰着牛犄角，用手拧断过一头大黄牛的脖子。但再有劲的手，也不能随便欺负人吧？

老实巴交的马桂生，偏偏让铁匠郭老六欺负了。

马桂生记得自己从未招惹过这个愣头愣脑的铁匠，也记得没欠他一文钱，每次经过铁匠铺，马桂生都要朝铺子里胡乱地笑笑，虽笑得杂乱无章，但总归是在笑，不管郭老六看没看见，反正他对铁匠算是仁至义尽了。可在那个神经分分的上午，铁匠不问青红皂白，就把马桂生拽进了城隍庙。踉踉跄跄的马桂生几次都要绊倒，又被郭老六钳子一样的手拎起。马桂生想骂娘，马桂生想日郭老六的先人，又怕郭老六拧断他的脖子，他只好虚张声势地威胁郭老六，老六，你他妈撒不撒手？再不撒我可喊人了。

郭老六不撒手，也不说他为什么不撒手，而是一把将马桂生推进正殿。

马桂生吓了一跳。在城隍庙后院的正殿里，马桂生看到许多面孔粗糙的男人，他们坐在一口又一口或新或旧的棺材板上，有人抽烟，有人看别人抽烟，有人不抽烟也不看别人抽烟，却死死盯着门口。这样，就把马桂生和郭老六盯了进来。马桂生没想过摆满棺材的正殿里会有这么多人虎视眈眈地坐着，虎视眈眈地盯着他，直把他盯得心里敲起了小鼓。

在这些人当中，马桂生一眼看到一个席地而坐的僧袍腌臜的老和尚，他看见老和尚的白眉毛，房檐一样耷拉在脸颊两侧。

在老和尚左边，坐着里长牛泉的爹牛百盛，牛百盛手里握着那卷《太上感应篇》；老和尚右边，坐着马桂生的二叔马连成。里长牛泉是站着的，还叉着腰。

大家都三缄其口，打量着老大不情愿的马桂生。马桂生终于挣脱郭老六如同铁钳般的一只手，他说，老六，你不要仗着你有把子力气，就欺负老实人，兔子急了还咬人呢，我×你姥姥。

郭老六没吭气，他瞪了马桂生一眼就蹲在地上抽起旱烟，仿佛马桂生是自己从庙外走进来的。

老和尚是第一个开口说话的人，他说，马施主，少安毋躁，老衲有一件事想问问你，你可要实话实说。

实话实说？马桂生火大了，他还沉浸在被郭老六老鹰拎小鸡似的拎来拎去的懊恼中，他大声说，我有啥话要对你实话实说？我有啥瞒着你没说？我住在毕在寺也是靯子强迫我住进去的，我又不想在你那鬼地方多待一天，我，我家里还有媳妇儿干晾着哩，你那里又不干净，我夜夜做噩梦，我梦见白面无常天天拿镣铐套我的脖子，我再住下去，都快疯掉了……

这个卖油郎越说越气，脸涨得血紫，脖子也粗了，他把近日来积郁在心头的怒气，一股脑全倾泻给盘腿打坐着的和尚释静。

释静就被他连珠炮似的一番话，震蒙了。

你说够了没有？牛泉冷眼看着失态的马桂生，牛泉嘴里一直咬着一根细草棍儿，他说话时，也不便把嘴全张开。

牛泉一句话，比一瓢凉水都凉，马桂生不说了。

桂生！牛泉的爹牛百盛开口了。牛百盛身量瘦小，声音却挺大，大若洪钟，一句话未落，听者的耳朵莫不嗡嗡作响。桂生你听着，我不是你爹，你二叔倒是你的长辈，可你们两家又闹得挺僵，你就当我是活了一大把年纪的老不死吧，我说几句不中听的话，你不要捂住耳朵不听。这普天之下啊，莫非王土，你是大明朝的臣民，我也是大明朝的臣民，所有臣民又分为四种，一种是有大忠者，二种是有次忠者，三种是有下忠者，还有一种是有国贼者。我老了，眼睛看不清了，不知道桂生你算是哪一种？

百盛叔，马桂生发现大殿的梁柱上飘飘荡荡坠落下许多微尘，说不来是不是牛百盛的声音震下来的，你说的话我都肯听，可我一个卖油的，没进过一天学堂，没念过一个字的书，你说的那些话我都听不懂，我也不知道我算是哪一种。

哼，马桂生听见他二叔鼻子里哼了一声，又听见二叔嘟囔了一句，哪一种？狗杂种。

马桂生的脸唰地红了，慢慢地又紫了，心说，你才狗杂种呢。

同样卖油的王老五拍了拍屁股下面的棺材板，说，桂生，你咋不卖油了？我听不见有人背后说我的坏话，我听不见他们说我的胡麻油里掺和米汤了，这几天，我家的胡麻油都卖出三大缸，云石堡的小张员外托人捎话给我，要我给他榨两篓油赶紧送过去，他家的油条铺子最近生意不错，鞑子就喜欢吃他家的油条……

老五，你看你扯不扯？开裁缝铺的牛本道一直在殿门口站着，裁缝的职业让他患上很严重的洁癖，他不想在放满棺材的神殿里多待一刻，他早就想走了，因为等不来马桂生，只好干耗着。现在等的人来了，王老五反倒不着急了，这个那个的瞎咧咧一气，牛本道转脸对马桂生说，你甭听王老五的，你听我说，我们有事想跟你打听一下，你常住毕在寺，一定知道寺院里住着哪些人，除了鞑子兵，除了金宝老婆，还有没有其他汉人？不一定都是咱们右玉林卫的人，有没有京师过来的人？

马桂生转着眼珠，他把牛本道的话琢磨一遍，觉得并没有对他明显不利的地方，你说那个皇帝啊？我天天见他，他每回去蹲茅坑都要让我看见，他在后院的大殿里住，茅坑在我们前院的东南角，他每回上茅坑，都走得挺急，好像慢下来，就会拉在裤裆里。他后面总有人陪着，我知道有个说话跟娘儿们似的太监，他叫喜宁公公，还有一个是哈铭，哈铭是个好人，他也是个俘虏，是伯颜非要他去伺候那个皇帝的，最近又来了个又高又瘦的汉人，听说叫啥圆饼的，是个从不开口说话的半哑巴……

满屋子的人都大眼瞪着小眼，他们都不相信自己的耳朵，他们盯着马桂生的脸，想要分辨出哪句话是真，哪句话是假。

后来，牛泉咳嗽了一声，用左手挠着右手背说，敢情是，咱们大明朝的皇帝爷真藏在咱们毕在寺里，我开始还以为，范金宝的老婆没出过远门，随便把个啥人安顿成了皇上，照桂生这么说，皇上果真给鞑子扣下了，怪不得右玉林卫的守军跑得一个不剩。

皇上啊！牛百盛和马连成，两个老秀才，在大家没注意的时候，忽然跪倒在地上，一边失声痛哭，一边嘴里各说各话。大意是说，他们从小饱读诗书，无非是想赚得功名，报效朝廷，只恨他们才学疏浅，每每名落孙山，如今听闻皇帝为鞑子所禁，而他们又不能为皇帝做些什么，真不如一死以谢皇恩呢。

牛百盛手里的书卷把地面的尘土拍得沸沸扬扬。

动静大了，许多人都从棺材上跳下来，去搀两位老先生的胳膊，说不要哭了，小心把鞑子兵给招来，大家不是都在想办法嘛。

好容易把老先生们安抚好，释静却冷不丁说了一句离题万里的话，马施主，老衲还是想问你一句话，你不要生气。

释静的两只手在快速捻转那串硕大的佛珠，释静说话都有点低三下四了，老衲跟马施主一样，也是天天晚上做噩梦，昨晚上老衲梦见佛祖案前的油灯灭了，佛祖生气了，他用拂尘扫了老衲的头皮一下，说油呢？灯呢？香火呢？老衲吓得一个劲儿在磕头，罪过呀，出家人本该超出三界外，不在五行中，老衲却贪生怕死，让那些鞑房赶出寺院，慢待了佛祖……马施主，你去没去过后面的大殿里？殿里的油灯一定早灭了……

牛百盛皱巴巴的脸上挂满泪，他胡乱抹了一把，说，释静，你不要打岔，眼下是搭救皇上要紧，你那间破庙，迟早会回到你手上的。

马连成也说，你心中有佛就行了，管他油灯亮不亮呢。

其实，大家都被老和尚唠叨烦了，他们有的在轻声咳嗽，有的把脚下故意弄出响来，有的在用指头叩击着棺材板，像是要唤醒故人。那个蹲在地上抽烟的郭老六挪了挪地方，他头也不抬，说赶紧议一议怎么个搭救法吧，这里边不能待久，万一鞑子兵进来就麻烦了。

卢瘸子说，老六这话还像句人话，大伙儿赶紧议一议，咱们好走人。

牛泉使劲用左手挠一下右手背，瞪着眼说，急啥？还怕鞑子把咱们吃了不成？

殿外的太阳从木格窗里投进花花搭搭的白光，许多人身上脸上都有了凌乱的光斑，一些细微的浮尘在空间里飘浮，有人毫无遮拦地放了一个爆竹一样的响屁，许多人都龇牙笑了。从表情上看，没有一个用心想办法的。

马桂生看了看太阳的方位，知道时辰不早了，就对一直不吱声的马东川说，要没啥事，我就走了，马和骆驼还等着吃草呢。

你急个屎呀？牛泉火大了，他朝地上啐一口黄痰，说，给鞑子喂马也这么上心，你咋不想想自个儿是汉人哩？皇帝爷就在毕在寺里困着，你天天跟皇帝爷打照面，就没想过怎么搭救他老人家？就知道孝敬鞑子？鞑子是你祖宗？

又说，那帮驴操的，都把你老婆给弄了，你还蒙在鼓里呢……

马桂生像被雷击了一样，慢慢地，脸就紫了，紫得有些发亮，他喘着粗气怒视着牛泉，牛泉，你他娘甭给我老婆头上扣屎盆子，我老婆让谁弄了？你他妈给老子说清楚。

牛泉挂了一脸冷笑，他才不怕马桂生想吃人的表情呢，他挠着右手说，你是个万事不管的大傻子，人家把你老婆占了，你还替人家放马呢，你还巴结人家呢，你连你是汉人都忘了。

你说是那个伯颜？是他欺负了我老婆？

不管是谁吧，牛泉不愿深入探讨这件破事，耷拉着眼皮说，反正你那老婆如今成了鞑子的香饽饽，你不回去当然不知道，你不知道你那老婆养了好几个鞑子汉子哩。

那天，在阴森森的城隍庙里，一群人并没有集思广益想出一个十分周全的搭救朱祁镇的办法，最后是牛泉一边用左手挠着右手背，一边把任务分摊到每个人头上，让他们回家去想，边吃饭边想，边睡觉边想，边日老婆边想，再过两天，还要在城隍庙里碰头，到时候谁想不出好办法，就说不过去了。

大家是一个一个分开走出城隍庙的。他们先是把头探出山门外，四下里张望一圈，再兔子一样窜出去，轻盈地消失在一条条蚰蜒巷子里了。只有马桂生在城隍庙里又待了好长时间，直到听见马在院子里萧萧地一阵嘶鸣，才想起放马的事。

日你娘的。

我日你娘的。

我日你亲娘的。

马桂生不打算给伯颜出城放马了，他想找一把刀子先把伯颜的马给放了血，然后提溜着马头去找伯颜拼命。

阿弥陀佛，怒为万障之根，忍为百福之首，马施主，不要听他们的话，在正殿内打坐的释静这么平静地对马桂生说。

　　而那时，马桂生已经大摇大摆牵着他的三头牲口走出了山门。

第五章

也先来了

一

几天后的一个早朝，兵部尚书于谦陈请郕王调遣南北两京、河南的备操军，以及分布于山东与东南沿海的备倭军，日夜兼程，会师于京师城下，并要求各部麇集途中，顺便从通州粮仓配备所需军粮。

于谦的话音刚落，又是那个徐珵，也向郕王和孙太后上呈一道奏章，由鸿胪寺官代为奏事，说近日兵部滥用职权，任用许多个从土木堡逃回的戴罪之人掌管五军大营，另有一些遁逃之臣，诸如大理寺右寺丞萧维桢、吏部文选司郎中李贤者流，朝廷不仅没有治他们的罪，反而让他们官复原职，引发朝臣非议，恳请太后颁旨，凡从土木堡潜逃回京师者，无论官阶高下，均应以《兵律》论处，初犯杖一百，充军服役，再犯者处斩，以儆效尤。

　　经历土木堡之变后的大明朝廷，六部九卿，内阁辅臣，莫不减员过半，曾一度挤成疙瘩的文武百官，如同一场大风后仍留在田野的一些谷个子，稀疏了不少，萧条了不少，也颓废了不少。人少了，空间就显大了，大臣们面面相觑，都知道徐珵是给于谦眼里戳拳头。于谦举荐了一个叫石亨的都督佥事为右都督，并掌管五军大营，而那个叫李贤的当事大臣又与于谦是莫逆之交，无论石亨还是李贤，都是土木堡的亡命之臣，徐珵是在有的放矢。

　　在朝中，于谦的刚烈为他树敌颇多，徐珵弹劾于谦，许多大臣都闭口不言。郕王回头看了看后面的珠帘，孙太后没有在珠帘后面落座，今天太后身体欠佳，没有临朝。郕王找不到答案，只好点点头，说，徐侍郎所言极是，只是如此一来，恐波及者甚众，眼下正是朝廷用人之际，依本王来看，莫如，莫如先让这些人暂保原职，听候发落吧……

　　就这样，杨善躺着中枪了。杨善听老尚书胡濙这么嘚啵嘚啵一说，也是惊得目瞪口呆，他没得罪过这个侏儒徐珵，他只是一个文职，又不会上马杀人，他能够从瓦剌人的马蹄之下侥幸逃生，实属不易了，难道让所有的大臣都惨死在两军阵前才算合乎规制？

　　妈拉个巴子的。

　　从不爆粗口的杨善，忍不住一拳砸在书案上，胡濙摆放在桌上的几管狼毫和一只五彩美人瓷瓶也应声跳起。

121

胡濙老了，胡濙说话有些前言不搭后语，但他还是花了一上午的时间，断断续续把事情的原委说清楚了，他只说了前半部分，前半部分大多是于谦与徐珵的一些言语交锋，中间还夹着郕王和孙太后，显得隔山打牛一样，落不到实处；而后半部分却充满了火药味，在一个特定的时间里忽然挤进许多人来，这些人有杨善熟悉的，也有杨善不熟悉的，不熟悉的他也知道那人姓甚名谁，在哪个衙署里任职，这些人在一个明朗的早晨，对王先生遗留下的党羽进行了一次血淋淋的讨伐。

二

郭老六脱光膀子，叮叮当当在敞亮的铁匠铺里打制一把长矛。

长矛是住在观音阁里的一个叫赛坡的麻脸瓦剌兵交给他的。麻子脸赛坡惯使一杆丈八长矛，长矛一出，所向披靡。因为扎人太多，矛尖钝了，要郭老六给重新淬火，加一点镔铁进去。除了那杆长矛外，铁匠铺的地上还有一堆长刀腰刀排队等候，郭老六每落一次铁锤，就爆一句粗口，日你娘的，砸不死你，还让不让人活了……

郭老六在铁砧旁一边使力，一边怄气。不停地抽拉风箱的儿子拉柱却在帮郭老六琢磨搭救朱祁镇的法子，爹，在井里放砒霜吧，把鞑子都药死；爹，你们能把沧头河的水引进城里，水淹毕在寺也行，当初白蛇娘娘就是这么救她汉子许仙的；爹，你们怎么不挖一条通进庙里的地道呢？拉柱脑子灵，一会儿冒一个主意，只是没有一个主意让他老子满意。

好好烧你的火吧，甭烦人。

爹，你说这个皇帝咱们拼了命救他做啥？咱们又不认得他，他也没用咱打过斧头镰刀，也没给咱一匹布，咱们凭啥搭救他？

你晓得个屁？郭老六对儿子总是这么磕磕打打的，偏偏儿子也看不起他，父子俩很少有合得来的地方。不过，嘴上虽这么说，郭老六心里也是翻来覆去想不明白。

三

入夜，右玉林卫沿街店铺的灯笼一盏盏熄灭了。没有人迹的街头，只有冷风在呼呼地行走。一个黑乎乎的人影趁着夜色来到毕在寺西侧的塔林里，他笨手笨脚的样子惊扰了许多喜欢夜游的小动物，他甚至被一块砖头险些绊倒。这条人影，最后鬼魅般地出现在毕在寺后院的西墙下。墙高一丈有余，那人抬头看了看，伸胳膊比画了几下，没办法够得到墙头。他来来回回地在墙脚徘徊，脚底残留着一

123

些枯树枝，不时被他踩出一串清脆的声音，声音把他都吓了一跳。那天夜里，毕在寺内显得分外安静，除了山门外有几个侍卫在巡逻，就剩下西墙外面那个孤独的黑影了。

四

桂生，你瘦了。

有一天，哈铭从后院过来看望马桂生，哈铭第一眼就发现马桂生整个人瘦了一圈，他问马桂生出什么事了，马桂生只是摇头，不说。哈铭就告诉他，也先太师要朱祁镇带一哨人马去大同府走亲戚，伯颜不同意，但又拗不过他哥哥，事情就这么定下了，改日就要出发。

哈铭的消息一开始并没有引起马桂生的注意，后来是马桂生出门放马，路过城隍庙时，忽然就想起那天的事儿来。那天临走，牛泉吩咐过他，要他多加留意毕在寺内瓦剌兵的动静，有什么事儿，就想法告知他。

毕在寺前后有四个院子，最外面的是牌楼，牌楼两侧是一对石头狮子。穿过牌坊，是山门；山门进去是两根鎏金大旗杆，旗杆后面是两排廊房，廊房既是僧房，又是斋堂；正面是天王殿；绕过天王殿是前殿，前殿后面是大雄宝殿。

住在后院大雄宝殿里的朱祁镇，除了白天去茅厕出恭，很少到前院来走动；倒是伯颜经常带着佛经去找朱祁镇聊天，伯颜对《金刚经》的理解超过了许多大和尚，他想用佛的理念化解与朱祁镇之间的隔阂。

有一天，也先忽然驾临毕在寺。

也先是从草原上来的。他回了一趟巴儿忽，面见了瓦剌可汗脱脱不花。

脱脱不花是成吉思汗的后裔，祖上显赫的伟业和荣光总让他诚惶诚恐。只是脱脱不花的血脉里少了一些霸气，多了一些看人脸色行事的世故，他对也先这个小舅子总显出格外的恭敬。本来嘛，脱脱不花头上那顶毛茸茸的可汗帽子，就是小舅子亲手给戴上去的。也先哪天说姐夫哪，你怎么把帽子戴歪了？就有可能伸手从他头顶上摘走。但这一次，脱脱不花却对太师活捉到朱祁镇一事很感兴趣，要也先不日启程，返回右玉林卫，把朱祁镇押解去巴儿忽，他要好好数落数落这个不听话的大明天子。

也先没有答应。

也先当然表面上还是唯唯诺诺的，讲了些路上不安全的说辞，也谈到朱祁镇死活不到草原上来的忌讳。直到辞别可汗，也先都没看见可汗脸上露出哪怕一丝笑容。也先心想，以往的脱脱不花可不是这样的，是不是有人在可汗背后说他也先的坏话了？是不是有人暗地里在挑拨他们姐夫小舅子之间的关系了？是不是有人想在太岁头上动土了？这么一想，也先的脸色阴沉下来。

也先来到右玉林卫那天，朱祁镇和中官喜宁公公算是闹掰了。细说起来也就一件小事，朱祁镇夜里做噩梦把喜宁公公吵醒了两回。头一回，喜宁公公翻了翻身子又睡了；第二回，喜宁公公睡不着了，躺在床上呼呼地怄气，怄着怄着从床上一跃而起，在香案上摸到火镰和蜡烛，点着了，径自举着蜡烛走到朱祁镇床前，伸手想推醒朱祁镇。或许是想到了什么，喜宁伸出去的手，半路又缩回来了，他嘴里咕哝了一句粗话，气咻咻地返回自己床前，坐在吱吱作响的床头，只顾生闷气。

在这个空荡荡的大殿里，除了佛祖和他的几个弟子彻夜不眠外，还有另外两个人目睹了喜宁公公的以下犯上，一个是通事哈铭，一个是锦衣卫袁彬，哈铭和袁彬没有单独的床铺，他们睡在一扇门板上面，位置在大殿的门口。哈铭睡不着，袁彬也睡不着，他们在幽暗的空间里猜摸喜宁公公的意图。

夜深了，夜太长了，喜宁瞪着黑黢黢的大殿四围胡思乱想，一会儿想起小时候在老家过的穷日子，他从别人的地里偷偷拔出一根拇指粗的红薯，还没等塞进嘴里，红薯的主人一根棒子兜头抽来，他没躲开，嗷一声惨叫，抱着脑袋躺在地上直抽抽……一会儿又想起去京城找开草药铺的舅舅谋生，舅舅说你小子肩不能扛手不能提，在我家里坐吃山空，也不是个事儿，我给你指条明道儿吧，我有个宗人府当差的朋友，他可以引荐你入宫伺候皇上，一人得道，鸡犬升天，你真有那个造化，也是我姐姐前世积的阴德，今生修来的福分……一会儿又想起净身前的恐惧，净身时的痛苦，净身后的绝望，就像一场噩梦……喜宁恨得直咬后槽牙。

喜宁公公想得正苦，黑暗里传来朱祁镇的大喊大叫，那个倒霉的皇帝又梦见发生在土木堡外面的一场疯狂杀戮了。

喜宁公公觉得现在的皇上简直就是一个疯子，好像一闭眼就有恶鬼在追逐他，不是大呼小叫就是呜呜咽咽地哭泣……还让不让人睡觉了？一股怒火烧得喜宁按捺不住，重新摸到火镰纸煤儿和蜡烛，等幽暗的大殿再一次被柔弱的烛光照出一片昏黄，喜宁公公一个箭步奔着朱祁镇的床榻就过去了，一把将朱祁镇身上的被子掀开，在朱祁镇穿了龙裤的屁股上啪的就是一巴掌，啪的又是一巴掌。

巴掌声在大殿里没有任何阻挡，显得特别响亮。喜宁公公偶尔抬头瞟佛祖一眼，发现佛祖竖在胸前的一只佛手，微微颤抖了一下。

喜宁冷笑着对一脸懵懂的皇帝说，我说皇上哪，你还让不让人睡觉了？白天伺候你，跑前跑后没个歇空儿，到了晚上还要听你瞎折腾，你不知道你哭得有多瘆人，照这么下去，我也会疯掉的。

朱祁镇被喜宁公公的巴掌抽疼了，他一边揉屁股，一边从床上爬起。朱祁镇看着烛光里喜宁公公那张小白脸，说，朕梦见先生哭着喊着要朕救他……

喜宁公公说，王先生为国家肝脑涂地，最后连命都搭进去了，你贵为天子却连王先生都救不了，我们这些做奴才的就更别指望跟着你安享富贵了。

朱祁镇颇有耐心地听完喜宁公公的牢骚，他微笑着说，朕发现喜宁你现在胆子越来越大了，朕记得第一次见你，是王先生把你带进宫的，他说你叫喜宁，在内官监里当差，嘴巧，会猜摸人的心思，又说朕身边适合留你这样的人解闷，朕看见你跪在地上，圆乎乎的脑袋转来转去的，就对王先生说，这种人都把心思用在偷奸耍滑上了，怎么适合在宫里呢？又怎么适合在朕身边呢？赶紧把他轰出宫去……朕当时看见你跪在地上一个劲儿哆嗦，额头都磕破了，朕心里一软，没等王先生再说什么，就答应让你留下来试用几日。喜宁哪，看来朕当初第一眼还是没有看错你，你眼里压根儿没有朕这个皇上。

皇上，你说错了，喜宁说，咱家当时是怕你把我轰出宫去，那不咱家白把自个儿阉了吗？咱家还有脸活在世上吗？那时咱家心里除了怕你，就是恨你，咱家恨你什么呢？咱家恨你这个皇上当得太霸道了，凡是伺候你和你那些娘娘们的人，都得把我们命根子给剁了。圣人说得好，身体发肤，受之父母，不敢毁伤，你可倒好，伤的还不是我们一般的发肤，我们对你是忠了，可对我们的父母大人来说就是大不孝了，皇上你说是不是这理儿？再说了，现如今

128

你是落地的凤凰不如鸡，咱家要不跟你讨伐人家瓦剌人，也就不会落得这下场，说一千道一万，咱家今儿这处境都是皇上你给造成的，你还不让人好好歇着，还要打呼噜，还要又哭又叫……

朱祁镇叹了一口气，你说的没错，都是朕耳根儿软，错听了王先生的话，如今落得君不君，臣不臣的。

喜宁噗地把那支蜡烛又吹灭了，他说，皇上，你知道就好。

哈铭没有说话。

袁彬也不会说话。

夜，深不见底。

五

也先要在伯颜的营帐里设宴为朱祁镇洗尘。

这个说法看上去是那么不经推敲，朱祁镇被瓦剌兵裹挟到右玉林卫已经好些天了，初来乍到时也没见也先隔三岔五来觐见朱祁镇，更没见他带酒带肉来给朱祁镇压压惊，但从巴儿忽归来的也先，忽然想起洗尘这件事。

伯颜在毕在寺的山门外迎接他的哥哥也先，伯颜眉头锁了一只肉蜘蛛，他环视一圈也先带来的扈从。那些穿戴臃肿的大汉纷纷从马背上跳下，向伯颜行礼。

129

伯颜对仍骑在马背上的也先说，哥哥，昨天夜里我做了一个梦，梦见佛祖变成一条飞蛇，老在我头上盘旋，我醒来时，心口窝都是汗。

也先那张红脸膛，笑眯眯地看着弟弟，琢磨不透这个信佛的弟弟怎么无缘无故扯起了做梦。

我是这么想的，伯颜又说，咱们是不是做得过头了？英宗贵为天子，佛祖都在暗中护佑他，咱们这样做是不是会把天神激怒了？何况英宗一直被咱们羁押在这个小城里，终究不是个办法。

那时候，也先一手挽着缰绳，一手拿着马鞭，翻起眼皮端详山门上的那块匾，他说，这个你不懂，以前我们想见大明皇帝，都要备一份厚礼，人家愿不愿见我们，也要看人家的脸色。现在好了，你看英宗就在你我的手心里，是他老人家要看咱们兄弟的脸色，咱们要他三更死，谁敢留他到五更？当年曹孟德挟天子以令诸侯，是何等风光？我们一不做二不休，也效仿一次古人，把大明朝搅个地覆天翻……

伯颜不说话，也先也不需要伯颜说话，也先跳下马，把缰绳丢给随从，迈上山门前的青石台阶，走进毕在寺。

喜宁公公不知是听到什么风声，还是有未卜先知的能力，他没等也先钻进伯颜的营帐，就鬼头鬼脑从后院走来，对营帐前的几个侍卫说，有要事要面见太师。侍卫们不搭理他，凶巴巴地拿眼瞪他。喜宁感到委屈，有心返回后院，又心有不甘，他还想磨缠下去，却被一个侍卫拎着脖领扔出去两丈远。

喜宁躺在地上半天起不来，他的呻吟把营帐里的也先和伯颜惊动了，也先走出营帐问侍卫怎么回事，喜宁挣扎着翻起身给也先磕头。

也先说，喜宁，你不好好伺候你们皇上，到中院来干什么？

喜宁公公原以为太师不一定认得他，即使认得，也记不住他的名字，偏偏太师是个有心人，还记得他喜宁公公的名字，偏偏太师眼里还有他喜宁公公，这么想着，喜宁公公眼圈红了，说话都有点可怜巴巴，太师，咱家总算把您给盼来了……

马桂生是透过窗棂的缝隙看见喜宁公公被也先请进伯颜的营帐的。他不知道喜宁公公找也先做什么，但他已经从哈铭那里打听到喜宁公公的身份了，是一个招人可怜的太监。

在右玉林卫，像马桂生这样的老实人特别多，像马桂生这样的苦人也特别多，老实人有老实人的活法，苦人有苦人的活法，但很少有人想过断子绝孙去京城当太监的，他们宁肯苦死累死饿死，也不会把传宗接代的命根子剁掉。不过也有例外，城里人都在疯说，里长牛泉的弟弟牛洪也在京城做太监，只是混得不得志而已。

马桂生不喜欢喜宁公公。

马桂生有点讨厌这个阴阳人。

马桂生也不敢惹喜宁，他觉得在右玉林卫，他谁都惹不起。

有时候，喜宁公公陪着朱祁镇去茅厕，马桂生总要搭讪着跟他俩说话，喜宁公公一概以鼻孔喷气为回应，倒是朱祁镇总是微笑着朝他点头，有一次还特意跟他说了一句话，那句话是，我们以前在哪里见过的。当时，马桂生一边抽着旱烟，一边巴结地笑。听完朱祁镇的话，马桂生脸上的笑冻住了，在那里尴尬了半天。

吃过早饭，乎格勒从外边回来，对唐兀台耳语几句，唐兀台的眼睛就转向马桂生。唐兀台的眼睛像一把刀子，在马桂生脸上身上划来划去，后来就非常诡异地笑了，他对马桂生说，今天太师要来，你也该准备准备上路吧。

马桂生问他上啥路。唐兀台故作惊讶，你还不知道太师和伯颜打赌的事吗？

马桂生的右耳，用力抽动两下，说，他们打他们的赌，我又不掺和他们……

唐兀台嗤地笑了，你真是个榆木疙瘩，你以为他们哥俩闲得慌，要拿你逗乐啊？他们打赌就为了割你的头啊，你赶紧把脸洗一洗，把身上的土拍一拍，把你鞋上的泥巴也抠一抠，别上路都邋里邋遢的。

马桂生本来心情就很糟，他心情糟透了，这样的状态已经维持好几天了，他不招谁，也不惹谁，偏偏倒霉事情都要往他身上蹭，躲都躲不赢。他像一截木头桩子，戳在屋子里，脸绷着，也不听唐兀台的吩咐，既不洗脸，又不拍打衣服上的尘土，连旱烟袋都扔在炕上了。后来是乎格勒过来拍了拍他的肩膀，说，桂生，你别听唐兀台的，太师不一定还记得这事，再说你又没做什么出格的事，他们凭什么杀你？

过了一会儿，有人把乎格勒和唐兀台都喊出去了。

屋里静下来，马桂生却心烦意乱的，忽然觉得一股血，嗖地往脸上蹿。马桂生脸上火辣辣地烧，他妈的，老子得罪哪路神仙了？咋谁都跟老子过不去？马桂生的情绪，最后无疾而终，他总是能够把怒火压下去，把惊悸也压下去，死就死吧，死算个屁！

有一年，沧头河发大水。他爹挑一对空油篓，从西岸往东岸泅渡。岸上有个放羊汉吆喝他爹不要过河，水流太急。他爹不听，摇摆着身子下河了。一个浪头打来，他爹打了个旋儿，连人带油篓被大水卷跑了。后来，他和他妈是在下游的杀胡口一段浅滩上找见他爹的。那时，他爹的肚子鼓得老高，像个十月怀胎的孕妇。直到装棺以后，他爹肚里的河水才稀里哗啦流出来。时隔不久，他娘在一场大病之后也过世了。临死，眼睛几乎从眼眶里挤出来，整个人瘦成一张皮……马桂生什么样的死亡没有见过呢，他倒要看看太师要用什么样的方式处死他。

这样，马桂生隔着窗棂的缝隙，窥视宁静的院子，等待死亡的仪式从天而降。

133

第六章

皇帝的话也不管用了

一

　　黄昏，京师的街头，行人稀少。

　　一阵风扬起乱糟糟的一大片枯叶，极像是演绎秋风扫落叶的场景；一只猫，在风影里轻盈地踩着落叶，幽灵般穿街而过。

　　随着一阵唰唰的脚步声，一乘黑呢轿子从前门大街拐入一条僻静巷子，落在都察院右都御史陈镒的府邸前。从轿子里弯腰钻出一个身材魁梧的官员。那人正了正头上的乌纱，仰面看了看写有都御史第的门匾。他没有让随从去叩门，而是自己提挈了袍襟走上台阶。

　　夜色可以吞噬所有有形器物，唯独从杨善心里透出的万分焦虑无法掩饰。几天来，杨善既不敢回大兴老家，又不敢上朝面见太后或郕王，只能待在直房里听候发落。只等散朝后，他悬着的心才略略落下。白天，他无所事事；晚间，他如坐针毡。

陈镒是他好友，自从土木堡逃回来，他还没有去拜访过陈镒，一来是心事重重，没心思串门访友；二来是怕给好友招惹是非，自己算是戴罪之人，去哪里都不合适。但到了这天晚上，杨善还是鼓足勇气，搭了一乘便轿，亲手叩开了陈府的大门。

门公认得杨善，行礼后慌忙去正院禀报老爷。

在杨善看来，那个门公匆匆走去的背影，已经很说明问题了，他的出现会让许多人惊慌失措。

陈御史的官邸一如京师所有的官宦之家，实用而不浮夸。穿过门厅是较为宽敞的前院，东边是几间库房，西边是几间马号，北侧是几间厨房，南边是门公住着的几间倒座房，厨房前有一行叶子萎靡的花树，在暮色里一副忧心忡忡的样子。穿过垂花门是正院，甬道疏竹，假山莲池，几间正房，几间厢房，还有几间佛堂。后院里的布局又比正院还要雅致，几间暖阁，几间花房，几间卷棚，还有一座绣楼。杨善没去过后院，知道是陈镒的两位小姐住的地方。他经常光临的是正院的中堂。

那个马顺真他娘不是个玩意儿，陈镒正在中堂里指天画地对夫人述说白天在奉天殿痛打马顺的事儿，真他妈解气。

陈镒是个爱激动也爱感情用事的人，他一手端着盖碗茶，一手在空中比画着，那个马顺真不是个玩意儿，我在御前跪奏郕王，说大明今日危在旦夕，罪魁祸首不在虏人瓦剌，而在阉人王振，没有王振肆意削减瓦剌的人头赏赐，瓦剌就不会冒犯边庭；没有王振怂恿皇上北征，何来土木堡之变？没有王振纸上谈兵，皇上也不会北狩荒漠。

陈镒用手指着窗户，就像指着马顺那张脸，我说的是王振一族，又没提他锦衣卫指挥马顺，可那个马顺不干了，马顺当时就站在丹墀之下，他恶狠狠地瞪了我一眼，说陈大人，我以为陈大人是个厚道之人，不会做落井下石的勾当，敢情是我看错人了。我不愿搭理这个马顺，马顺是个什么东西？不就是王振那个阉人的狗腿子嘛，我才不在乎他呢。我对郕王说，朝廷之礼，贵于严肃，奏对之际，不可有礼节失当者喧哗。郕王便说，马指挥，你不要插嘴，让陈御史说下去。我就说，王振虽死，可他的余党尚在，如不抄没王振一族，恐难歇众怒，也难平民愤，微臣只有一个请求，望郕王恩准剪除王振余孽，还我大明江山永固。

陈镒夫人系出名门，懂得夫唱妇随之道，陈镒喜欢在夫人面前述说一天当中的见闻，说到激动处，连茶水都忘了喝，夫人总是微笑着听他把肚里的话倒完，这期间并不插一句嘴。

就这么一个在慷慨陈词，一个在洗耳恭听，门公恰在这时前来报信，说杨大人求见。

陈镒举在空中的手臂还没有收回来，转脸问门公，哪个杨大人？

门公说，礼部的杨善杨大人。

陈镒一愣，继而说道，我兄弟呀，快快有请。

二

宴请朱祁镇其实是也先中午时分才临时做的决定。饭菜满是腥荤，所谓客随主便，他们没有考虑朱祁镇的口味。手把羊肉，烤羊腿，煮羊杂碎，莜面窝窝，马奶酒。

厨子还是范金宝的老婆刘翠枝。刘翠枝自从伺候上瓦剌人以后，身子也发福了，腰里长出一圈肥肉，可每做一顿饭，那个女人总要出一身臭汗。

那天，刘翠枝总算把几锅肉炖熟了，烤羊腿是一个鞑子给烤的，她端着木托盘往伯颜的营帐走，看见哈铭从后院把朱祁镇请出来，喜宁公公拖后两步，走得心不甘情不愿的。

在伯颜帖木儿的营帐里，朱祁镇南向坐，也先坐左边，伯颜坐右边，还有赛刊王和大同王紧挨着伯颜。在宴席的最末端，坐着喜宁公公。他们面前都斟满一碗马奶酒。朱祁镇不想喝，嫌膻味重，一直拧着眉头盯着那碗白乎乎的汤。

也先说，皇上，近来睡眠可好？

朱祁镇说，挺好，就是夜间有点冷，加床被子就更好了。

也先笑着对喜宁公公说，这就是公公的不是了，你怎么没把皇上怕冷这事儿告诉我兄弟伯颜呢？

伯颜脸一红，他对朱祁镇好像什么都照料到了，唯独忘了问他夜间冷不冷。

酒宴开始了，也先举起碗，对朱祁镇说，皇上，也先在这里先给皇上赔个罪，土木堡一战，伤了瓦剌和大明之间的和气，也让皇上受了惊吓，这不是也先的本意，也先代可汗向皇上再次赔礼了。

也先高高举起手里的粗瓷笨碗，先干为敬。

朱祁镇说，我喝不惯这个。

也先没有听见，或者听见了，却不同意朱祁镇的说法。朱祁镇只好端起碗，嘴唇碰了碰马奶酒，觉得胃里上翻，想吐。

也先接着说，原先，我是怨恨皇上的，我们每年带了大量的马匹皮革去京师朝贡，一路风餐露宿，舟车劳顿，受了多少苦就不提了，可朝廷对我们呢，连起码的馈赠都一减再减。今年尤其苛刻，我们带去了三千匹马，你们的司礼监只按两千匹算，还把我们的人头赏金也削减了一多半，到头来，我们去朝贡的瓦剌勇士，都是饿着肚子回到草原上的。皇上，你说一句公道话，这事要换成你们大明朝，这口气能不能咽下去？

　　朱祁镇很认真地听也先诉苦，又很认真地点了点头。这件事他还真不清楚。以往，两国之间的往来馈赠，都由王先生代为处置，他可从来没有过问过这种事。直到有一天，八百里边关告急。一天当中，东起辽东，西至甘州，通往京城的驿站，不断有快马进出，急促的马蹄声震碎了正统十四年七月的白昼与黑夜。

　　伯颜说，哥哥，这件事我详细问过皇上，是掌管司礼监的王公公搞的鬼，并不是皇上的本意……

　　所以嘛，也先接着说，这次问道中原，瓦剌虽势如破竹，但也先不愿乘胜追击，把大明尽收囊中，皇上，您应该体谅也先的良苦用心。

　　伯颜说，以敝人之见，只要皇上不再怪罪瓦剌举兵南下，又肯答应严查司礼监舞弊之事，我们大可以把皇上送回京城，哥哥你看如何？

　　也先白了伯颜一眼，说，言之有理，也先的想法与贤弟不谋而合。

　　也先又转脸对朱祁镇说，也先悔不该把皇上请到这里来做客，这里的条件比起京城有云泥之别，也先错就错在不该怠慢了皇上的龙体，不该与大明朝为敌。你们不是常讲和为贵嘛，也先是草莽之人，偏偏在这个和字上得罪了皇上，得罪了大明朝廷。这些日子，也先左思右想，总觉得做错事情就该改过来。在吃饭之前，喜宁公公跟也先说，土木堡一战，贵朝最精锐的三大营让也先的部下杀得七零八落，京城里仅剩一些老弱残兵，如果也先一鼓作气乘胜追击，大明朝就要换个牌子了。可也先不这么认为，大明与瓦剌自古就有君臣之别，也先已经让皇上饱受流离之苦，又怎么再让皇上承受亡国之痛？所以，也先就想，现在是该把皇上送回京师的时候了。

朱祁镇一直在毡团上盘膝而坐，神色散漫，就像也先在跟他探讨一件与他没有任何关联的事情。

坐在末位的喜宁公公只顾啃一只羊腿，喜宁公公的脸早蒙了一块红布，那块红布连他的脖子都盖上了。以往在宫里，喜宁是不吃肉的，更不吃羊肉，但自从来到右玉林卫，喜宁的饮食习惯也变了。

不过呢，也先话锋一转，在送皇上荣归京师之前，也先想要皇上陪我的弟弟伯颜，去你们大同府转一转，伯颜早就想去大同府的华严寺敬一炷香，苦于没有机会，现在好了，有皇上作陪，伯颜会感激不尽的。

三

杨善坐在陈镒的中堂里，听陈镒讲述在朝堂上发生的事情。起初，杨善听得有些发蒙，听着听着眼睛就直了。

陈镒说他在奉天殿是豁出去了，他不怕大臣里有王振的党羽心腹，他恨不能把那些所谓的翁父爪牙一个个虱子一样剔出来，再一只只咯嘣咯嘣捻死。他说他没有一点私心，也不带一点个人恩怨，可那个不成人器的郕王却听不下去了，屁股底下好像扎了几根绣花针，一会儿从椅子上欠一欠屁股，一会儿又站起身抖一抖袍袖，陈镒知道他是不想听这些话，他怕得罪王振的党羽，他连他哥的脚后跟都够不着。

陈镒是第一个起头的，李贤是第二个发声的。李贤一定伤心到了极处，他把在土木堡死去的大臣的名字又一个一个念了一遍，念到动情处，几乎是泣不成声了，最后话锋一转，矛头直指王振。前几日翰林院的徐珵把李贤参了一本，李贤的官帽岌岌可危，想想当下的处境，李贤把一切怨恚都归咎到王振一个人身上了，他边哭边说，想我大明自洪武开朝以来，已历时八十一年，太祖年间，边疆虽有胡人屡挑事端，可经捕鱼儿海之役，最终平定了北元；太宗年间，先皇亲率威武之师五征漠北，削弱了北元势力，使我大明安享数十年太平。可恶一个阉人王振，图一己私利，凌驾于天子之上，谬滥朝令，祸国殃民，而致土木堡惨败，五十万生灵涂炭，都应算在阉人头上……郕王殿下，您万不可使一念之慈，而置社稷安危于不顾啊。李贤的声音很快被群臣如同山呼海啸般的声讨淹没了，现在大家都不再忌惮王振了，都把满腔怒火连同被王振欺凌日久的怨气发泄出来，把奉天殿的房顶都快掀掉了。

陈镒对杨善说，我就看不惯郕王那副胆小怕事的嘴脸，你想郕王当时说了一句什么话？

杨善猜不出，杨善觉得自己连猜的资格都没有了。

他那句话能把人给活活气死，陈镒自问自答，郕王说你们都不要吵，这件事，这件事非同寻常，不能意气用事，时辰不早了，列位大臣如果没有其他要事禀奏，就散朝吧。

这就算完啦？你和李大人白把人给得罪了？杨善急忙问。

郕王可气就可气在这里，陈镒一拍桌子，我图什么呢？还不是为了你老朱家的事儿？你一句散朝就啥事没有了？你当好人我不管，可我陈镒是朝廷命官，吃的是朝廷的皇粮，用的是朝廷的俸禄，该我站出来时我绝不做缩头乌龟。我当时正想对郕王说句不太好听的话，可巧，有人开始替那狗贼王振说话了，你猜猜又是哪个？

杨善摇摇头，嘴里却说，难道还是那个指挥使马顺？

除了他还能有谁？真是个狗都不啃的东西，这小子是狗急跳墙了，他以为我指的王振余党就是他呢，他脸红得跟猴屁股似的，梗着脖子用手胡乱指着群臣说，你们都反了不成？翁父他老人家虽已为国捐躯，可也容不得你们这些无良小人来冒犯，郕王下旨要你们滚出奉天殿，你们胆敢违抗圣命？就不怕诛你们的九族？灭你们的满门？马顺这么一喊，御道左右持刀的校尉哗啦一下围前来，眼看就要朝大臣们下手，横着是死，竖着也是死，户科给事中王竑真是一条好汉，他大喊一声，马顺，你个王振的走狗。

他边骂边举着槐木笏，跨前一步，劈脸朝那马顺抽去。估计是打在眉棱骨上了，血呼地扑了马顺一脸，也反溅在王竑脸上、脖子上、常服胸前的补子上。王竑一动手，其他人都跟着一拥而上……我当然也冲上去了，我看见大伙儿有用笏板抽的，有用脚踢的，还有用牙齿撕咬的。不知谁把马顺的一只耳朵咬了下来，那只掉在地上的耳朵沾着鲜红的血，被谁的朝靴踩扁了。恐怕那狗日的马顺，临死都没想到他一句话，就给他招来灭顶之灾。你记不记得通政司有个右通政，是个大腹便便的胖子？对，姓孙的那个，一顿饭能吃十个馒头。他一屁股坐上去，把马顺整个人都给压扁了，我们把孙大人拽起来，再看那个马顺，只有进的气，没有出的气了。有人怕他活过来，又七脚八脚一顿乱踹，马顺转眼间就被我们踩烂了，踩得稀巴烂……解气呀。

杨善是个爱干净的人，经陈镒这么一说，就觉得不舒服了，鸡皮疙瘩冒了一身。

陈镒说，当时场面都失控了，他没看清到底有多少人参与到痛打马顺的武斗中，反正他的右手食指就在撕扯过程中撅了一下，再也绷不直了，估计是撅断了，疼倒不疼。

陈镒说，杨兄，你猜那个不成器的郕王接下来该怎么收场？

他不会让锦衣卫把你们都逮起来吧？杨善想了想又说，哦，对了，要逮起来的话，你就不会在家里喝茶了。

陈镒说，郕王看见我们把马顺打死了，吓得想往奉天殿外跑，他以为我们把马顺收拾以后就会跟他算账，他的袍服挂在椅子上，他挣了几下，把袍服扯下去一大块，才离开椅子，跑到一个锦衣卫撑起的伞盖下面，让于谦拦住了。

兵部尚书于谦也觉得事情闹大了，一旦郕王被惊走，这些闹事的大臣绝没有好果子吃，那些持刀的校尉和锦衣卫没有一个是吃素的。于谦伸手拽着郕王的袍襟说，郕王殿下，你不要走，大臣们为了大明的江山社稷，在替天行道呢，你赶紧下一道旨，所有参与打斗者，均不论罪。

郕王挣不脱于谦的手，只好站在一把黄罗伞盖下，无助地看着于谦。

于谦说，不要看我，殿下是监国的郕王，大厦将倾，唯有一木可扶，这个时候也只有殿下能够稳定人心，你一句话，可障百川而东之，回狂澜于既倒。

郕王似乎没有听懂于尚书的话，但郕王知道他如果不当朝赦免大臣们，不要说那些把人打死的大臣了，就是于谦都不会松开手放他走出奉天殿的。

四

对卖油郎马桂生来说，这一天注定要很平静地过去，也先太师只顾宴请朱祁镇，并没有节外生枝想起与伯颜曾经打过的赌，也就是说，马桂生的脑袋暂且保住了。

马桂生照例像往常一样，牵着的卢马、黄毛骆驼和灰毛驴，慢悠悠地朝西门外走，他看见马面上的白毛格外干净，忍不住伸手摸了摸，那马用嘴蹭了蹭他的衣服。

现在的马桂生，眼睛不再饱含深意地朝他家院门望去了。他已经开始讨厌那个乌热尔娜了。

一些人家的店铺陆续开始营业，进出店铺的人不多，店家待在五尺高的柜台后面不是拨拉算盘，就是百无聊赖地嗑瓜子，生意是大不如前。

有三个晒太阳的老汉圪蹴在城隍庙前。在他们紊乱的唇须上粘连了一些鼻涕，从他们嘴里喷出的烟絮，也像他们的模样一样了无生趣。

老汉们闭着嘴不说话。若在往常，他们黑洞洞的嘴巴是歇不住的，现在不比往常，他们都是一副心事重重的样子，木然地巡视街面上偶尔经过的瓦剌兵。

尘土飞扬。

有人看见了马桂生。

有人向马桂生投去狐疑的目光，他们低声议论了一下马桂生的身份，有个老汉很确切地告知另外两个老汉，马桂生是个见钱眼开的人，瓦剌人给他发工钱，他给瓦剌人放起了牲口。

桂生是个猪脑子。

桂生小时候就倔，长大了更倔，他就不怕人们在背后
戳他的脊梁骨？

有钱能使鬼推磨嘛，他是看上人家的钱了。

他们指指点点着马桂生。

马桂生的右耳不住地抽动，觉得脊梁骨一阵阵发凉，
他的耳朵不聋，他也不傻，但他的苦衷没有人知道。

五

前一天晚上，牛泉把一群男人再次召集到仓街上的卢
瘸子家，他们得到准信儿，瓦剌人要带皇帝去逛大同府。
大同府在右玉林卫正东，满打满算也就一百五六十里路，
走快一点，四个多时辰准到。他们需要在这四个多时辰里，
找一个合适地方，出其不意把皇帝救下来。

牛泉的左手一直挠着右手背。牛泉有个毛病，一遇事，
右手背就痒。卢瘸子家离大街远，隐蔽在仓街的一条小巷
里，卢瘸子把菜油灯拨得明晃晃的，照着他家凹凸不平的
泥墙，照着许多戴白帽子的脑袋，照着卢瘸子堆在墙角的
钉马掌的家伙什。

卢瘸子说，喝水啊，喝水。

卢瘸子让自家老婆搬出家里所有的粗瓷笨碗，把事先
烧开的水从大铁锅里舀进每一只碗里，屋里水汽弥漫。

146

　　有老婆跟没老婆就是不一样，王老五拿眼瞟着坐在墙角的卢瘸子的老婆这么说，他一边说一边还舔了舔嘴唇。

　　郭老六说，都说呀，想想在哪疙瘩好下手。

　　牛本道说，这事可非比寻常，弄不好要掉脑袋的，要合计就合计个万全之策，既能把皇帝救下，又能保证咱们去得了，回得来。

　　男人们都同意牛本道的说法，他们没杀过人，又手无寸铁，想一想在瓦剌兵的长矛大刀之下，要救一个皇帝出来，真比登天还难。

　　大家都把目光汇集在牛泉脸上，牛泉挠着手背看了看他爹。他爹说，你拿主意。

　　牛泉喝了一口水，清了清嗓子，把周遭的人脸也环顾一遍，挠了一下手背说，老人们常说，舍得一身剐，敢把皇帝拉下马；咱们给他打个颠倒，舍得一身剐，敢把皇帝救上马。怕啥哩？我看鞑子也就有点吃羊肉喝马奶的本事，咱们事先准备十几匹快马，找个树林子隐蔽起来，等鞑子过来，先不要冲出去，等皇帝爷到了，再往外冲，给他狗娘养的一个猝不及防，保证一下就把狗日的马队冲乱了，趁他们乱的时候，咱们裹了皇帝爷就跑，速战速决。

　　满屋子人都不吭气。

　　满屋子人都在琢磨牛泉的办法有没有漏洞。

　　满屋子人都意识到牛泉的办法比吹牛都不靠谱，鞑子又不是傻子。

牛泉看大家扎住嘴不说话，又挠一下右手背说，不要把事情想得那么难，咱们虽没有两军阵前取上将首级的大本事，可救一个人，依我看也不算啥大不了的事情，就看你们敢不敢。

牛本道有些急，他也是急大家不说话，万一最后牛泉说就这么定了，那可就麻烦了。他说，我要是关老爷再世，我要是赵子龙再世，你们都不用去了，我一个人一匹马就把事情办了，可问题是我就会缝衣服，我拿一把剪刀，一根绣花针也杀不死人啊！

就是嘛，卢瘸子也应和道，再说连一件称手的家伙也没有，快马又到哪儿找？城里养马的大户，都让瓦剌兵抢光了，连毛驴都凑不下几头，来年种地都成问题了。

一群鸡胆子，我看你们就是些鸡胆子，没做事，就拉稀了，还成啥大事？牛泉有些恨铁不成钢，他使劲挠着手背上的皮，说，马的事情，你们都不用操心，家伙的事情，你们也都不用操心，郭老六说他家有现成的十来把长矛和大刀，我家也有个跷蹬弩，不够的话，拿铁耙子禾杈代替，明儿一早，咱们从四个城门往外走，分散开，一个两个的，不要扎成堆。至于家伙嘛，老六，你赶上我的牛车，装一车干草，下边藏了家伙，从北城出去，大伙儿都到牛心山下的二道湾集合。

众人一走，卢瘸子和他老婆拌了一次嘴。

事情的起因其实很简单，老婆嘴碎，老婆觉得卢瘸子把这么多人招进家里，终究会惹来麻烦的，她给卢瘸子讲了一个故事。

　　五道庙对面住着的徐三，原定好八月二十五给老爷子过三周年。徐三是个孝子，打算要大过，把远朋近友都请来，摆几桌素席肉席，大家热热闹闹吃喝一顿，再去坟地给老爷子祭奠祭奠，事情就算尘埃落定了。他和三个儿子把亲戚朋友都事先告知好了，定了准日子，说到那天一定来啊，把娃娃们都带上。在右玉林卫人看来，过三周年是件喜事，孝子们在这天要脱下孝服，预示着守孝圆满。因为来了瓦剌人，瓦剌人把禁止集会的布告都贴到五道庙的八字照壁上看，徐三看了心里就打起小鼓，他怕过三周年那天，亲戚朋友来多了，会引起瓦剌人的猜忌，出于安全起见，就临时改变了主意，又带领三个儿子分门别户通知亲戚朋友，说现今儿不比平时，鸡蛋碰不过石头，原定的事宴取消了，他们一家去坟地烧烧纸，磕个头就行了，就不劳烦亲戚们一块受累了，宴席嘛，日子长着呢，还有请的时候。事情好像就这么定了，亲戚们朋友们都理解徐三的心思，都说行呐，给老爷子去坟里拜祭，以后有的是时间。可到了三周年那天，还是有些贴近的亲戚去了徐三家，也不为那顿饭，主要是想表达一下亲近与吊唁之情。徐三看见越来越多的亲朋好友进了院子，就有些慌，这时候他倒是忘了瓦剌兵可能会拿他是问的事儿，他是慌午饭该怎么安排，厨子没请，食材没备，连客人来家坐的板凳都找不全，他正像没头的苍蝇乱窜呢，十几个提刀的瓦剌兵已经把街门堵了，也不问青红皂白，手起刀落，削掉好些颗脑袋，一时场面大乱。

卢瘸子的老婆当时也在现场，她给徐三家送去一份五色纸，她不敢多在徐三家耽搁，正打算走人，就听见马蹄的声音，听见喊喝的声音，听见有人惨叫的声音，还听见人头落地的声音。这个女人头脑还算清醒，没像其他人那样冒冒失失往外跑，冒冒失失翻墙上房或往菜窖里藏身，瓦剌兵早把街门都给堵死了，他们骑在高头大马上，把院里的一切都看得一清二楚，你即使插了翅膀也飞不出他们的视线，他们会弯弓搭箭把你射下来。卢瘸子的老婆急中生智躲进徐三家盘了火炕的里屋，把一口铁锅掀开，两脚钻入炕洞里，再把铁锅复归原位。这样，那个女人躲过了一劫。那个女人等了约莫一个时辰，听不见外面有人声了，就把铁锅从头顶上移开，从炕洞里钻出来。她蹑手蹑脚走出里屋，我的娘呀，那女人一声尖叫，吓得三魂少了二魄，徐三的家里什么时候变成了屠宰铺，除了血还是血，除了死人还是死人，只有一个吃奶的娃娃坐在他妈妈的血泊里少气无力地哭着。那娃娃一定哭了有些时候了，嗓子哑了，脸上手上都是血，他把他死去的妈妈的衣服扒开，吮吸着没有奶汁的乳房，吮一下，哭一下……卢瘸子的老婆涂抹了一脸一身的柴灰，那个娃娃看见她如同见了妖怪，一下就不哭了，直愣愣地盯着她。

卢瘸子的老婆侥幸捡了一条命，她对生命的意义和价值就有了重新的认识。以往，卢瘸子做什么她都一概不管，现在她不能不管了，她数落了几句卢瘸子，说你腿瘸，心也瘸呀？你跟上那个牛泉瞎胡闹，能有个好？牛泉是啥东西谁不晓得？他说救皇帝爷你就跟着救呀？

卢瘸子说，你这妇道人家晓得个屁，男人们的事情你少掺和。

老婆说，我晓得个屁？你才晓得个屁哩，你救了皇帝爷，他给你封官呀，还是给你发钱呀？鞑子多厉害，能从紫禁城把皇帝爷掳来，还能轻易让你们几个土脑袋瓜子劫走？只怕你们没到人家跟前，就给人家乱箭射成马蜂窝了。

卢瘸子拿眼瞪着老婆，卢瘸子嘴巴张了几下，没说出话，他也怕被鞑子的乱箭射成马蜂窝，再说他又不会骑马，走路都不利索，还敢从鞑子手里抢人？

卢瘸子是第一个打退堂鼓的。

有了第一个，肯定还有第二个，第三个。

六

第二天一早，马桂生正要挑水饮马，却听有呜呜的螺号声，又见前后几个院子都乱起来。许多士兵往马圈里跑，他们身上的铠甲像窗户纸一样哗哗翻动着。

出发的消息很突然，即使这些训练有素的瓦剌兵都显得慌里慌张。

乎格勒已经牵着马站在伯颜的营帐前，他大声对马桂生说，桂生，你不用饮马了，你把骆驼牵出去，外面有辆勒勒车，你把车子备好，等候出发。

马桂生想问出发去哪里，但他看到乎格勒不再理他，而是招呼其他士兵，就放弃了那个没有任何意义的问题。

那天早晨，算卦的黄半仙发现，北城门楼上的守军从城墙上跑下来，牵了各自的马匹，穿戴好各自的盔甲，手握亮闪闪的马刀，挎着鳄鱼皮箭袋，排列整齐，向城南走去。黄半仙想占卜一下吉凶，手里变出一枚铜钱，朝上连抛六次，掐着指头算了半天，居然没算出个子丑寅卯，他一边摇头一边说，世道坏了，连麻衣道者都不灵验了。

右玉林卫有七七四十九座大大小小的庙宇，有一二十座大大小小的衙署，住在这些庙观衙署里的瓦剌兵，在这个略显沉闷的深秋的早晨，要整装出发了。没有人知道他们要往哪里开拔，许多右玉林卫的老乡，默默地站在自家的街门前，观看这些在城里住了七八天的土匪一样的骑兵，终于像一泡臭屎那样被他们拉出去了。而等这些马队开走之后，老乡们很快发现他们想错了，在那些大大小小已经不再散发香火味的庙观里，在那些大大小小已经找不到明朝地方将官的衙署里，仍然留守着一些他们看了眼珠子生疼的瓦剌兵，只是较之前有所减少。另外，被羁押在三灵侯庙里的明军俘虏，倒是人去屋空，有夜里打更的更夫悄悄告诉大家，那些俘虏，差不多在几天前的深夜已经被赶到沧头河边集体活埋了。

只有随行的人才知道，他们跟着朱祁镇要去大同府吃请。

这话最早是哈铭对马桂生说的，哈铭说他也跟着一块去逛大同府。他们跟着皇帝爷去逛大同府，逛累了，肚子也饿了，那里的总兵、左右布政使、都指挥使、按察使、知府或同知大人们，哪一个见了皇帝不摆下珍馐美馔的宴席款待皇帝？

马桂生他们算是借皇帝的光。

这一回，马桂生的身份又换了，不再是伯颜的马夫，他被编入一个小分队里。小分队有四个人，一个是挑夫马桂生，一个是通事哈铭，一个是车夫袁彬，还有一个是吹海螺号的唐兀台。只是不见了喜宁公公和乎格勒，唐兀台告诉马桂生，乎格勒没有随大军出发，属于留守人员。

这一次，他们走得不疾不徐，不管骑马，还是坐车，抑或是徒步，都慢。他们的慢，不由他们来决定，而是由伯颜带领的一支马队决定。伯颜的那匹的卢马一直跟在朱祁镇的勒勒车后面，亦步亦趋。

那天，伯颜没有陪朱祁镇边走边说话，一向与朱祁镇谈得拢的伯颜忽然没有了说话的兴致，他骑在马背上，默默念着经文。

也先没有随行。也先对弟弟伯颜说，我等你把大同府拿下，我再带人进城。

伯颜没有接也先的话茬，伯颜一直反对把朱祁镇玩弄于股掌之中的做法。

九月塞上，草枯叶落，那些没有落光的树叶一片焦黄。

蓝天之下，丘陵高高矮矮，像一座又一座坟包。

马桂生以为这一次，果真是要去逛大同府。

马桂生活了这么大，还没去过大同府。小时候，他常听人说一段民谣：一万贯庙来二府巷，三王府街来四牌楼，五庙街还有六福巷，七佛寺来八乌图井，九仙庙加上十府街，大同城里转圈圈……他知道大同府大得没了边儿，要不就是迷魂阵一样让人摸不清东南西北。那里的买卖铺子多得数不过来，在他看来，大同府最显眼的恐怕就是门口挂一把大笊篱的车马大店了，还有就是皮货店、瓷器店、眼镜店、稻米店、绸布店、钱庄、书局、木匠铺、剃头铺、油坊……你个灰猴，大同府也有榨油的作坊。

每到夏天，牛百盛经常坐在城隍庙门口，声音洪亮地给大家讲大同府这好那好，马桂生就是从牛百盛嘴里知道大同府除了他能够想象出来的买卖铺子外，还有一座嘉庆楼，还有一座春花苑，还有一座玉女楼，还有一座凤临阁……再往下数，马桂生就记不住了，他只记得大同城比右玉林卫大好几倍，只记得大同城里的商铺比右玉林卫多好几十倍。他们要去的地方是个大都市。

所以，马桂生的两只脚插上了翅膀。

勒勒车上起初只铺了一领竹簟。九月的塞外，坐在冰凉的竹簟上是会闹肚子的。后来哈铭去找伯颜交涉，伯颜也看见朱祁镇在车上凉得发抖，就大声训斥手下人，要他们搬来一张厚厚的羊毛毡，把竹簟抽掉，又把毡子铺在车厢里。这样，朱祁镇就可以坐在车上不用咕咕地放屁了，但他整个人还在发抖。哈铭把朱祁镇发抖的情况又告诉给已经启程的伯颜，伯颜就让人从一个村子里抱出几张棉被。

朱祁镇很幸福地钻进一堆花花绿绿的被子里，只把脑袋露在外面，四下里观看风景。整个人看上去就像一座圆锥形的带有墓顶的坟茔。

那个叫袁彬的马车夫，赶车的样子很笨拙，一只手紧紧抓着缰绳，一只手紧紧攥着鞭子，就像驾驭一只随时可能反咬他一口的狮子。袁彬虽然是赶车的，却没有资格坐在车辕上。他手里有根用细竹竿和细牛皮条做的鞭子，他拎着那根鞭子迈着又细又长的腿，走起路来却并不快；走路的还有一个马桂生，马桂生还挑了一副担子，担子上挑的当然不是他的油篓，而是供朱祁镇做饭用的锅碗瓢盆，这是伯颜亲自安排的。马桂生没有往深里去想，他们既然是去大同府作客，就不需要带什么锅灶，可料事如神的伯颜却让他们带着，伯颜让随行的伙夫都带着各自的锅碗瓢盆。

唐兀台骑在马上，胸前的海螺号晃来晃去。哈铭对唐兀台说，你这人不爱睡懒觉，天不亮就听见你吹海螺号，你一口气能吹半天。

唐兀台说，我天生气息长。

离开右玉林卫不远，又有几支马队加入进来，队伍一下子臃肿了不少，浩浩荡荡，气势如虹。

坐在勒勒车上的朱祁镇，原来的样子很轻松，他一直与前面赶车的袁彬说话。他说，过几天回到京师，第一件事就是好好洗个澡，再换一件新龙袍，他从里到外都变味儿了，他还觉得痒痒，估计都养了虱子；第二件事是安抚一下众位大臣和将领，特别要对战死在土木堡的官兵家属给予抚恤，他不能让死去的人既流血，又流泪；第三件事是……朱祁镇以往说话都言简意赅，但这一天的朱祁镇变得喋喋不休、婆婆妈妈了。他已经把喜宁公公不辞而别带来的不快抛到九霄云外了，他很快把这个又瘦又高的赶车人袁彬当成了心腹知己，因为他知道袁彬原来的身份就是锦衣卫。他对袁彬说，估计这几日京城都乱成一锅粥了，国不可一日无君，这都是朕的失误，佛门里有面壁思过的说法，朕回到宫中，也要面壁自省的……

袁彬一定听见朱祁镇的话了，但袁彬没有回应朱祁镇的意思。他之所以能够捡回一条命，不是说他在瓦剌兵那里表现得足够好，足够可怜，而是他一语不发，连也先都知道明军俘虏里有个又瘦又高的二哑巴。

一只鹰在天上盘旋。

那只鹰已经盘旋很久了，它把这些骑马的瓦剌将士看成一群肥硕的野兔，或者说它似乎预知了这支队伍的前程，嗅着凝结在瓦剌兵头顶浓郁的尸腐味儿，久久不去。有几次，马桂生看见那只鹰忽然俯冲下来，几乎擦着朱祁镇的头顶掠过去了，苍劲的翅膀掀起一股凌厉的风，把朱祁镇的帽子都要吹下去。后来是赛刊王弯弓搭箭做出要射击的样子，那只鹰才很自信地划过马队的上方，飞走了。

朱祁镇看了看突然出现的赛刊王立刻把话题扭转了，他问那个成天给他喂骆驼的细眉细眼的马桂生说，你叫什么名字，朕好像在哪里见过你？

马桂生走得正苦，他伸起袖子抹了一把额上的汗，就听见朱祁镇问他话了。他苦笑两声说，我都知道你是当今的皇帝爷，我整天给你放骆驼，我差不多天天看见你从毕在寺的后院出来去茅厕拉屎撒尿，我对你说过的话，怕一箩筐都盛不下了，你愣是不知道我叫个啥？罢罢罢，我再告诉你一回吧，我叫马桂生，打小就是个卖油的，是土生土长的右卫人，我今儿挑的是给你皇帝爷做饭用的家伙什，要不是怕你路上饿着，我也不用风尘仆仆跟着大军吃土了。

朱祁镇并不在乎马桂生这么奚落他，他对马桂生呵呵笑两声，说你这人真有意思……然后，他看见又有一支马队尘土飞扬地从牛心山堡冲出来，融入队伍中。

朱祁镇对袁彬说，也先不是说要朕陪伯颜去大同府转一转吗？怎么派了这么多兵？我都从头看不到尾了。

袁彬仍然没有说话，袁彬心想，羊入虎口，焉有放羊归圈的道理？

他们还在路上。

通往大同府的驿路并不宽，仿佛一条修长的带子，曲曲弯弯随地势高低起落。

伯颜的军队在带子上匍匐。

朕问你话呢，你怎么不回答朕？

朱祁镇生气了，这是朱祁镇落难以来，头一次发火。他觉得这个哑巴一样的袁彬太无礼了，全然不像王先生、喜宁那样善解人意。当然，王先生已经作古了，喜宁公公也堕落了，他身为一国之君，连一个可以说话的下臣都没有了。

皇上，袁彬低声说道，您要我怎么跟您说呢？有的话可说，有的话不可说；有的话背着人能说，有的话背着人也不能说，在外面，您还是少和我说话为妙。

朱祁镇觉得袁彬要么不开口，一开口就能把人噎死，他转回头来问哈铭，你说他们像不像是陪我去大同府散心的，又是刀又是箭的？

哈铭说，当然不像了。

哈铭也只说了五个字，再没说第六个字。

伯颜他们出城的时候，太阳刚刚爬上东边的小山巅，等他们走到牛心山下的二道湾时，太阳又躲进云彩后面了。这支庞大的队伍本来走得很流畅，经过一个山洼，忽然看到前边乱哄哄的。乱只是小范围的，就像某一段河湾里落下一块石头，河流很快抚平了水面。有三四个人拨马往后面跑来，他们经过朱祁镇的勒勒车时，马桂生发现这三四个人当中，除了瓦剌兵外，还意外地夹着一个牛泉。牛泉也骑了一匹马，牛泉的马背上有个鼓鼓囊囊的包袱。牛泉的脸吓得煞黄，他投向马桂生的眼神里包含了太多太多的隐喻。

马桂生心头一动，就有种想管闲事的欲望，他对牛泉说，牛里长，大清早的，你骑马做啥？

牛泉咧了咧嘴，想说什么，被身后一个瓦剌兵用刀背磕了一下肩膀，那个在右玉林卫算是上等人的牛泉缩着身子过去了，但从他的马背上掉下来一个包袱，正好落在路边，被马桂生碰到了。马桂生用脚踢踢那个包袱，硬邦邦的，像是木头做的一件器物。原本马桂生是想喊住牛泉的，他想告诉牛泉，你掉东西了。但马桂生看到牛泉被瓦剌兵押着，就多留了个心眼，把那个包袱往路边的草窠里踢了踢，然后挑着锅碗瓢盆重新上路了。

牛泉见到了伯颜。伯颜认识这个汉人，这个汉人有一次带着几位老者去毕在寺拜见过他，说是感谢伯颜拯救了全城百姓。当时，牛泉自称是右玉林卫的一个里长，这样，伯颜就知道牛泉的身份了，是右玉林卫的一个芝麻粒大小的官。

现在，牛泉被三个瓦剌兵押到伯颜面前，有人向伯颜汇报了情况，大意是说，这个牛泉出现的地点很蹊跷，在一片落光叶子的小树林里，他不仅骑了马，而且还带了十多匹马，当然马群里还良莠不齐夹杂着几头骡子。伯颜问牛泉，你藏在小树林里干什么？怎么还带了那么多牲口？牛泉说他除了里长这个职业外，还有另外一个职业，就是牲口贩子，因为贩卖牲口是犯法的事，他又不能明目张胆地做，只能昼伏夜行，尤其看到军队的时候，他必须躲起来。伯颜将信将疑，但他愿意相信一次牛泉，伯颜对牛泉说，我从你眼里看出你没有说实话，但我不想杀人，这一次姑且信你，你可以走了，马匹留下。

七

没觉得走多远，大同府就横亘在眼前。

太阳已经高悬在正前方，只是不像酷暑时那样炙热。马桂生看到大同府的城墙在阳光下面站成一尊巨佛。

正统十四年九月二十三日中午，秋风浩荡。

一支与秋风同样浩浩荡荡的马队，从云冈石窟前经过，马蹄敲打在火山石路面上，像是石窟里的石佛们排着队要去某个地方赶一场群贤毕至的法会，是倾巢出动的那种，他们的坐骑显得凌乱不堪。

已经有士兵十万火急报告给了统领守军的郭登。郭登那时候还不是总兵官。总兵官另有其人，是广宁伯刘安。

刘安头上这顶广宁伯官帽和一千二百石食禄都是世袭来的。他父亲是抗倭名将刘荣，一生战功累累，所向无坚阵。但到了刘安这里，门风变了，刘安不喜欢戎马生涯，一心想在京师做个文职官员，哪怕在国子监背书都行。他经常喝得酩酊大醉，说他家老爷子把他一生的功名都耽搁了。刘安虽贵为大同府总兵官，面对兵临城下的瓦剌骑兵却一筹莫展。这时候，郭登就出现了。

郭登只是个都督佥事，该他管的是屯田、训练和司务，可郭登这人张狂，他对举杯邀饮的刘安说，刘总兵，你要不愿出城跟瓦剌人血拼，干脆我来带兵得了，瓦剌人一来，我替你出去扛着。

刘安喜酒，日日在衙里买醉，郭登说那话时，刘安正喝得晕晕乎乎，而与刘安喝酒的除了这个自不量力的郭登外，还有李指挥使。刘安看见郭登的脸大若磨盘，郭登从嘴里说出来的话也如石磨转动时轰轰作响。刘安端详了一阵郭登的脸，却对李指挥使说，郭将军是想现在出城杀瓦剌兵？没等李指挥使回答，郭登抢着说，我不是说现在就出城杀瓦剌兵，我是说一旦瓦剌兵胆敢进犯大同府，我替你带兵出城去破敌。刘安只是笑，不置可否。心里却说，天底下数你日能哩，皇上身边有几十万三大营的精兵强将，都在阴沟里翻了船，你一个小小的都督佥事，不过是打了几次仗而已，就敢口出狂言，要代我行总兵官之令？

八

八月末的一天，有一队瓦剌骑兵闹哄哄地堵在大同府的北门外，高一声，低一声，长一声，短一声地骂阵。两军对垒勇者胜，瓦剌骑兵够勇猛了，可他们的战马却翻不过高有四丈二的砖包城墙，就只好在下面骂阵了。刘安一听说瓦剌兵打来了，就觉得头疼，可再头疼也不能不去城头上查看一下敌情，是守是走都要因情况而定，既不可闻风丧胆，也不可孤注一掷，所谓在其位，就要谋其政，刘安在这一点上是没毛病的。刘安披挂好盔甲，刚走出大门，就见一个亲兵骑一匹快马风驰电掣般朝总兵府衙门而来，刘安心里忽悠一下，预知事情不妙，但让他没想到的是，亲兵翻身下马，单腿跪在地上向刘安禀报了一个消息，郭登已经带了一哨人马杀出城了，并叮嘱守城将士，等他们出城之后，便把城门关了，杀不退瓦剌兵，他郭登就不回城了。那一仗，郭登一口大刀斩杀了瓦剌兵十几颗人头，而他手下的士兵也不含糊，左冲右突，如入无人之境，瓦剌兵丢下几百具尸体朝右玉林卫方向撤了。

自此，刘安默许了郭登的请求，只要城外有事，不必禀报刘安即可出城迎战。但正统十四年九月二十三日，城外来了大队人马，指名道姓要大同府所有官员出城接驾，郭登做不了主，就派人把总兵官刘安请到城头商议。

刘安是被官轿抬去西城门的。在轿子里，刘安的心扑腾扑腾乱跳，他早知道当今圣上英宗皇帝被也先掳去了大漠，但他不知道有一天英宗皇帝会突然驾临大同府，他心里就想，这个英宗皇帝会不会是假的？可不可能有人假扮英宗皇帝来诈城？只要让他看出破绽，他就命令城上的守军万箭齐发，把那个冒充皇帝的狗东西射成一只刺猬……

刘安拾阶而上，他的头顶就是旗幡招展的大同府的西城墙；西城墙上是一大片蓝得有点虚假的天空；沿阶站列盔甲齐楚的戍士，戍士们像一截截木头立在台阶的两侧。刘安感受到来自城外的强大气场，他边走边问在城墙根儿接他的李指挥使，你真的看见皇上了？

李指挥使说，大人，我看得真真切切，皇上就在城门外面，他坐在一辆勒勒车上，离护城河不足一箭之遥；我虽没见过皇上，可皇上身边的喜宁公公我是见过的，喜宁公公也在城外。

让刘安没有想到的是，那个一心想代他发号施令的郭登并没有来迎接他，也没有趴在垛子口往下俯瞰敌情，只有守城的军士手搭弓箭或火器，沿城墙一字排开。

刘安厉声问道，郭金事在哪里？

李指挥使说，我刚才还看见他在这里站着，怎么一会儿就不见了？

其实李指挥使是替郭登打掩护，他知道郭登此刻就在望楼里，跟侍郎沈固和给事中孙祥几个哥们弟兄把酒畅饮呢。刘安喜酒，郭登也好这一口，尤其遇到大敌当前，郭登总要痛饮一坛美酒，趁着酒劲儿正浓，轻飘飘下了城楼，跨马杀奔敌营。

刘安顾不上找郭登理论，他扒拉开一个军士，从垛口朝下望去，嘴里嘟囔道，我不信皇上会来这鬼地方，也先好不容易把皇上扣为人质，又怎肯轻易放皇上回来？除非他脑子进水了。

刘安说，我倒要看看这个念秧又该怎么往下演……喔哟，这人怎么长得特像皇上呢？

刘安急了，用力拍打着垛口上的砖头，他对李指挥使说，前些日子，皇上带着大军讨伐也先，在阳和卫我见过皇上一面，没想到今日还能与皇上再次相见，真是天可怜见……

李指挥使也慌了，他说，敢情真是皇上啊？那咱们开不开城门？

刘安搓着两手，在城墙上走来走去，忽然想到了郭登，他对李指挥使说，快快快，你把郭登给我找来，我有事问他。又说，都这时候了，他居然敢擅离职守？

刘安等不及郭登，他朝护城河对面大声喊道，车上坐着的可是皇上吗？

九

马桂生觉得让人骗了。他一直以为陪朱祁镇来大同府是会高接远送的，可他哪里晓得大同府的城门并没有要打开的意思。

他问袁彬，喂，赶车的，你说这个皇帝是不是个假皇帝？你看城墙上的人好像不认得他，没一个出来接他的。

袁彬白了一眼马桂生，说，你就知道吃了不饿。

马桂生说，我还知道饿了就吃呢，你这人怎么说话呢？好心好意问你一句，你一句话把人顶到南墙上，你以为我愿意搭理你？

马桂生又去找哈铭说话。他对哈铭说，那是条疯狗，乱咬人呢，你不要靠近他。

哈铭笑了笑，他看着抱着鞭杆的袁彬，对马桂生说，皇帝倒是个真皇帝，就是没人敢出城来认他，都知道这是太师使的赚关计谋，一旦开得城门，太师的大军就会杀将进去。

唐兀台说，听说守城的将军叫郭登，郭将军是个帅才，有勇有谋。

他们正说话，伯颜和他两个弟弟大同王和赛刊王，还有喜宁公公一同骑马走到朱祁镇的勒勒车前，他们对朱祁镇各施一礼。

大同王忽勒孛罗说，皇上，事情都明摆着的，我们不是来攻城略地的，我们就是想陪伯颜逛一逛大同府，我家兄长也先说了，他早就打算送您回京师，我们的诚意苍天可鉴。您把大同府的郭将军喊出来，要他把城门打开，把吊桥落下来，让伯颜去城里走上一遭，我们再原路返回，城里的一砖一瓦我们都不去动。

赛刊王说，皇上，您告诉那个郭登，如果他不识时务，要与我瓦剌一决雄雌，我们也理当奉陪，只不过一场恶战下来，你们大明的军力又要削减不少，你看看我们瓦剌的英雄们，一个个壮如雄狮，猛赛虎虎，就你们大同府这一点点兵力，真不够我们塞牙缝的。

朱祁镇坐在一堆被子里，不知该怎么回答大同王。他把视线转向了喜宁脸上，他看到喜宁避开他的目光，转脸望着城墙。

太阳光从城墙上洒下来，把护城河里的一汪静水照得波光粼粼。喜宁看到城墙上忽隐忽现的那些被头盔罩着的脸，黑乎乎的，分不清哪些是官，哪些是兵。

阿嚏，喜宁忍不住打了个喷嚏。

喜宁说，在人屋檐下，不能不低头，皇上应该知道这个道理。

朱祁镇说，我让他们打开城门。

这样朱祁镇的勒勒车从瓦剌兵的阵营里驶出来，孤零零地出现在护城河北岸。除了车上的朱祁镇，还有四个人相陪，一个是赶车的袁彬，一个是哈铭，一个是挑担的马桂生，还有一个是喜宁公公。

喜宁骑了一匹白马。

马桂生不知道喜宁把那头灰毛驴丢哪儿了，早知道他要换坐骑，倒不如向公公美言几句，说不定这太监会大发善心把毛驴送给他呢。有毛驴和没有毛驴对于马桂生来说可大不同，没有毛驴他还是原来那个挑了扁担四处叫卖胡麻油的贩子，有了毛驴他会把油篓一边一只挂在毛驴背上，再远的路也不怕打来回了。

现在，喜宁的白马在勒勒车左侧，袁彬他们几个在勒勒车右侧，双方泾渭分明。

郭登很快被人从望楼里请出来。郭登有一把墨黑的美髯，长可及腹，他走路的时候，须如风拂柳，人称美髯公。他一边打着酒嗝，一边轻飘飘地走来，须发飞扬，脸上荡漾着酒至微醺的酡红。他大声吆喝着，谁他娘把刘总兵他老人家给惊动了？我查出是谁，一刀把他的狗舌头给剁了，鸡还没做熟呢，就不让喝了？

刘安说，郭登，你看看城外坐在车上的是谁，你还有心思喝酒呢？我看你把脑袋让人砍下来都不知道是怎么死的。

刘安哼了一声。

郭登朝城墙外瞥了一眼，说，假的，我不看都知道是

167

假的，皇上怎么会在这里呢？瓦剌人的鬼把戏我见多了，他们就是想把城门给诈开。

刘安说，我不管你是怎么想的，反正我认为那是皇上，我要出去觐见皇上。普天之下，莫非王土，皇上说把大同府给了也先，我也认了，我们都是朝廷命官，皇上的旨意就是天命，违抗天命是要遭雷劈的。

刘安认准的理，十头牛都拽不回来。

郭登眼睁睁地看着气冲斗牛的总兵官刘安步下城墙，口口声声要看守城门的官兵把城门打开。大家都唬在那里了，虽然刘安是大同府总兵，但郭登有言在先，没有他的命令，任何人不准私开城门。何况，城外正有一支虎狼之师准备乘隙而入呢。

李指挥使想劝劝刘安，城外的情况很复杂，不是出城面见了圣上就能摆平的事儿。他对郭登说，你就知道喝酒，都什么时候了还喝？刘总兵一定是被你喝酒这事给气蒙了，要不他那鸡胆子敢出城去？

郭登说，官大一级压死人，随他去吧，城门只许开一条缝儿，放刘总兵出去，再把城门关死，吩咐刘总兵不要过护城河，只在河这头与皇上说话。

刘安跪在护城河里侧，隔了三丈多宽的一道死水，一边哭一边与对岸的朱祁镇拉话。

马桂生说，这人谁呀，看他哭得有多痛，你看他把额头都磕破了。

袁彬说，你少说两句吧，少说两句也没人把你当哑巴卖了。

马桂生说，你这人烦不烦？我又没跟你说话，你搋我做啥哩？

喜宁隔着一辆车说，你们俩都挺烦人的。又转脸朝河对岸的刘安说，刘大人，你不用说了，皇上知道你的意思，你赶紧放下吊桥，让皇上进城呀，总不能把皇上晾这儿吧？

不知哪里吹来的一股风，马桂生他们的衣服都在随风鼓荡，他肩头的挑子也被风吹向护城河。马桂生听到对面的那个刘大人在向城头喊话，是要让城楼上的人把吊桥落下来，迎接朱祁镇进城。

马桂生特意看了一眼勒勒车上的朱祁镇，这个皇帝一直很少讲话，脸上的表情也分不出遇见旧臣时的激动或忧伤，朱祁镇就像木偶一样固定在车上。

天空太蓝了，如一只巨大的穹庐，罩着大地和城池。距离勒勒车不足数十丈的地方，是伯颜的马队。那些战马不安分地原地刨着沙土，瓦剌兵的旌旗哗哗地飘拂着，形成巨大的声浪，以至于刘大人的声音很快就听不见了。

马桂生看见对面的吊桥并没有落下来，反倒是原来关着的城门又开了一条缝儿，有人鱼贯从城门里走出来，与刘安并肩跪伏在地上，朝朱祁镇坐的勒勒车叩了几个头。

一个满脸胡须的人高声亮嗓说道，皇上，臣郭登见驾来迟，望皇上恕罪。

一个面白无须的人也跪在那里说，臣沈固给皇上磕头。

一个方脸宽额的人说，罪臣孙祥给皇上磕头。

一个头戴乌纱帽的人说，下官霍瑄给皇上磕头。

这些人磕完头，已是泪光满面。马桂生这时候无意中朝后面看了看，不看则已，一看吓得坐在了地上，他看见后面的瓦剌骑兵弓如满月，齐刷刷瞄着跪在地上的几个人。

已经有人在城头上发出警示，那些跪伏在地上的人转瞬不见了，只留下最早出城来的刘大人。刘大人没有回城，他还跪在原地不动，他挣脱了几只向他伸过去的手，而他身后的城门嘭一声合上了。

那个一直跪在地上的刘大人爬起身，朝城楼上情绪激动地说着什么。马桂生侧着耳朵听了半天，才听清是骂一个叫郭登的人。马桂生就想，当官也不容易呀，当着那么多人的面儿下了命令，居然没有人肯听，还让人关在了城门外。

喜宁大声对刘安说，刘大人，你是总兵官还是那个郭登是总兵官？你这总兵官是怎么当的？

刘安显然是急了，他跑过去用手拍打了几下城门，又仰着脖子朝上喊了几句。上面有人回应他。风大，马桂生他们都没听清城楼上的人是怎么说的。但过了一会儿，就有一条绳索垂下来，绳头绾着一只大竹篮。马桂生明白了，城楼上的人是要刘大人往篮子里坐，然后把他吊上城去。那个刘大人起初死活不往篮子里坐，指着城门非要让郭登

170

把城门打开不可。郭登在城头往下边喊话。这回，马桂生听清了，城墙上的郭登说，刘大人，你要不坐箩筐，我们就吊上来了。说这话时，那个郭登已经开始让人往上收绳索了。刘安大声叫着，不要往上拉，等我坐进去再拉。

刘安转回身来，给朱祁镇磕了一个头，说，皇上，郭将军不听我的话，我也只好先回城里了，您手头缺什么，我尽量给您想办法弄。

朱祁镇摇了摇头，他想不起他现在缺什么，或者说他缺的东西太多，一时想不起该先说哪一件了。后来是喜宁拨转马头去请示伯颜，返回来替朱祁镇说了一样东西。喜宁说，刘大人，你这总兵当得好无趣，既然开城门由不得你做主，你给皇上弄一些金币吧。

刘安问，要多少？

喜宁说，三万五万不嫌少，十万八万不嫌多，多多益善吧。

刘安说，喜宁你站着说话不腰疼。

刘安被人用箩筐吊上城头。箩筐在中途不住地打着旋，刘安担心绳索断了，又怕上面的人失手把他扔下去。他大喊着要上面的人快往上提。他的声音都喊劈叉了。

马桂生说，这个人胆子比我还小。

马桂生说这话时故意看了看旁边的哈铭和唐兀台，其实马桂生并不认为自己胆小，他之所以拿刘安跟他作比较，是想告诉勒勒车上的朱祁镇，看看你这些官吧，他们都贪生怕死，还不如我这个卖油郎呢。

时间流逝得飞快，日影从正中央，慢慢朝东北向偏。城头不再有人露脸。

一直坐在车上闷声不吭的朱祁镇，突然从车上站起来，他身上的棉被在守军看来，很像是一件披了一口钟的斗篷，有了玉树临风的效果。朱祁镇在车上站了一小会儿，还是一声不吭，嘴角的肉抽动几下，很无辜。后来是喜宁生硬地咳嗽一声，朱祁镇才开腔说话，他是朝城头上的郭登说的，郭登，你听朕给你说，今天朕姑且与你不论君臣关系，要论起亲戚关系，你我还是姻亲呢，你的老姑姑是先皇的宁妃，你我二人关系非同一般，你怎么不开城门让我进去呢？天又这么冷。

起初，城头上没有人回答朱祁镇，就像石头沉入深潭，没有溅起一点涟漪，后来朱祁镇把那句话又复述一遍，城上有人说，皇上，微臣是奉旨守城，没有随便开启城门的权力，你与我虽是姻亲，可郭登不敢因私情而置国家危难于不顾，如果因此得罪了皇上，郭登愿意在皇上还朝之后接受惩罚。

郭登的嗓门粗，穿透力极强，虽逆风说话，朱祁镇的耳膜也受不了。他无奈地看了看喜宁，说，郭登是个粗人，你跟他讲不清道理。

咱家倒是听说这个郭登是个好吟诗、好写字的细乎人哪，他不该连皇上的面子都不给啊。喜宁说。

马桂生对哈铭说，这人和我们右卫城打铁的郭老六是一路货，软的不行，非得来硬的。

骑马站在远处的赛刊王等得不耐烦了，瞪着一双死鱼眼不断地骂娘，几次派人来催问喜宁，索要的金币怎么还送不出来？

喜宁朝城头喊了几次，不知是他声音太细，还是声调过分柔弱，城上没人搭他的茬。

喜宁要袁彬去喊话。袁彬不肯，朱祁镇也要袁彬喊几声，袁彬便用手拢在嘴边喊道，喂，城上的弟兄们，皇上让问一问刘大人，金币准备得怎么样了，怎么还没送出来？时辰不早了。

隔了一会儿，城头上有人传话，说刘大人正在城里筹措钱呢。又说，刘大人是个清官，把他的总兵府卖了也不值几个钱，问问皇上，能不能少要几万？

喜宁火了，喜宁说，要不要脸了？要不要脸了？这是讨价还价的事情吗？喜宁的声音并不大，他是说给他自己听的。

野外的风越来越大，喜宁在马背上冷得发抖，他一边发抖一边义愤填膺，等来等去却等到这样的托词，他朝城上细声细气地喊，叫你们刘总兵出来说话，你们平时拿了多少朝廷的俸禄？搜刮了多少民财？如今皇上有了难处，想让你们掏一点出来，你们倒推三阻四的，还有没有良心了？还有没有公德了？

173

城上的人说，不是刘总兵吝啬，他实在拿不出那么多钱，不像你们宫里的太监，有私房钱。

喜宁的脸气得发紫，他用手里的马鞭指着城头说，少他娘废话，那不还有西宁侯和武进伯的家产吗？那不还有郭敬的家产吗？他们三家总不会一贫如洗吧？反正他们的家财放着也没用，都拿出来犒赏友军吧。

西宁侯宋瑛和武进伯朱冕，还有中官郭敬的官邸都在大同府，宋瑛和朱冕早就战死在阳和口了，朝廷的确是拨给他家属一点抚恤金。

又过了一阵儿，城上有人要喜宁进城去取金币。喜宁不想去，他让袁彬进城去取。袁彬望着三丈多宽的护城河直搔头皮，你让我飞过去呀？

喜宁又朝城上喊，怎么过去啊？

城上的人说用绳子拽过去。

城门开了一道缝儿，有人从门里挤出，朝护城河这边抛来一根绳子，要对面的人接着，系在一块大石头上。袁彬就援着这根绳子忽悠忽悠吊过了护城河。不多一阵儿，又顺着绳子原路返回，并且带回沉甸甸的两只柳条箱子。里面装满了黄灿灿的金币，还有三件崭新的官袍。

后来，有人出城又送出两筐西瓜和雪梨，很快让瓦剌兵抢光了。喜宁嘟囔道，一群饿死鬼。

天色向晚，伯颜命人把营帐扎在西城外的一片空地上，然后埋锅造饭。

入夜，云生东南，雾障西北；连营高垒，号角暗哑；篝火明明灭灭。

郭登和刘安两个人彻夜未眠。郭登顾不上睡觉，只顾了在守城的官兵里挑选劫营的勇士。挑选勇士的条件有三，刀法好、手脚快、擅夜战。本来大同府的防卫在大明也是数一数二的，因也先最早掠犯的就是大同府，西宁侯宋瑛和武进伯朱冕带走了大同军一多半主力，在阳和卫一场混战里全军覆没了，如今所剩不足最初的十之二三。郭登挑来挑去只选出百十来个勇士。接着是挑选应手的兵器，做战前动员，给千里驹用棉絮包裹铁蹄，这么一来二去，耽搁了不少时辰。等一切安置妥当，已是后半夜的丑时将尽。郭登临上马，让手下抱来一坛烧酒，咕咚咕咚喝了足有半坛子，然后一抹嘴，说出发。

他们悄悄开了南城门，绕了一大圈，乘着浓雾朝伯颜驻扎的城西扑去。郭登一马当先，手里拖着长刀，不停地磕着马腹，嘴里一个劲说快跑快跑。他是想让马插了翅膀飞起来，可那马不争气，再快也飞不了。郭登想得挺好，趁其不备从瓦剌军手里把英宗抢回来。

他们觉得他们的马跑得够快了，他们觉得他们队伍虽小但周身焕发出的狰狞杀气足以震慑所有的瓦剌兵，但他们还是来晚了，迎接郭登的是一片凌乱的脚印和马的粪便，还有一些余烬。

伯颜多疑，子夜时分就撤走了。

刘安那天夜里没喝酒，刘安没顾上睡觉是因为睡不着。袁彬进城来取金币，顺便从怀里摸出一小块羊皮给了刘安。羊皮上面有字，是朱祁镇的手迹，要刘安把羊皮迅速送往京师，奏报皇太后：朕在房中亡恙也。也先欲送还，使来，厚赏之，迟之益深入矣。

因为羊皮没有装在信套里，刘安又怕袁彬有诈，反复摆弄那块沾了血迹的生羊皮，从字里行间捕捉伪造密旨的蛛丝马迹，最终确认信是真的。从皇上的语气中可以看出事情的十万火急，也先图的是钱财，并不稀罕皇上这个人，如果朝廷肯出钱，出到也先的心理价位，也先就会立马放人。

刘安本打算派驿差送这道密旨回京，思来想去还是决定自己亲自跑一趟为妙。但就在这天晚上，有一队锦衣卫骑着快马送来朝廷诏书，诏书竟然不是皇太后签发的，而是新登基的皇帝朱祁钰。

朝廷换了新人。这是刘安没有想到的。刘安把锦衣卫们安顿下来，独自一人在总兵府犯愁。他不知该为朝廷庆幸，还是该为朝廷担忧。诏书里说得再明白不过，正统皇帝北狩，归期无果，国不可一日无君，郕王祁钰登基乃顺应天意，遥尊祁镇为太上皇，以翌年为景泰元年。

第七章

马桂生的菜刀卷刃了

一

九月二十四日中午，朱祁镇和伯颜一同回到毕在寺。

朱祁镇从勒勒车上是自己跳下来的，咚一声踩在毕在寺山门外的方砖地上。他对从马上跳下来的伯颜说，将军，我没有让你逛好大同城，实在过意不去，我也没有什么可补报你的，你让人把这两只箱子抬走吧，里边的金币你们都分了，不要忘了给太师留一份儿。

然后，朱祁镇翻抄着两手，很优雅地迈上山门的台阶。

朱祁镇亲手推开大殿的隔扇门，就像推开养心殿的朱漆门一样理所当然。他大声喊着袁彬和哈铭的名字，头也不回地说，你们两个给我沏一壶砖茶，给我端一盆热水，我要一边喝茶一边烫脚。

这样，朱祁镇坐在他的罗汉床上一边喝茶一边烫脚，茶碗里的热气和洗脚盆里的热气搅和在一块，分不清哪一股气飘着茶香，哪一股气飘着脚臭味。

袁彬忙着给他去前院的香积厨盛饭，哈铭忙着给他把灯盏拨亮，又忙着替他在佛祖面前上了三炷高香。哈铭边上香边说，皇上，您该在佛前磕个头，这一趟大同府去得有惊无险，一定是佛在保佑皇上。

朱祁镇说，朕贵为天子，是不能给佛下跪的，我在心里念佛就可以了。

袁彬用一个木托盘端着三碗莜面和子饭，一碗油糕，一摞白皮烙饼子，一碗大烩菜进来，对哈铭说，我见厨房里熬了一大锅小米稀粥，你去盛两碗给皇上。

朱祁镇看了看木托盘里的饭菜，说，这饭好，天天羊肉，天天马奶，我闻着都腻了。

袁彬说，皇上，外边没人了。

朱祁镇不明白他说什么，唔了一声，呷一口茶。

哈铭已经走出去了又退回来说，伯颜把门口的侍卫都撤了，以后皇上想出门就出门，想逛街就逛街，可就是不能走出右玉林卫。

二

马桂生看见了不该看见的事情。他想推开东厢房的木头门，却推不动，门从里边插着，他用指头在窗户纸上戳了个窟窿，他发现火炕上有一堆隆起的被子，被子在剧烈涌动。他血管里的血液在急速流转，谁呀这是？大白天的在厢房里做这事儿？马桂生不敢惊扰这对野鸳鸯，只好坐在东厢房门口抽闷烟。

马桂生眯缝了两只眼睛毒辣辣地盯着山门。他和山门没有仇，他和山门外的两根旗杆也没有仇，他和两根旗杆对面的一棵老槐树也没有仇，他和老槐树后面的一扇柴扉还是没有仇，他和一扇柴扉里的三间茅草屋依然没有仇，但他和茅草屋里的一个女人结下了仇，而那个女人还蒙在鼓里呢。

有人在他肩头拍了两下，他没有回头，也懒得回头。

喂，桂生，你发什么呆啊？是不是想老婆了？是唐兀台。

唐兀台不知从哪里搬来一个磨刀石，他从刀套里抽出他的长刀，蹲在地上，嚓嚓地磨着刀刃。

磨一会儿，用指头试试刀锋。

马桂生凑过去，弯腰问，老唐，你这把刀敢不敢借我用用？

唐兀台翻起眼看了看马桂生，你借刀做什么？

马桂生笑嘻嘻地说，不干啥，杀个人。

唐兀台的龅牙又龇出唇外，明显是笑了，又不像是笑，你也敢杀人？杀哪个？你不敢动手，我替你找个帮手。

179

马桂生说，我杀得了，我杀了她，心里就踏实了，要不我睡不着嘛。

平时也不听你说哪个欺负过你，你怎么想起杀人了？

我心里堵得慌，当初她和她爹她娘连睡觉的地方都找不下，她爹她娘看上我家的房子，说你做我的女婿吧，也不问你要定礼，只要肯让我们老两口住你家就行。我当时正在武舍人的场屋里榨油，听她爹跟我这么一说，我心软了，我这人心好，看见别人有难处就想伸手扶一把。我说行咧嘛，我瞅瞅你家闺女长得好看不好看。她爹就把她从外面拉进屋里让我瞅。你没去过我榨油的地方，满屋子都是油渍麻花的，连窗户都没有，瞅东西只能瞅个大概，我瞅见她长得银盘大脸的，屁股也不小，就点头了。自打成家以后，我把我浑身的力气都用在她身上了，我把她爹和她娘看得比亲爹亲娘都亲，我怕她受累，不要她去田里种地，也不要她去武舍人那里帮我榨油，就要她养好身子等我回去受用。我不知道她哪根筋搭错了，我来毕在寺住了也没多久，她就给我招引野男人，给我头上戴绿帽子，你说我不杀她，心里这口闷气能咽下去吗？

你想杀的是你老婆啊？唐兀台脸上的笑意散了，唐兀台用一张麻纸擦着刀刃上的污渍，你也就能杀个女人了，心眼儿针尖那么大，你老婆未必有你想的那么坏，你还是学勤快点，给伯颜落个好印象，早放你回去比啥都强。

他们身后的房门打开了，出来的是平格勒，接着后面的人也露出一张脸，马桂生眼睛瞪大了，是范金宝的老婆刘翠枝。

三

伯颜的夫人阿挞剌阿哈从草原上来看伯颜。

伯颜那天很高兴，亲自出城去接夫人。

阿挞剌阿哈是个很年轻的女人，脸白，唇红，脸腮上的肉很肥，盘了两半头，还戴了两半头帽子，穿了斜襟宝蓝色棉长袍，右上襟扎一个桃心的哈布特格，用金丝银线绣了一只云雀。这个女人没有坐勒勒车，而是骑了一匹马，她身后的男女随从也都骑着马。

他们都骑着马。

他们从右玉林卫的北大街走过，铁匠郭老六一边叮叮当当敲打一块烧红的铁，一边斜眼看这些骑马的男男女女。

爹，你快看，铁匠的儿子拉柱大声对他爹说，女人骑马，还分开两条腿骑。

拉柱的声音又细又尖，刺疼了骑马的一些人。伯颜倒没什么，伯颜夫人也没什么，伯颜夫人带来的几个随从却朝铁匠铺里看，他们的表情统一而坚硬，他们一手持缰一手握着刀柄，他们都被铁匠铺里的声音吸引了。然后，他们看到那个扎着皮革围裙的铁匠把手里的铁锤撂在一边，一巴掌抽在拉风箱的少年头上。少年的身子歪了歪，很快又坐稳了。他们走过去了，他们相视而笑，互相议论着铁匠铺里发生的一件小事。

夫人，路上辛苦了，伯颜说。

你比以前显老多了，在家里你的腰板儿直溜溜的，你看现在都有些驼背了，女人说。

我前两天接到你要来的信，想不到你今天就到了，伯颜说。

女人说，我们遇见一大群狼，射死几只，其他的狼一直尾随我们进了杀胡口。

两个人各说各的，却谈笑风生，就像在一问一答，显得很协调。

把卦摊摆在路边的黄半仙，捻着颌下的花白长须，脑子里飞速转动着，他掐了几下指头，说，这个女人长了一副克夫相。

四

朱祁镇站在毕在寺的山门前迎接伯颜和伯颜夫人。

不远的地方有一群孩子在拍手唱着歌谣：豆芽菜，水淋淋，媳妇上炕奶公公，奶得公公没主意，城隍庙上告土地，土地爷爷摇头，骂你个没头鬼毛猴儿……

伯颜看到朱祁镇站在山门前迎候，有些受宠若惊，远远就翻身下马，他让夫人也赶紧下马，说快来参见皇上。

夫妻二人给朱祁镇行过大礼。

朱祁镇激动了，连走两步，伸手做搀扶状，免礼平身，免礼平身。

朱祁镇后来再想起当时的心境，就有点心绪难平了。从他九岁称帝，到他二十三岁御驾亲征，还没有一次接受臣民叩拜时连说两句免礼平身的，想不到在右玉林卫这么个苦寒之地，他落魄到看别人给他磕头就想赶紧搀起来的地步。

在回毕在寺前殿与大殿之间短短一截路上，朱祁镇问了伯颜一个问题，喜宁哪去了？伯颜一愣，觉得这个问题很难回答，犹豫了一会儿才支吾道，您问喜宁哪去了？喜宁嘛，喜宁这人挺有意思，他说在大殿里睡不着，他听不得有人打呼噜，有人打呼噜他就头疼，太师说要不你跟我回牛心山堡吧，他就跟上太师去了牛心山堡。

朱祁镇哦了一声，他随口念一句曹孟德的《短歌行》：月明星稀，乌鹊南飞；绕树三匝，何枝可依……原来是飞到太师那棵树上去了。

五

马桂生解放了。

马桂生后来怎么也弄不明白，他一没有按唐兀台的话做，变得勤快一点，二没有去巴结伯颜，既没有给伯颜送几串金币，也没有给伯颜送几个麻油烙的水晶饼子，他连伯颜的面儿都没见，唐兀台进来却对他说，从今天起，你不用在毕在寺住了，伯颜要你回家去睡，不过马和骆驼你白天还要放。

马桂生不相信自己的耳朵，他对唐兀台说，别逗了老唐，你这人就喜欢开玩笑，也不看时辰。

又说，哎，老唐，乎格勒哪去了？这几天老不见他在寺里待着。

唐兀台嘴贴在马桂生耳边说，乎格勒混了个相好，白天只要没事干，他就去相好的家里串门了，他把灶上的两节子羊肉都偷去给了那女的，这事要让伯颜知道，指不定治他啥罪呢。

你说的是刘翠枝吧？这要让金宝知道，指不定气成啥样呢。马桂生有些怜香惜玉。

女人就是贱，马桂生又说。

但马桂生很快就明白自己判断有误，他意外地看到刘翠枝端着一个大木盆，从香积厨出来。他疑惑地看了看唐兀台，唐兀台说，不是这个女人，乎格勒的相好有好几个呢。

马桂生回到东廊房，看了看炕头，没有一件东西是他带来的，又低头看看自己身上，青布短衣和麻布便鞋都在，没落下什么吧？他嘴里念叨着，忽然想起他的扁担和一对油篓。扁担还立在房檐下，每天都要用它挑水饮马，而那一对油篓却被范金宝老婆收走了。

有一次，马桂生在香积厨悄悄问过那妇人，金宝家的，你把我的油篓藏哪儿了？

刘翠枝乜斜了两只桃花眼，谁说我拿你油篓了？那脏兮兮的我看了都觉得恶心。

刘翠枝自从被马桂生撞破了隐私，对马桂生就不像先前那样热络了。乎格勒曾有一次对他说，桂生，有些事不要随便往外说，说多了对你不好。马桂生知道乎格勒是在警告他，也知道是警告他不要说什么事。

马桂生说，唐兀台说是你拿走的，你一定是带回家里去了，过些天我不给他们放马，还要接着卖油呢。

刘翠枝说，人家都说你马桂生老实，我看你一点都不老实，我要你的臭油篓干啥？让金宝做夜壶还嫌它高呢。

又说，你不要给我栽赃，我警告你马桂生，老娘也不是吃素的。

刘翠枝一定是吃枪药了，马桂生不与妇人一般见识，油篓失踪一事自此成了一桩悬案。

事实上，马桂生是空着两手回家的，但他紧紧攥着拳头。

院子雅静得很，一盘石磨蹲在南墙根儿，两只觅食的母鸡在没有蔬菜的菜畦里刨食，一个老汉坐在茅草屋前晒太阳，那是马桂生的老丈人。

老丈人眯着眼睛端详马桂生半天，说，茅坑满了，你回来得正好，快把茅坑淘一淘。

马桂生并不讨厌老丈人，可马桂生听了老丈人的话突然心里蹿起一股无名火，他飞起一脚把喂鸡的破碗踢在一边，说，我回来不是淘茅坑的，这是我的家。

老丈人说，我没说不是你的家啊，你小子住了几天庙，脾气见长啊？

又说，我怎么说也是你的长辈吧，你拿这口气噎我？你还把鸡盆给踢飞了？

老丈人一吵吵，丈母娘也从屋里出来，一边搓着手上的面粉，一边说，桂生啊，有气可不兴冲家里人撒啊，你看你一直住在庙里，回不了家，我和你爹还有你老婆天天念叨你，知道你委屈，可再委屈也不是我们不让你回来啊？看把你爹给气的。

丈母娘说着话，连忙在老汉后背上摩挲起来，好像马桂生真把老头子给气着了。

马桂生看了看两个老人，他攥紧的拳头慢慢松开了，他知道两个老人又没丢他的人，就说，我不是生你们俩的气，我是生你闺女的气。

老丈人梗着脖子说，生我闺女的气？她糟蹋你钱了，还是背后说你坏话了？

马桂生说，她败我名声了，她把我的名声败大了，让鞑子们都知道了，都拿我当笑话看，往后我还咋做人吗？

败你名声了？老丈人本来盛气凌人的，忽然不言声了，他朝地上啐口唾沫，名声算个甚？不能吃，不能喝的……

老汉的声音越说越低，眼睛从女婿脸上移开，盯着地上的一朵鸡屎。

你们当然不要名声了，马桂生冷笑一声，你们一家连脸都不要了还要名声？我不跟你们磨牙花子，我找那烂货去。

马桂生朝西边那间茅草屋走去，推开门，屋里没人，他又到中间那间茅草屋看了看，也没有找到他的老婆，他还要去东边那间茅草屋找，他的老丈母娘又说话了，你不用找了，我闺女给当兵的做饭去了。

你哄鬼吧你，马桂生转脸看着丈母娘，以前我信你，现在我不能信你了，你闺女压根就没去给人家做饭，她是混野男人去了，我想问问她，野男人有啥好，她要说野男人啥都好，她干脆跟野男人过去吧。

两个老人又闭口不言，他们的闺女那些花花绿绿的事情，他们当然比谁都清楚。

马桂生原以为他一句话足可以把他的老丈人和老丈母都噎得无话可说，他正准备回屋里检查一下什么东西少了，却听老丈母在背后说，桂生哪，我们是过来人，啥事都经见过，再高的浪头也打不翻船，女人嘛，趁年轻爱瞎折腾，年龄大了就折腾不动了。

马桂生喉咙里咕咚一响，觉得吞了一只活苍蝇，而且是只绿头苍蝇。

六

杨善官复原职了。这不是杨善自己努力的结果，也不是他的好友陈镒出了多大力，更不是翰林院的徐珵撤回他的奏章，而是新皇帝登基要大赦天下。

杨善的工作性质没有任何变化，礼部衙门也没给他多少分工，除了在上朝时大声传赞，引导仪节外，好像再没什么事情可干的了。多年来，杨善也习惯了这种优哉游哉的节奏，而无官可做的日子又让杨善难以忍受。一朝被蛇咬，十年怕井绳，每每想起土木堡经历，杨善总要无端地出一身冷汗，即使在朝仪那么隆重的场合，他仍然会走神儿，走神儿的结果就是忘了传赞的内容，而且语调也明显不如过去那样清亮了，悦耳了，抑扬顿挫了，尤其缺乏以往那种庄重的仪式感。新皇帝朱祁钰倒没觉得有什么不同，反正比起杨善不在时那个鸿胪寺卿，已经好得不知多少倍了。

胡濙是个善解人意的老头儿，他怕杨善因土木堡一事有了心理负担，经常在闲暇时开导他，思敬哪（杨善还有个名字叫杨思敬）。思敬哪，振作起来，坎儿已经跨过去了，你还有什么顾虑？徐珵的奏章也不是针对你一个，你更不需要刻意回避他，显得对他有看法似的。

杨善嘴上说，那是，那是，下官怎么会计较徐大人呢？心里却反而对胡濙有了新的认识，他原本是替胡濙随王伴驾出征大同的，风萧萧兮易水寒，他把脑袋系在裤腰带上，如果不是他骑的那匹马跑得快，他现在恐怕连尸首都给狼啃了。徐珵要拿他们这些临阵脱逃的大臣开刀，你堂堂的礼部尚书，居然没有替他杨善求情，而且把干系撇得一干二净，呵呵。

一天，杨善刚从宫里回到鸿胪寺，就有主簿来禀报，说翰林院侍讲徐珵求见。

杨善先是一愣，继而说，你告诉徐珵，我去宫里面见太后还没回来。

在主簿犹豫的当儿，杨善却改主意了，算了，你让他在你房间里等我一下。

这几天，杨善突然忙碌起来。新皇帝要登基，虽说时局震荡，许多烦苛的仪式都减免了，但登基前三日的斋戒不能免，派司仪去天地坛祭告天地的议程不能免，以香币酒脯祭告宗庙的议程也不能免，在奉天殿设立诏案的事情更不能疏忽……说起来鸿胪寺也算个大一点的衙门，包括他这个鸿胪寺卿在内，大大小小的官职也有六十多个，仅序班就有五十人，可皇帝登基是天大的事情，缺了杨善还真不行。杨善也是六十多岁的人了，精力大不如前，但杨善不得不在新皇帝面前竭力表现，甚至有点卖力得过头，几天下来，不是腰疼就是腿酸，浑身不得劲。

徐珵来访，这是杨善做梦都想不到的，他认为他的命运险些栽倒在这个侏儒手里，两人就算结下了梁子。梁子结下了，就该老死不相往来，可徐珵偏偏不按常理出牌。

杨大人哪，徐珵是来负荆请罪的，徐珵一见面就给杨善深施一礼。

啊呀呀，可不敢当徐大人。杨善是从主簿厅外推门进去的，他看见一个矮小的影子向他拱手鞠躬，便夸张地叫了起来，徐大人，你何罪之有呀？

杨善就是这样一个人，心里有怨气，脸上并不显出来。

分宾主落座后，杨善让人给徐珵献茶，有一股难闻的气味从徐珵的常服里丝丝拉拉溢出，杨善皱了皱眉头。

徐珵吹了吹茶盅里漂浮着的茶叶，呷一口，说，前两日我夜观天象，发现五星会聚，紫微宫格外透亮，就知道郕王要登基了；昨日我在朝堂之上，偶尔瞟了杨大人一眼，发现你引奏时，口须方大，唇红端厚，角弓开大合小，海角朝上，正是出纳官成的福相，就知道杨大人非贵则达，前程无量哪。

杨善用指头轻轻叩击桌面，压低声音对徐珵说，徐大人，此话可是犯了朝廷的忌讳，你既非钦天监监正，又非钦天监属官，怎么能随便传播天象感应呢？殊不知凡是征祥灾异，须密封闻奏，若有漏泄，是要触犯刑法的，这话是让我听见了，若是传到外面，恐对大人不利呀。

又说，何况，本官何德何能有非贵则达的命数呢？

徐珵似乎也警觉起来，很夸张地四面看看，主簿厅里倒是有几个主事在各自的书案旁整理礼仪文书，但没有人注意倾听他们的讲话。徐珵把茶盅搁于案头，狡黠地笑道，下官只是臆测而已，一般人我是不屑跟他们讲的，何况大人是金口玉言，断不会把与下官的私聊面呈朝廷。

又说，杨大人，您是人中龙凤，虽在礼部供职，却为鸿胪寺杂事所缠，岂非大才使居小位？我呢，在翰林院当一小小的侍讲，翰林院乃养才储望之所，下官不才，修书撰史起草诏书已属勉强。虽说你我二人平时少有公务往来，交情不算很深，但我一向对有才华的人很敬重，您就是其中之一。我曾不止一次对翰林官说，别看杨侍郎现在蜗居鸿胪寺，但依其雄辩之才，将来必会飞黄腾达。

杨善笑而不言。他对徐珵的奉承感觉就是吃了一碗馊饭，他倒要看看这矬子葫芦里要卖什么药。

徐珵说，上一次在朝中，我上了一道奏章，有人说我针对的是土木堡生还的大臣，天地良心，我徐某人还没有下作到落井下石的地步，明眼人都能看出，我是看不过于谦那副骄横跋扈的样子。当初皇上出征的日子就是一个大大的凶日，我让邝埜邝大人劝止过皇上，可皇上没采纳我的意见。土木堡兵败，我又看出京师呈覆巢之势，非迁都而不可逆，你看那个于谦，不就是一个正三品的兵部侍郎

191

嘛，既没有兵圣之韬略，又没有子房之运筹，偏偏要以卵击石，固守京师。瓦剌之势犹如破竹，三大营数十万精兵都奈何不了也先，就凭于谦从四面八方临时纠集的那帮乌合之众，不要说守卫朝廷了，恐怕连他自己都是泥菩萨过河。可惜啊，太后不听良言，听任一个于谦瞎胡闹，带累了满朝文武，也带累了满城百姓。杨大人可否听下官一句劝，莫如向圣上讨个外出的差事，暂且去外地避避风头，十月为大限之劫，过了十月，一切安好，再回京不晚。

茶水续了一遍又一遍，日影从西转到正中央，徐珵还坐在主簿厅里滔滔不绝。杨善本是健谈之人，但遇到徐珵，还是小巫见大巫。整整一个上午，杨善没插进一句嘴，只顾听徐珵在纵论人心叵测了。只是听来听去，直到徐珵告辞，杨善也没听出徐珵哪怕一句负荆请罪的话。

临出门，徐珵忽然想起一件事，说，瞧我这张贱嘴，倒把正事给忘了，今日我是来向杨大人辞行的，圣上派了十五名科道官分赴各地去招募军队，以备不时之用，下官就在那十五个科道官当中，我要去的地方是彰德，代行监察御史之职。

哦，原来徐大人要南下彰德，彰德的天气要比京师暖和，形势也比京师宽安许多，不过人生地不熟的，还望大人保重，杨善拱手与徐珵作别。

杨善后来回想起那天徐珵的拜访，就知道徐珵不是来给他赔不是的，也不是来要他外出避难的，而是要他擦亮眼睛，好好看看兵部那个于谦是怎么碰得头破血流的。

七

　　马桂生憋着气回到家中，他想用自创的一套家法好好调教一番老婆乌热尔娜。但不知是两位老人走漏了风声，还是邻家发现他杀气腾腾回到家中，就顺便通知给了乌热尔娜。反正那天白天，马桂生没有如愿等到他外出未归的老婆。

　　而两个老人也装聋作哑说闺女天天让鞑子抓去做饭，不知道是去了火神庙，还是去了勒马庙，还是去了娘娘庙，反正是去给鞑子兵做饭去了，你白天怕逮不着她的。

　　马桂生也不说他回来是要过夜的，只是在房中闷头抽烟。房里的烟雾越积越多，从门缝钻出去，沸沸扬扬集聚在房顶上，远看像房顶着了火。

　　眼看天色已晚，两只鸡拍打着翅膀恋恋不舍回巢了，老丈人把屋里的油灯点着，佝偻着腰，隔着窗户喊话给马桂生，桂生，天不早了，你咋还不回大寺庙去？

　　右玉林卫的人都把毕在寺称作大寺庙，他们眼里的毕在寺是个大大的寺庙。

　　马桂生先没理会，过了一会儿才瓮声瓮气说，以后我就在家里住了，鞑子说我喂马喂得不错，允许我在家里

193

过夜。

马桂生的回答让两个老人立刻恐慌起来，他听见老两口小声交谈着什么，又因为意见不合吵了起来，声音不敢放大，尽量憋屈着，好像还推搡了两下，什么东西摔在地上，碎了。接着他们的屋门当啷一响，院里有了深一脚浅一脚的鞋底擦地的声音，渐行渐远，最后消失在街门口。

不出一袋烟工夫，乌热尔娜回来了。乌热尔娜在院里故意喊了一声爹，又喊了一声娘。东屋里传出老丈母的回应；而老丈人的声音却来自街门口，你一个妇道人家，天天在外边抛头露面，没事也快惹出事儿了。

马桂生听见老丈母也在埋怨闺女，你怎么才给他们做完饭？你男人回来了，在家里等半天了。

乌热尔娜说，桂生不在大寺庙住了？谢天谢地，总算熬出头了。

老丈人说，这是啥世道啊？男人捉去喂了马，女人捉去做了饭，一个家拆得七零八落的。

好好演戏吧，马桂生心里不住地冷笑，你们就是在给我演戏。

桂生，你熏狐子呀？抽了多少烟？你咋不点灯呀？乌热尔娜已经站在马桂生面前，使劲咳嗽两声，借着马桂生烟袋上微弱的亮光，伸手在他脸上摸了一下。

马桂生撇转脸，他嫌乌热尔娜的手脏。

你没吃饭吧？我给你熬碗和子饭，再给你炒一碗羊肝子煎山药，前两天在东门外买了几斤羊肉，顺便要了一点羊杂碎，给你留着当下酒菜。

马桂生还是不说话。

乌热尔娜点亮麻油灯，一边扇着脸前的烟雾，一边推了推马桂生的肩膀，你怎么敢在家里过夜了？鞑子不是不让你回家吗？

他们担心我戴绿帽子，让我回来看着点。

乌热尔娜没有理由听不见马桂生的话，但这个乌热尔娜还是认为自己没有听见，或者是听错了。她手脚麻利地开始给马桂生做饭，她把房门打开，让屋里的烟飘出去，又从橱柜里取出一盆已经煮熟的羊肝羊肺，在案板上切成细条，把山药削皮、洗净，也切成细条，又从院里抱回柴火，填入灶膛，用火镰引燃，在铁锅里舀一小勺胡麻油，等油花慢慢泛起，油沫消失，把葱末搁进去一炝，把羊肝羊肺也搁进去，急火快炒几下，把山药细条再搁进去，三下五除二，只一会儿，羊肝煎山药就出锅了，码入一个粗瓷笨碗里，放在马桂生面前。

那时，马桂生仍蹲在炕头吸闷烟，瞅都不瞅那碗羊肝子煎山药一眼，瞅都不瞅那个殷勤得过火的乌热尔娜一眼。

乌热尔娜本来是想接着给马桂生熬一碗莜面和子饭的，她在铁锅里添了半锅凉水，等水开后把事先淘好的小米倒进去，煮到半熟，把切成滚刀状的山药掺入米汤里慢火熬煮。她打算让马桂生帮她看看火，她好腾出手去挖面，但

195

她喊了几次，马桂生都置若罔闻。这个女人忽然就火了，把手里的铜勺朝煮沸的铁锅里一扔，毛躁躁地说道，我还不伺候了呢。说完，那女人也不管灶膛里的柴火都掉到地上，一脚迈上炕头，扯了一张被子把头蒙了，睡去了。

马桂生的脑袋嗡一声就大了，接下来不知道该怎么办。

茅草屋里阒寂无声。

这样的结果让马桂生始料未及。做错事的乌热尔娜居然在马桂生没有发难的前提下率先发难了。老实人马桂生的肚皮气得一鼓一鼓的，他想照这么气下去，肚皮迟早会气爆的，他把手里的烟袋往地上狠狠地摔去，地面是富有弹性的泥土，很温和地接待了这件不速之客，但摔烟袋的男人驴脾气刚刚上头，他忽地站起，健步走到灶台旁，一把操起菜刀，在手里掂了掂，觉得有点重，用指头试了试刀锋，有点钝。这样一把切菜的菜刀，如果砍在皮肉和骨头上，怕一刀难以致命。他在屋里来回搜寻着什么，他空洞的目光后来触碰到一件冰冷的东西，那是一只月牙状的磨刀石。马桂生找的就是这块石头。他蹲在磨刀石旁，嚓嚓地开始磨刀。他一边磨刀，一边往刀面上淋水，每一个来回，都让他感觉到刀刃在不断变薄，寒气在不断加剧。他磨菜刀的动作，很像唐兀台在磨一把修长的腰刀。两种刀都是要用来杀人的，一个是杀与持刀人没有任何关系的人，一个是杀与持刀人关系最亲密的人，而后一个持刀人就是他马桂生。

马桂生磨了半夜菜刀。时间在分分钟流逝，流逝的时间考验着马桂生脆弱的耐心。他越磨似乎越没了心劲，他觉得上下眼皮快要粘在一起了，不知什么时候，乌热尔娜已经站在他面前。

这个不要脸的老婆铿锵有力地说，你不用磨了，再磨连铁都给你磨没了，你来砍呀。

这个可恶的女人把腰弯下来，伸长脖子，要马桂生动手。

马桂生的眼睛直了，他一动不动盯着乌热尔娜用手拨开头发，露出的脖子上的那片白肉。他紧咬牙关，攥菜刀的手汗津津的，他的鼻息浊重而粗狂。他慢慢举起那把透着寒意的菜刀，举过头顶，倏地砍下去，当啷一声尖锐的碰撞，他手里的菜刀最终落在那块坚硬的磨刀石上。随着几星稍纵即逝的火花，马桂生家的菜刀卷刃了，并被愤怒的马桂生丢在同样冰冷的泥地上。

送皇帝回京师

一

　　朱祁钰登基后又过了十多天，大同府总兵官刘安来到京师。刘安利用早朝的机会，朝见了新皇帝朱祁钰。

　　朱祁钰南向坐，三公六卿王族面北而立。

　　刘安跪在御道中向皇上禀奏。他在奏章里阐述了三层意思，第一层是把边关的敌情粗略给朱祁钰汇报了一下，算是例行公事；第二层是给朱祁钰带来太上皇在大同府派袁彬进城索要金币的消息，似有邀功之嫌；第三层就比较直截了当，刘安说太上皇答应要皇上加封他为侯，侯不侯倒无所谓，能够留在京师任职的话，是最好不过的。前面两层意思在朱祁钰那里都得到正面回应，朱祁钰说，刘爱卿辛苦了；朱祁钰又说，以后凡各地边将，只要遇上瓦剌军要挟太上皇叫关，没有朝廷的旨意，不得开关接洽。也就是说，太上皇再去叨扰边关，所有守将一概可以置之不理。至于刘安所说的第三层意思，朱祁钰没有立即答复，而是让群臣去讨论。这样，在朱祁钰即位初年，朝廷上出现了一个十分有趣的现象，新皇帝觉得棘手的事情，或者要得罪人的事情，他不下定论，而要让大臣们来讨论决断。满朝文武也乐得各抒己见，争相发言，唯恐自己的见解不被朝廷采纳。

陈镒是个猛张飞，他第一个对刘安发难，广宁伯，你也太不懂规矩了，拿太上皇的话来弹压皇上，岂不是拿着鸡毛当令箭吗？

太监金英附和道，我看此人唇薄如纸，必是奸诈之人，朝廷不仅不该给他封爵，还应该降了他的职。

工部尚书石璞也说，太上皇未必会这么寄书，恐怕是广宁伯想升官都快想疯了，瞎编一套鬼话来糊弄皇上的，这可是杀头之罪哪，谁不知道皇城门前的牌书上写得明明白白，大小官员面欺者斩。

石璞因为和王振交好，才当上了工部尚书，王振一倒，石璞也受了牵连，病急乱投医，石璞改投了金英门下，是金英帮石璞渡过难关的。现在，金英要弹劾刘安，石璞自然不会放过这个报恩机会。

一个人说坏话并不可怕，可怕的是所有人都吐刘安唾沫。在那个"民主"氛围极端浓厚的朝仪里，刘安被大臣们你一句我一句，轻轻松松摘掉了乌纱帽，又被大臣们你一句我一句稀里糊涂送进了监狱。

等待刘安的不是封侯晋爵，而是挑一个黄道吉日，押往西四牌楼等候秋决。

二

朱祁镇的日子过得越来越滋润，他和袁彬还有哈铭三个人，在吃饱喝足之后，有说有笑地在右玉林卫长长短短的巷子里来来回回走动。他们走得气定神闲不急不缓，就像吃饱饭在宫后苑里溜达，他们一边溜达，一边赏花赏草赏树赏宫女。

街头有几个小孩儿在拍着小手唱歌：拉大锯，扯大锯，姥姥门上唱大戏，搬女儿，请女婿，外甥小子也要去，气得姥姥不出气……

朱祁镇笑眯眯地看着这些小孩儿，忽然想到，如果天底下没有大人，都是天真无邪的稚子多好啊，那样就没有什么战乱，没有什么囚犯了，人人平等，人人心里有个小天地。

朱祁镇原来头上戴的乌纱翼善冠，不知从哪天起换成了华阳巾，身上披的赭黄色团龙窄袖圆领袍也换成一件青色道袍；他的眉还是横眉，脸还是方脸，脸皮却不像初来时那样细嫩了，也不像初来时那样白净了，就像一件衣服长时间不洗一样，变粗了，变糙了。而他脸上的胡须倒是越长越茂盛，他吃饭的时候还需要专门分出一只手，去撩开遮住嘴的唇须。

朱祁镇觉得这样的生活也不失为一种特别的体验。他伸起手臂，亲切地拍了拍袁彬的肩膀。袁彬穿的是红胖袄，是唐兀台从卫所里给他捡来的，估计是哪位明军在仓促撤退时留下的。

朱祁镇对袁彬说，你长这么高，还喜欢左顾右盼的，就不怕这里的百姓说你要偷看人家院里的妇人？

袁彬正越过一户人家的矮墙，查看那户人家院里有什么闲人，他从伯颜那里领受到的任务就是保护皇上朱祁镇的安全。他不能让皇上有任何闪失，从前他没有资格这么近距离接近皇上，现在有这个条件了，他就要对这个条件担负起责任来。可是有一天，他从别人嘴里听说，他保护的皇上不是皇上了，而是太上皇，他只是在心里笑了笑。按道理说，太上皇是能够管得住皇上的，即使不在京师，也完全可以遥控皇上做这做那，可朱祁镇不一样，现在的朱祁镇，就像一件被皇上抛弃了的陈旧的龙袍，龙袍不穿在皇上身上也就是一件衣服，没什么大不了的，直到它被虫蛀了，被霉烂掉，渐渐风化成土。袁彬可不这么想，他觉得朱祁镇仍然是原来那个皇上，是那个走路都地动山摇的皇上。

袁彬没有言声，后面的哈铭替袁彬回答朱祁镇，皇上，咱们和袁彬一块搭伴走路，人们首先注意到的就是袁彬，而不是皇上，这样就没有人能认出皇上了，皇上就安全了。

朱祁镇说，哈铭你说得对，袁彬没来之前，朕跟前只有一个喜宁，喜宁太聪明，朕不喜欢他；那时候伯颜怕朕跑，还派了那么多兵士看着，朕就是一只囚笼里的鸟，不知道什么时候被他们捉去喂了猫；自打袁彬来了之后，情况变得越来越好，其实袁彬和哈铭你，都对朕特别好，如饮水者，冷热自知；后来嘛，是袁彬帮朕进大同府搬出两大箱金币，约莫着也有两万多吧，朕让也先弟兄们分了，后面的事情就更好办了。朕不是说金币起的作用比袁彬大，朕是说是袁彬给朕带来了运气和造化。

他们主仆三人，每天都要去城里转一圈，去的最多的地方是庙里。右玉林卫有那么多大庙小庙，一家一家转过去是很费工夫的，可闲人朱祁镇有的是工夫。他从最近的玄帝庙转起，看了山门前的一对石兽，又看了山门内的藻井绘画，看了过殿前檐下悬着的蓝底金字的匾，朱祁镇没念匾上面的两个字，旁边的哈铭帮他念了，龟蛇，皇上是龟蛇。朱祁镇转脸瞥了一眼蒙古人。朱祁镇接着往里走，庙里住着许多瓦剌兵，瓦剌兵看到朱祁镇信步走来，都纷纷起身给朱祁镇行礼，朱祁镇朝他们点着头，说免礼免礼。最后他们看到正殿供台上有个披头散发怀抱宝剑的人，哈铭又说，是玄帝爷，皇上，这是玄帝爷。朱祁镇又转脸瞥了一眼哈铭，哈铭耸了耸肩膀，袁彬却一语不发。

有一天，他们来到白土里街的能忍寺。能忍寺不大，进得山门就是正殿。正殿西侧有一间小耳房，原来是住和尚的，瓦剌兵并没有驱赶和尚，可那个和尚胆小，见其他寺院里的僧侣都被轰了出来，而他却相安无事，天天照旧可以在寺里点灯念经，念着念着就念不下去了，他怕瓦剌人迟早会打上门来，不如他自己主动离开为妙。和尚就把袈裟木鱼法器之类扎了一个包袱，挎在背上，一步一回头走出能忍寺。

寺庙空闲下来没几天，有个瓦剌兵带着一个女人住了进去，那个女人就是马桂生的老婆乌热尔娜；至于那个瓦剌兵，朱祁镇他们也认得。

朱祁镇他们三个鱼贯走进幽静的能忍寺，哈铭嗅了嗅鼻子，说，你们闻见没有？我怎么闻见有一股女人味儿？

朱祁镇嘿嘿笑了两声。离开京师的短短一个多月，他已经开始习惯听三教九流杂色人等时常挂在嘴边的荤话和脏话了，他以为哈铭是在跟他要笑，他说这个庙里怎么会有女人味儿？要说女人味儿，朕比你们见识得多，你们一定听说过三宫六院七十二嫔妃吧？

说到这儿，朱祁镇不说了，他卖了个关子。有些话说出来就没意思了，他后宫里的妃子虽不能说是佳丽三千，但少说也有几百人，贵妃，贤妃，淑妃，庄妃，敬妃，惠妃，顺妃，康妃，宁妃……多了去了。有的被他宠幸有加，有的临幸一次之后，他居然把人家给忘了，连长什么样儿都模糊了，至于哪个妃子叫什么闺名，哪个妃子有什么嗜好，哪个妃子是出身名门，还是出身卑微，他真记不住。只记得每日下朝之后，他会像现在一样，身边带着喜宁或是其他某位得宠的公公，逛逛寿昌宫的吟霜斋，逛逛长春宫的玉笙楼，逛逛长乐宫的凝慧洲，逛逛万安宫的金禧阁……逛进来，逛出去，像个吊儿郎当的公子哥，直至逛累了，随便挑个宫歇着就是了。不管是东宫还是西宫，端的是管弦呕哑，软玉温香啊。至于哪个妃子身上有什么味道，真还不好说。连朱祁镇自己都承认，他不仅嗅觉有问题，还有健忘症，他记不清是姬妾万氏身上有股奶香，还是惠妃王氏吹气如兰了，不过淑妃高氏的齿颊生香，他或许没记错。反正她们身上各有各的味道，哪种味道都算是女人的味道，而眼前这座幽静的能忍寺里会有一股什么味道呢？

你当然比我们懂女人了，哈铭说，我在老家只有一个黄脸婆，还是个童养媳，打从穿开裆裤我们就在一起放羊，她喊我阿哈，我喊她额很督，我们就像亲兄妹一样不分彼此，我做了通事的第二年我们拜的堂，圆房那天，我真不好意思去搂抱她。

哈铭经常忘了称呼朱祁镇为太上皇，而朱祁镇也越来越不把自己当太上皇了，他对哈铭的经历深表同情，他说，如果有一天朕能回到京师，重新主宰天下，朕会赏赐你一群妻妾的。

哈铭笑着说，我有一个就够了，我养活不了那么多。

袁彬说，里面有人。

哈铭也看见有个女人在大殿台阶上一闪，就不见了。

朱祁镇说，你们两个都看见有个女人，朕怎么没看见？是不是经常喝马奶，你们的眼睛都喝花了？

他们看见的就是乌热尔娜。

乌热尔娜发现有人推开山门走进来，立刻像耗子一样溜回小耳房。当时，那个瓦剌兵正躺在炕上呼呼睡大觉，乌热尔娜把他推醒之后，他还没有反应过来，揉着眼睛说，你推我做什么？我刚梦见可汗要封我做官呢，你就把我推醒了。

乌热尔娜说，你快出去看看，有人进来了，好几个人呢。

那个瓦剌兵一下就清醒了，忽地从炕上坐起，趿拉了靴子朝外走，他担心是伯颜派人来盯他的梢，他在能忍寺里养女人的事如果被伯颜知道，一定不会轻饶他。

咦，乎格勒，你怎么在这里？哈铭看到从那间小耳房里走出来的不是别人，正是乎格勒，就有些意外。

乎格勒的脸一下子红了，红得比猴屁股还要红，他用手挠着头皮，想撒个谎，又觉得什么谎在这三个人面前都撒不成，最后干脆就实话实说了，我在这里养了个女人，你们都不要往外说，说出去对你们三个都不好，我和伯颜的关系你们也知道，他不会把我怎么样，我们在失八儿秃

205

老家是拜把子兄弟，可我不想让人知道这件事，伯颜不让我们瓦剌人搞你们大明的女人，不过据我所知，我搞的这个女人也不是你们汉人。乎格勒指着哈铭说，哈铭也一样，我们都是一家人。

朱祁镇说，你不用这么紧张，朕不会让他俩给你乱说的，你好好待这个女人吧。

朱祁镇原本打算带哈铭和袁彬离开能忍寺，可他又想起了什么，对正要返回小耳房的乎格勒说，你搞的这个女人不会是别人的婆娘吧？

乎格勒摸了摸头皮，他不清楚朱祁镇问这话的意思。

朱祁镇说，我随便问问，你不想说就算了。

哈铭却说，乎格勒，你让我们看看那个女人长什么样子，我不知道是什么漂亮女人把你乎格勒给迷住了，还金屋藏娇呢。

乎格勒呵呵笑起来，朝小耳房喊道，乌热尔娜，你出来，让哈铭，不，让皇上看看你长什么样。

袁彬没听说过乌热尔娜这个名字，但哈铭是听说过的，他经常从马桂生嘴里听到这个名字，他知道马桂生的老婆就叫乌热尔娜，但他又想，会不会是重名呢？

朱祁镇他们三个第一次看到了乌热尔娜，他们有些失望，他们笑嘻嘻地离开了能忍寺。路上，朱祁镇对袁彬和哈铭说，那个女人长相一般，腰那么粗，屁股又那么大，脸上的肉也是鼓鼓囊囊的，乎格勒估计从来没见过女人。

袁彬说，他们两个是一路货色。

哈铭说，桂生要知道的话，会不会跟乎格勒拼命？

朱祁镇和袁彬都用目光询问哈铭是怎么回事，哈铭说，我没见过桂生的老婆，可我敢肯定，那个女人就是桂生的老婆。

朱祁镇说，哪个桂生？

袁彬说，就那个天天给皇上您喂骆驼的后生。

朱祁镇哦了一声。

哈铭说，桂生的老婆是个骚货。

三

刘安的大限越来越近，这可急坏了皇宫里的一个人，这人就是钱皇后。

钱皇后不是朱祁钰的皇后，而是英宗朱祁镇的皇后。从八月中旬土木堡之变起，钱皇后一直生活在提心吊胆的日子里，一会儿听说皇上被瓦剌人俘虏了，一会儿听说她的兄长和弟弟为国捐躯了，一会儿听说瓦剌人又要攻打京师了，一会儿听说皇上被瓦剌人押往冰天雪地的北国了……天天都会传来不好的消息，让这个柔弱的女人身心俱疲，整日以泪洗面。而在这个时候，新皇帝突然登基了。

关于新皇帝登基的小道消息，钱皇后在之前也听说了不少，据说最初是吏部尚书王直和兵部尚书于谦等人怂恿朱祁钰取而代之的，但郕王执意不肯，他说，那怎么能行呢？皇兄是信得过本王，才让本王守朝监国的，虽说皇兄不幸被俘，但总归还活在人世，本王不能乘虚而入鸠占鹊巢嘛，这样会给天下人落下不忠不义的把柄。于谦见劝说不动朱祁钰，就去面呈孙皇太后。孙皇太后征询朱祁钰的意见，朱祁钰不傻，自然看出孙皇太后内心的纠结，就执意不肯继位。也就是说，连垂帘听政的孙皇太后都没能说动朱祁钰。但就在这时，据说郕王接到来自北国的一份密函，是皇上朱祁镇派人送来的，要郕王无论如何把他那顶撂在金銮殿上的平天冠戴起来，只有郕王戴了那顶冕冠，国家才像个国家嘛。

郕王被逼无奈答应即位。

那一年，钱皇后二十四岁。

新皇帝登基，给钱皇后带来最直接的影响就是不再母仪天下，也没有顺理成章变作钱皇太后，而是以前皇后的身份面临着被人直接供养起来的局面。

前些日子还是正儿八经居住在坤宁宫里呼奴使婢的皇后娘娘，转眼就被迁居到了仁寿宫，场面一下子冷落了不少。不说其他，起码服侍她饮食起居的侍女中官就削减过半，这些对钱皇后来说都可以接受，让钱皇后度日如年的是，她的丈夫，那个一去不复返的太上皇朱祁镇，连个报喜报忧的音讯都没有，活不见人死不见尸，这让一贯做事稳重遇事不慌的钱皇后忽然焦虑起来。她变得神经兮兮的，在别的宫里随便逮住一个宫女就问对方知不知道太上皇的音讯，知不知道怎么就能从瓦剌兵手里把太上皇索要回来，知不知道漠北在这个时候有多冷，会不会已经下雪了，太上皇临走都没来得及多带几件厚一点的龙袍……她逢人就说，逢人就问，那副可怜巴巴的样子，让人看了由不得潸然泪下。

钱皇后每天必做的功课就是在一个香炉里敬三炷香，双手合十，闭了眼默默祷告朱祁镇逢凶化吉遇难成祥。一日夫妻百日恩，这时候的钱皇后，眼里心里只有一个朱祁镇。她心里烦，难免把情绪反应在脸上或嘴里，脾气是越来越坏，她对身边几个有限的宫女也横挑鼻子竖挑眼，不是嫌走路的声音大了，就是嫌热气腾腾的饭菜凉了，再不就是嫌熏衣的味儿太重。当然，钱皇后也只是嘴上究诘几句而已，并无实质上的责罚。但在宫女们看来，现在的钱皇后与以往那个雍容华贵的钱皇后比起来，简直判若天渊。钱皇后过去是不骂人的，钱皇后过去很少当着侍女的面儿默默垂泪，钱皇后过去并没有这种神经质的毛病……现在一切都在改变，她们不得不尽量远离钱皇后的视野。

刘安被下了大狱。钱皇后起初闻听从大同府回来复命的广宁伯被下了大狱，她只是错愕了一下，并没往心里去。她不认识什么广宁伯广宁叔的，她推断这个总兵官一定做了什么大逆不道的事情惹恼了新皇帝，否则在新皇帝刚刚即位的喜庆日子里，是不会拿一个封疆大臣治罪的。但很快有消息传到她耳中，刘安是带着太上皇朱祁镇的口信朝见皇上的，并因此被群臣罢黜了。钱皇后就哭哭啼啼去找朱祁钰。

钱皇后走得急，她三步并作两步在皇宫里疾行。偌大的皇宫静若止水，每一个行走在皇宫里的人都不敢有丝毫举止上的失度，这样就显得钱皇后的走相过分抢眼，不管是萎靡不振的宫娥秀女，还是忸怩作态的妃嫔媵嫱，都把失魂落魄的钱皇后看作一个怪物，她们在她身后窃窃私语。

这不是原来的皇后娘娘吗？她不坐凤辇，自己走着要去哪里呀？

你看她一边走还一边抹眼泪呢。

啊呀，她看见咱们了，她朝咱们这里看了一眼，她快进乾清宫了……

她怎么让人拦下了？

头戴花冠，身着裙袄，大袖圆领的钱皇后最终没有见到朱祁钰。朱祁钰没有召见这个暂居仁寿宫的前皇后，而是要她有什么话就去找吴太后说去。

正统十四年九月，大明皇宫里有了两个皇太后，一个是皇太后孙氏，一个是朱祁钰的生母皇太后吴氏，而在朱祁钰登极之后，决断后宫之事的不再是孙氏，而变作了吴氏。吴氏是个没有什么主见的女人，她坐在金黄撒花锦缎大坐褥上，细声细语安慰钱皇后说，我听皇上说过太上皇

210

的事儿，太上皇如今虽为鞑虏所俘，倒也没受过多少委屈，吃得好，穿得暖，时常在边境上走动，问地方守备要这要那的，人们都称他为叫门天子。这一次大同府一个总兵回京述职说，瓦剌人要朝廷出一大笔钱把太上皇赎回来，朝中大臣都知道是瓦剌人使的诡计，你就是把整个大明朝都送给他也先，那家伙也不会顺顺当当放太上皇回来的，他是在放长线钓大鱼呢……

钱皇后没等吴太后说完就扭头走了，她没心思听吴太后的唠叨，或者说她已经听不懂吴太后对她所讲的道理，再或者说她忘记了是来求人家吴太后帮忙的，她只知道朝廷不肯帮她忙，她只好自己想办法赎人，即使砸锅卖铁，即使在她钱氏脑后插根草标折价卖到青楼，也要把丈夫朱祁镇从瓦剌人手里赎回来，她不能听任朱祁镇流落异乡。

吴太后望着不辞而别的钱皇后没有动怒，只是轻轻叹息一声，把一只铜手炉捂在怀里。

四

直到中午，朱祁镇他们三人才回到毕在寺。

经过伯颜的营帐时，有两个戴翻檐尖顶帽，穿粉红夹袍的侍女跪地向朱祁镇行礼，嘴里说了句什么；朱祁镇没听懂，她们说的是喀尔喀话，鼻音很重。她们是伯颜夫人

211

阿挞剌阿哈从漠北带来的，朱祁镇看到她们两个的发根上缀着两颗大圆珠，她们跪在地上的样子像极了皇宫里那些花朵一样的宫娥秀女。她们把原来石狮子似的两个壮汉替换掉了。这样就显得赏心悦目多了。朱祁镇觉得，她们的出现，使戒备森严的毕在寺从此有了真正的女人味儿，而不是乌热尔娜那种偷情的味道。

阿挞剌阿哈，那个伯颜夫人已经笑吟吟地出现在营帐的毡帘外，她行了礼后对朱祁镇说，她派了两个侍女帮皇上料理饮食起居，不要嫌弃侍女的粗手粗脚，总比两个大男人服侍要细心。朱祁镇还是没有听懂女人的话，是哈铭帮助他听懂的，朱祁镇眼眶一热，他立刻明白，不是袁彬给他的生活带来了运气，而是眼前这个既漂亮又柔情似水的女人给了他翻天覆地的变化，他不敢在中院里多停留一刻，他又想起他的贵妃贤妃淑妃庄妃们了……

有一个同样穿了粉红色夹袍，戴了那种翻檐尖顶帽子的女人正在大殿里帮朱祁镇整理罗汉床的被褥，还有一个同样穿了粉红色夹袍，戴了那种翻檐尖顶帽子的女人在大殿外面用木头架起的炉灶上炖着羊肉，她们看到朱祁镇三人走来，都停下手里的活儿，向朱祁镇行大礼。

朱祁镇说，你们忙你们的。

女人们就重新忙碌起来。

袁彬对朱祁镇说，我们不用去前院的大灶上取饭菜了，她们帮我们做。

朱祁镇说，朕已经吃惯前院那个叫翠枝的女人做的和子饭了，羊肉的膻味太重了。

哈铭哈哈笑道，皇上，您是身在福中不知福啊，天天有肉吃，有觉睡，有女人伺候，这可是神仙过的日子啊。

院子里响起水筲与水缸磕碰的声音，接着是哗哗的注水声。哈铭跑了出去，朱祁镇听见哈铭在外面说，桂生桂生，你怎么把水挑到后院来了？

马桂生说，唐兀台说你们要在后院开小灶，让我把水给你们挑满，金宝的老婆说这两个鞑妇把她的生意都抢跑了。

哈铭笑着说，那个婆娘做饭做上瘾了。

马桂生说，我看见她每次回家都不空手，这饭她不白做嘛。

桂生桂生，我有句话不知该不该跟你说，说了你可不能发火呀。

朱祁镇知道哈铭准备给马桂生说什么，他就觉得哈铭的嘴巴像只漏斗，什么事都装不下。

算了算了，我还是不跟你说好了，免得你心里不痛快。

哈铭来了个急刹车。

停顿了片刻，就听见马桂生说，放屁也不放个利索屁，估计你也没啥好话给我听。

这时候，袁彬把嘴巴靠过来，贴着朱祁镇的耳朵小声说，皇上，这两个女人夜里会不会跟你一起睡？

朱祁镇愣怔住了，他把脑袋偏在一边，看着袁彬那张嘴，说，这朕倒没想过。

五

毕在寺外死了个人，是个干瘪老头儿。老头儿穿一领玉色布绢生员衫，窝在地上就像一只猴子。

这件事发生在头一天夜里，侍卫们其实早就发觉西墙外面有人窥探毕在寺后院。天黑以前，他们隐藏在塔林里；天黑后，只等了半个时辰，就把猎物等到了。他们一直等着猎物靠近寺院西墙，才一拥而上将其拿下。原本那人是可以暂时活命的，但不知为什么，那人死活不让侍卫们得手，他用手里的一件什么兵器胡乱划拉着，伤不到人，却虚张声势地不许别人靠近他。月黑风高，瓦剌兵无法确定那人手里的兵器为何物，也无法考量那件细微的兵器是否具备伤人的性质，有个侍卫终于忍不住用刀尖在那人胸口戳了一个洞，血流如注。

有人举着火把在那人脸上照了照，原来是个头戴六瓣小帽的小老头儿，他手里握着的并不是什么能够致人性命的兵器，而是一根三尺长的枣木烟杆。侍卫从他身上居然还搜出一本《太上感应篇》。当时，老头儿还没有咽气，老头儿嗓音粗狂地说，草民牛百盛无能，救不了皇上，只好天天在墙外守着皇上，也算是草民的一片赤诚之心啊……声音是越来越小了，血却越流越多。

牛百盛的脑袋在第二天早晨，被高高悬挂在东城墙的外墙头上。

起初，没有人认出是牛百盛，只知道昨天夜里在毕在寺的西墙外杀了一个人。城里的百姓不敢成群结伙出城辨认死者，都是关了门在家里交头接耳，并检点家里是否少了人。后来是推独轮车运送牛马羊肉的范金宝，在城头下站了片刻工夫，总算认出是谁了，他倒吸一口凉气，呀，咋是牛老秀才呢？

牛泉听说这件事后，半晌无语，眼泪如同断线的珠子，扑簌簌往下掉，他不敢放声大哭，咬着牙，去了一趟毕在寺。

牛泉是瞒着老婆去的，他老婆假如知道他是去找伯颜，绝对不答应的。好在牛泉很快从毕在寺全身而退了，他得到伯颜的许可，先把老爹的无头尸身用独轮车推进城隍庙，殓入一具白皮棺材中。又过了三日，牛泉带着伯颜的口令，去东城上取下他爹的人头，小心翼翼地捧着，一步步走下城墙。他看见他爹一双灰蒙蒙的眼睛，正直愣愣盯着他，盯得他毛骨悚然。

六

一辆装满货物的牛车驶入右玉林卫的永宁门。城头的瓦剌兵哗啦一下围过来十几个。他们见赶车的是两个风尘仆仆的中年人，穿戴却都是生员打扮，蓝衫和方巾，就拦住问，哪里人，车上装的是什么。

赶车人都通喀尔喀语。一个老成一点的说，是京师来的驿差；另一个油嘴子说，车上拉的是送给也先太师的礼物，并有一封拜帖要给太师，还有一封家书是给正统皇帝的。

一脸麻子的赛坡用刀尖挑起裹在车上的油布，看见方方正正摞了几只箱子，对油嘴子说，你们走错路了，也先太师在牛心山堡，这里是右玉林卫，不过你们那个正统皇帝倒是在城里住着，想见的话，得先禀报我们伯颜元帅，元帅答应了才可以把那封信送给你们那个皇帝。

油嘴子回头看了看同伴，说，既然太上皇在这里住着，我们干脆把东西给了太上皇得了，再让太上皇打点那个太师吧？

同伴说，有道理。

他们两人就央告赛坡，说他们想见一见太上皇。

赛坡鼻孔朝天，你们想见谁就见谁？说得倒轻巧，你们有你们的规矩，我们也有我们的规矩，当初我们给你们朝廷进贡马匹，想面见一下你们这个正统皇帝，你们礼部的人死活不给往上传话，说什么司礼监的王大人说皇上顾不上接见我们，让我们讨了封赏即刻离京，那还不算，把我们的赏金都削减了八成，真是欺人太甚了，我告诉你们，这一车东西可以放下，可你们想见那个太上皇，没门儿。

油嘴子说，我们是奉皇后娘娘的命令，来给你们太师送礼的，皇后娘娘思念太上皇，人都快想疯了，天天哭，天天哭，有一只眼睛都看不见了，她把自个儿的家底子都变卖了银钱，攒下这么一车，打发我们给太师送来，想赎太上皇回去。我们汉人有句老话说得好，当官不打送礼人，我们从京师一路走来，费了多大辛苦，既怕找不到你们，又怕路上给响马劫了，整整走了半个月，好不容易找到地方了，还不让我们见一面，你们就行个方便吧，权当是看在皇后娘娘的分儿上呢……

行了行了，你们俩可以回去复命了，麻子不耐烦道，我亲自给你们把这车宝贝送给你们太上皇，你们把那封信和给太师的拜帖都交给我吧。

老成一点的驿差终究信不过赛坡，说，实在不行的话，让我们见见你们那位伯颜元帅也行。

赛坡烦了，拍着腰里挎的刀匣说，你们还有完没完？东西放下立马走人，想活命就别回头一直顺来路跑，我给你们半炷香时间，半炷香一尽，老子这把牛角弓，还有这支羽翎箭，射到谁的脑袋谁倒霉。

两个中年驿差，到底没能亲手把一车礼物和一封家书交到朱祁镇手中，他们在半炷香的时间内，跑得鞋子都飞了。

<h2 style="text-align:center">七</h2>

也先是这天下午来到右玉林卫的。

也先带着他的弟弟大同王和赛刊王，还有喜宁公公一块来到毕在寺，鱼贯进入伯颜的营帐。

伯颜夫人和两个侍女很知趣地从营帐内退出，进了前殿，并把前殿的门闭上。

唐兀台绕过前殿，到后院来请朱祁镇去见也先。

袁彬和哈铭尾巴似的跟在朱祁镇身后。

唐兀台说，你们俩就不用过去了，太师疑心重。

朱祁镇看了看那两个帮他洗衣服的鞑妇，却对袁彬和哈铭说，我见太师，你们就不用去了，把你们身上的衣服脱下来自个儿洗一洗，都有味儿了。

红脸膛的也先在伯颜帖木儿的营帐里静候朱祁镇的到来。

也先南向坐，伯颜坐在也先的左边，右边的位置空着，再往两边是大同王和赛刊王，末位上坐着喜宁公公。他们都等着朱祁镇的到来。

也先的膝盖上摆放了一具梧桐木做的古琴，他的指头在琴弦上游走，一些悠扬的音符在帐篷里起起伏伏。

有人把营帐的毡帘挑开，朱祁镇马上就要进来了，而率先挤进来的是一束炫目的阳光。喜宁的后背完全被那束阳光笼罩了，他同时感受到一束很有力量的目光刺在他后背上，他缩了缩身子，没有朝后面看。

也先把古琴放在一边，起身把朱祁镇让到他右边的空位上。有人给朱祁镇沏了一碗清茶，而其他人面前的碗里都盛满了马乳，就连喜宁的碗里也盛满了漂一层油脂的马乳。

以往，也先去大明王朝进贡，想在皇宫里见到朱祁镇都是件很不容易的事情，现在君臣关系颠倒了，朱祁镇甚至有点怕太师也先。

不过也先还是像以往那样客气，他一边粗略询问朱祁镇一趟大同府之行的感受，一边拨弄琴弦，给朱祁镇弹了一曲《风入松》，又弹了一曲《广陵散》。

他说，皇上可曾听说当年嵇中散弹琴的旧事？他在临死前说，从前袁孝尼要我教他《广陵散》，我没有答应他，现在呢，我要走了，《广陵散》从此也要失传了。皇上，您听听我这曲《广陵散》与嵇中散的比起来，孰优孰劣？

朱祁镇没听过嵇中散的琴曲，从也先的琴弦里也没听出有多么玄妙，他微笑着不言声。

也先把琴具放下，转入正题。

那时，也先的脸膛依旧红通通的，也先摸了摸下巴上的三绺长髯，他接下来对朱祁镇发了一大段牢骚，说他接到一个很不幸的消息，就是大明朝廷换皇帝了，你这位九五之尊的皇上变成狗屁都不是的太上皇，你看看你这皇上当的，连君位都保不住，可你连一点脾气都没有，真是是可忍，孰不可忍。

当然，也先说话的方式没有这样了无遮拦，语气要文明许多，但意思是一样的。

也先问朱祁镇想不想回京师看一看。

朱祁镇先是很认真地端详一阵对面坐着的喜宁，他觉得喜宁比以前胖多了，他对喜宁说，你眉心那颗痣比以前长大了，将来会长成瘤子的。

喜宁没想到朱祁镇会拿他眉心的那颗黑痣说事儿，愣一下，不知该说什么好。

朱祁镇笑了笑，把脸转向也先，他咕咚咽一口唾沫，说，既然我已经不是皇上，回去和不回去就没有什么区别，回去还有许多规矩要遵守呢，倒不如和太师在一块，喝酒吃肉，弹琴吟诗过得痛快呢。

也先脸上的肉跳了跳，他不喜欢朱祁镇破罐子破摔的颓废相，他把手里的碗在屁股下面的毡榻上一蹾，说，回去看一看吧，看看他们把你的朝廷糟蹋成什么样儿了。

八

里长牛泉那些日子像吃了疯狗肉一样亢奋，穿着孝服的牛泉挨门挨户去家访。他指着那些把他晾在牛心山下二道湾子里的乡里乡亲的鼻子说，你们还算不算大老爷们了？你们的嘴巴和屁眼通着哪？咋就说话不算话了？说好在二道湾子汇合，我后半夜就把马牵过去了，可我直到让鞑子活捉了，也没看见你们的鬼影子，你们说话就跟放屁一样不靠谱……

那些被牛泉臭骂一顿的乡里乡亲，都龇牙咧嘴地等牛泉骂尽兴了，骂痛快了，骂得想不起词了，才低声下气地给牛泉解释那天爽约的原因，有说夜里拉肚子把肠子都拉出来的，有说睡觉睡过头了的，有说早早就动身了，可走到城门口又返回来了，怕鞑子看出破绽，把牛泉的大事给坏了的。他们都说他们以为其他人都去了，多他一个不多，少他一个不少，就没出门。他们又说，看看你爹吧，鞑子连一个老汉都不放过。

牛泉一愣，愣完又喊起来，提我爹做啥？你们没出门屁事没有，可我的马呢？我他娘从马营堡义成店借的十几匹马，都让狗日的鞑子充军了，你们赔呀？牛泉啪啪地用手拍打那些人家的八仙桌或炕沿板，说，我牛泉活了这么大，头一回遇上你们这帮说话不算话的主儿，以后再有啥大事，还敢不敢动用你们这些爷爷了？

那些人赔着笑，点头哈腰说，不敢就不敢吧，我们也帮不了你啥。

披麻戴孝的牛泉鼓着眼，一摔门子走了。

这些不成器的窝囊废，牛泉边走边说。

九

马桂生在家里天天怄气，他明知道手里攥着乌热尔娜的把柄，却不能化把柄为力量，动用家法来惩治一番老婆。这个鞑子老婆剽悍得很，一点都不把马桂生这个当家的放在眼里，照例早早起来梳洗打扮，照例很早就出门，照例很晚才回家，有时还要在外面过夜。马桂生问过她天天在哪里鬼混，那老婆义正词严道，我给当兵的做饭呢，你不信就跟我走一趟。

这天早上，马桂生实在忍不住，就相跟着老婆出了院门。老婆穿一件宽袖青绢褙子，头上戴一个马尾髻鬏，看上去越来越风骚了，压根儿不像是去做饭的伙夫。

两个人一前一后走在东大街上，一些店铺还没有下护板，范金宝推着独轮车迎面走来，问马桂生要去哪里，马桂生浑然未觉。和尚释静在一家油坊门口席地而坐，他把

222

僧衣剥下来，翻开里子，在夹缝里捉虱子。马桂生听见释静说，老衲养你这么肥胖，你不念老衲的好，反倒咬老衲，你就不怕堕入十八层地狱吗？

当马桂生夫妇俩快走近三清阁时，那老婆突然不走了，回头毒辣辣地瞅他，你跟着我干啥？你不怕鞑子砍了你脑壳？我可告诉你，进了庙，人家拿刀子砍你，你不要说是我让你进去的。

说完，乌热尔娜穿过玉皇三清阁，扭动着肥胖的屁股朝南街去了。马桂生仍停在原地不动。

街对面是一家生药铺。葛掌柜趴在柜台里瞅着街上傻站着的马桂生说，桂生，快回去吧，你老婆混了个鞑子兵，又粗又壮的，满脸是横肉，你竞不过人家，好汉不吃眼前亏，回去吧。

听了葛掌柜的话，马桂生像遭雷劈了一样，发了半天魔怔，渐渐缓过神儿来，就低眉耷拉眼回去了。

还没等马桂生走进他家的院门，身后有人喊他，桂生桂生，快去牵骆驼套车，我们要出发了。

十

毕在寺又乱开了。分布在右玉林卫各条街巷里的大大小小的庙观衙署都乱开了。这一次比上一次还要乱。

瓦剌兵一边给马匹备鞍鞯，绾辔头，一边把所有从土木堡捡来的战利品，所有从沿路边民家里掠夺来的金银细软，所有从右玉林卫百姓家中没收上来的有用的和没用的瓷器银饰，统统收拢在一起，捆扎成一个又一个鼓鼓囊囊的包裹，然后和类似马桂生这样的民夫共同使出吃奶的劲儿，把包裹搭在马背上。他们就像赶完集的土财主，恨不能把整个集市上的商品都打包回去。他们每个人脸上都洋溢着丰收后的喜悦。

只有马桂生心里空落落的。他牵骆驼的时候，把伯颜的马也一起牵出来了，后来是乎格勒从他手里硬把马的缰绳拽走的。

伯颜在大雄宝殿的释迦牟尼像前上了三炷香，他拜罢佛祖后，对身后的朱祁镇说，圣上，您也来许个愿吧。朱祁镇走过去，双手合十，他一时不知该许什么愿好，他的愿望太大了，不知佛祖能不能帮他实现得了。

马桂生依旧挑着一只风箱，一口铁锅，还有一袋粟米和一袋山药。他尾随在朱祁镇坐的那辆勒勒车后。沿街有许多妇孺老人木然地观看这支即将离去的军队，让马桂生奇怪的是，那些女人们大都哭哭啼啼的，她们的情绪把怀里抱着的娃娃都感染了，大人哭，小孩儿也哭。那时候马桂生还不知道这支队伍里还有许多像他这样的右玉林卫的男人，这些男人都是瓦剌兵征用的民夫。

阿弥陀佛，有人在人群里念着佛号。马桂生没有找到念佛号的人，但他知道佛号是从哪张嘴里念出来的，他想这个人心里　定乐开了花。

快要走出东城门时，马桂生在财神庙门口的人堆里，看见两个熟悉的人影，一个是住在辘轳把巷的二叔马连成，二叔看都不看他一眼，下巴高仰，鼻孔朝天；还有一个是妇人，那妇人穿一件宽袖青绢褙子，头上戴一个马尾髻鬏，用袖子遮了半张脸。马桂生是个容易激动的人，他看到那个女人后，心里忽然涌起一股暖流，觉得世上还是老婆亲，再有纠葛，再尿不到一个夜壶里，再有把柄被男人攥在手里，也还是老婆死心塌地牵挂自个儿男人。他正想对老婆扮个鬼脸，却发现老婆的眼睛并没有在他身上过多停留，而是一眨不眨盯着一个骑马的瓦剌兵，盯着盯着，她竟笑了。

那个瓦剌兵长得胖乎乎的，模样像极了开生药铺的葛掌柜，一把长长的马刀挂在马鞍上。马桂生认得那人是谁，那个人烧成灰他也认得，他把那人一直当兄弟看待……

你个灰泡。

队伍渐行渐远，他们把右玉林卫远远甩在身后。

一大坨厚厚的云翳，积压在那座逐渐模糊的城头上。

225

第九章

东征路上那些事儿

一

十月的旷野，朔风硬朗如铁。

起伏跌宕的丘陵间，肠子一样缠绕了许多条大路小路，一些路上偶有行人，偶有一两乘暖轿或驮骡轿，偶有一哨赶脚的马帮。他们在枯黄的大地的褶皱里来来往往，有人朝着羊群泼命地唱，二米子稀粥嘎嘣菜，来一回来一回你不在，花上银钱我不痛快，气得哥哥再不来；有人在路边的树脚下手拉手地闲拉呱，在家为姑娘，不如嫁了郎，女女大了不能留，留来留去结冤仇；有人却在垴畔上喊，啊呀快来看，又要过兵哩……

从右玉林卫城开拔出来的队伍，起初还是细细的一股，经过一些城堡后，不断有马队加进来，队伍越拉越长，越走越粗，地面上扬起的尘埃半天落不下来。

朱祁镇把自己又裹在一堆花花绿绿的被子里，他仍戴着那顶乌纱翼善冠，他对袁彬说，能拿的都拿上，不要给和尚落下，估计这一趟走了就再不回来了。袁彬就把朱祁镇穿过的，用过的东西都往勒勒车上搬，他本来是想让哈铭搭把手，一块把那张罗汉床也搬到车上去，哈铭没听他的，哈铭说你搬床干啥？你干脆把毕在寺拆下来全装车上算了，你以为除了这鬼地方，哪儿都找不到一张床了？朱祁镇也说，该带的带上，不该带的都留下。

现在，朱祁镇暖暖和和坐在勒勒车上，一边晃悠，一边和挑着锅灶粮食的胡子拉碴的马桂生说话，桂生，临出门你没跟婆娘道个别？

马桂生说，我没老婆，我老婆死屍了。

哈铭说，桂生，你知道你老婆不跟你过了？

马桂生愤愤地朝路边吐了口唾沫，不跟我过？不过就不过，等我回去把她狗日的休了，她，她爹，她娘，都给老子滚蛋吧。

朱祁镇发现马桂生的情绪很低落，还很偏激，转而把视线投向赶车的袁彬。袁彬胳膊里抱着一根细竹竿，竹竿上拴了一根细牛皮条，他已经习惯不再牵着骆驼的缰绳，他走在勒勒车的左侧，他走路的样子像一只长脚螳螂。

朱祁镇看了一会儿袁彬的侧脸，他问袁彬，听说你还有一个名字叫文质？朕记得圣人有言，文质彬彬，然后君子，就凭你的名字，你都不该是个锦衣卫啊；朕还听说你诗书礼乐无所不精，如果朕早知道你这个人，会让你去翰林院做个修书撰史的学士。

袁彬说，我父亲叫袁忠，忠义的忠，效忠的忠，父亲是先皇的锦衣卫校尉，在宫里待了整整四十年；我是三十九岁顶了父亲的空缺，每天在皇城里值守，巡逻和缉捕犯人。如果不是这次大军北征失利，皇上您可能永远不认得袁彬，失之东隅，收之桑榆，对袁彬而言，能够认识皇上，也是我的造化。袁彬今年四十九岁了，人过四十天过午，袁彬已不敢奢望去翰林院做学士，只要把皇上平平安安护送回京师，此愿足矣。

朱祁镇点了点头，说，疾风知劲草，板荡识诚臣，你是一棵劲草，又是一个诚臣，我就是封你再大的官也不为过。

朱祁镇觉得很乏味，从右玉林卫到京师，少说也有几百里路，这一路上到处是穷山恶水，他需要找一些足够轻松的话题来提振精气神，他又开始四处找哈铭，他的脑袋转了一圈，发现哈铭就在袁彬身后紧紧跟着。他对哈铭说，不谈这些烦心事了，哈铭你家里有没有娘子？

我娘子是童养媳，过门好几年了，就是不生养，哈铭笑着说。

哈铭回头瞅了瞅马桂生，又笑嘻嘻地说，皇上你看桂生多有力气呀，那么重的担子挑在肩上，走路也是一阵风。

二

前面就是大同府了。

半月前，伯颜和他的两个兄弟，都是乘兴而来又败兴而归。他们打的如意算盘落空了，只是从郭登那里讨了两箱金币回来，因为也先的弟弟太多，分配金币时还闹了点不愉快，伯颜就后悔不该让朱祁镇问郭登要那些钱财了。

伯颜这一次还是和也先并驾齐驱，他们一路上分析着京师那边的情况。也先翘首观望一下不见首尾的马队，又笑眯眯地打量了一眼骑了一匹青骢马的喜宁，却对伯颜说，大明的元气经土木堡一战已经伤得差不多了，有人说我心地太善良，不该给大明留下喘息的机会，我仔细一琢磨，说得也对，当初我们若从土木堡一鼓作气打过居庸关，大明会不会已经改姓绰罗斯氏了？

你听谁这么说的？伯颜从也先的眼睛里看出许多贪欲，他并不认同也先的说法，他说，土木堡咱们虽然大获全胜，斩杀大明几十万兵马，可大明的军队何止区区几十万？他们的精锐尚在，远的不说，眼前这个郭登我们就拿他没办法，另外宣府还有一个杨洪，我们也拿他没办法，鬼知道大明朝还有多少个郭登杨洪！

也先双手奋力向上一举，伸了一下懒腰，他对伯颜说，不是没有办法对付他们，是我不想用办法来对付他们，让他们尝一点甜头，到时候打他们一个措手不及。

这时，喜宁说话了，喜宁不卑不亢的样子让伯颜看了颇觉怪异。喜宁说，依下官看，大明已是强弩之末，兵部尚书邝埜都葬身土木堡，京师里连一个领军挂帅的都找不到，我们这一次绕开杨洪扼守的宣府，直捣紫荆关，只要拿下紫荆关，京师就在我掌控之中。兵部有个侍郎叫于谦，他曾给皇上进言，险有轻重，则守有缓急，居庸关和紫荆关都是畿辅之咽喉，殊不知，占得居庸关者，想入主京师，只能有十之三的胜算，而占得紫荆关者，想入主京师，犹如探囊，胜算有十之七。

听说你们大明的中官都喜欢纵论兵法啊？伯颜一脸不屑。

喜宁一时语塞。

也先的队伍太长，就像一泡拉也拉不完的屎。他们的前锋部队已经快到阳和卫地界了，他们的后续部队还在武周山或者采凉山的山湾里绕着。

桂生，桂生，有人在后面喊马桂生。马桂生慢慢回头看，他看到一辆武刚车呼噜噜从后面驶来，驾辕的是一头青骡子，拉边套的是另外两头青骡子。喊马桂生的人就坐在车上，马桂生的眼睛睁大了，是周记酒坊的大师傅范金宝。

金宝，你怎么也来了？还赶上车了？马桂生看着手里甩着鞭子的范金宝觉得稀罕，还有些他乡遇故知的兴奋。

范金宝指了指身后，不单是我来了，你看看后面那些赶车的，是不是都认得？对了，都是咱们右卫城的。

马桂生这才知道，瓦剌人把右玉林卫周边的年轻男人，几乎都征用到队伍里了，他们让这些不懂刀法和马术的男人们，赶着一辆辆三套马或四套马的装满火铳大炮和粮草帐篷的武刚车，一同朝京师方向进发。

范金宝要马桂生把挑子放在大炮上，你是不是打算一直挑到京师呀？那不得把你给累死。

马桂生把铁锅和粮食口袋夹在炮膛与炮膛之间，把风箱也绑在炮膛上。他分开两腿，骑坐在风箱上，说，这下好了，不用我走长路了。

马桂生回头又张望后面的车辆，他发现赶车的竟然是里长牛泉。牛泉不像他那么没心没肺，牛泉的脸拉得比驴脸还要长。马桂生大声朝牛泉喊，牛里长，你也给人家赶车呀？

牛泉讨厌马桂生那张幸灾乐祸的嘴脸，故意把驴脸扭向旁边的大田。

一匹马站在一捆黍秸旁，因为上了笼嘴，它嚼食黍秸时不是很方便；马的主人蹲在田里拉屎，屁股露在外面，白花花的一片。那也是一个瓦剌兵，那个兵脸憋得通红，他把刀插在土里，他的双手握紧刀把。

牛泉后面的又一辆武刚车上，坐着生药铺的葛掌柜。马桂生看见连开生药铺的葛掌柜都在马队里，他心里又平

衡了不少，他对范金宝说，金宝，你又撞上狗屎运了，推
车的变成赶车的了。范金宝说，你这人嘴巴就是欠抽，这
也叫狗屎运？

右玉林卫的乡民们就像热热闹闹去参加一场盛宴。他
们一边赶着武刚车，一边与前后车上的人拉呱闲话。他们
有时会站在车辕上，前后眺望所有拉车的马驴骡子，辨认
那些埋头走路的牲口，哪一匹是他们家的，哪一头不是他
们家的。他们说，去了京师一定给老婆娃娃带回一点好吃
的、好穿的、好玩的东西，也让没出过远门的老婆娃娃们
长长见识。

三

赛刊王早就想骂娘了，他让他的坐骑停在路边，一双
死鱼眼怒视着从他面前经过的骑兵和武刚车，他不住地大
声咆哮。

哈铭对朱祁镇说，赛刊王是骂那些把抢来的东西都驮
在马背上的瓦剌兵呢，他说这是去打仗，不是回老家，也
不是走亲戚，他要那些士兵把马背上多余的东西都丢在路
边，可皇上您瞅瞅，没人肯听他的。

怒不可遏的赛刊王驱马去找太师也先，马蹄蹚起一路
浮尘。很快，赛刊王的马把也先的马堵在路上了。喜宁巴

结地朝赛刊王笑，赛刊王朝喜宁的马前啐了一口痰，他看不起这个翻脸比翻书还快的小太监。

也先捻着三绺长髯，红光满面地对赛刊王说，你让他们带着吧，等到了两军阵前，他们会轻装上阵的。

到时候他们会舍不得扔的，赛刊王大声嚷嚷。

他们图什么呢？也先笑着说，他们图的就是那些破烂嘛，没那些破烂拴着他们，他们早回草原上了。

赛刊王又把愤怒的火焰烧向那些笨重的武刚车，他用手拍着挂在马鞍上的长刀说，我们是苍狼的子孙，一匹马，一口弯刀，就可以驰骋天下，要那些大炮做什么？

也先说，你不懂汉人的兵法，这是以其人之道，还治其人之身，大炮是从明军那里缴获来的，他们没有派上用场，那就让我来教教他们怎么用大炮轰那座紫禁城吧。

喜宁忙说，把京师拿下来就可以了，紫禁城是皇帝住的地方，您把紫禁城给轰平了，到时候您住哪儿啊？

也先呵呵笑起来，把三绺长髯朝脑后一扬，说，轰平紫禁城，我盖一座新的。

也先让队伍沿着大同至宣府的边墙一路往东走，他们看到明廷修筑在梁峁或山脊上的蛇一样的边墙上没有一兵一卒。

大同王对跑来跑去自寻烦恼的赛刊王说，你这只草原上的猎鹰该歇歇了，不要把明军想象得太强大，他们能让建好的边墙都荒芜着，说明他们的兵员已经匮乏到何等程

233

度了。

赛刊王仍沉浸在刚才的愤怒里，他的一双死鱼眼突然瞪大了，像是要吃人，我怎么看咱们的队伍都不像是去打仗，倒像是走敖特尔①，带那么多东西不要说遇见敌情该怎么应付了，就是一路走到京师，也差不多把马匹累坏了，还有那些拉炮的车，还有那些赶车的汉人，他们是打仗的料吗？

<h2 style="text-align:center">四</h2>

那座像馒头似的山叫什么山？

朱祁镇的胳膊伸出被子外面，指了慢慢逼近的采凉山问袁彬。

袁彬答不上来。两个月前，袁彬跟随明朝的大军路过这座山，觉得它又鼓又圆的样子像妇人的乳房，他当时想，这座山应该叫奶头山吧？

后面的哈铭告诉朱祁镇，这座山叫采凉山，山上有代简王和代戻王的墓地。

朱祁镇伸出去的胳膊又收了回来，他知道这两个王都是他的宗亲，而且知道那个代简王是个粗人，做事从不走

---

① 蒙古语，意为"走场"。

常理，简直是个疯子；那个代戾王据说有点才气，是个书呆子。

山风从四面八方汇聚而来，朱祁镇把被子掖紧了，他听见后面那个叫金宝的赶车人大声吆喝着牲口，他听见马桂生嘴里喊道，锅掉下去了，锅掉下去了。然后就听见丁零当啷一通乱响。

一座红墙绿瓦的殿宇忽然从一丛松树林里露出来，有个木讷的看坟人，枯树一样立在石头牌坊下，向马队这里张望；一支雕翎箭挂着风声朝那人的面门射去，也没听见惨叫，那个看坟人就仰面倒在地上了。

他们是在阳和卫城里打的尖。

先锋官从西边的成武门骑马冲进去，一直跑到东边的成安门，没有看到一个人影，就原路返回，在兵备道衙门口等候也先的驾临。

武刚车的车轮碾轧过阳和卫城的街道。

范金宝对马桂生说，城里怎么没人？

马桂生说，都给吓跑了呗。

朱祁镇的勒勒车最后停在同知府门口。

朱祁镇，袁彬，哈铭，马桂生，还有范金宝牛泉葛掌柜他们都是在同知府衙门里吃的午饭。说是午饭，其实日头早就偏向西边了。做饭的不再是范金宝的老婆，而是范金宝牛泉他们一起动手，有找柴火的，有挑水的，有找铁锅的（马桂生不小心在路上把铁锅掉在一块石头上，打碎了），有掌风箱的，有削山药皮的，没有一个是闲人，即使是朱祁镇，也时不时揭开锅盖用勺子搅和一下和子饭，他怕其他人的手不干净……其实呢，他们连粟米都没有淘洗就直接下入锅里了。

牛泉几次想靠近朱祁镇说一两句知心话，都被袁彬毫不客气地推一边去了。

饭吃到一半，海螺号就吹响了，是集合上路的口令。哈铭边往嘴里扒拉米粒边说，这个唐兀台，着哪门子急呀，连顿饭都不让人吃好。很快就有瓦剌兵冲进同知府，大声呵斥着所有人，包括流亡皇帝朱祁镇，把炊具收拾好，立即出发。朱祁镇和袁彬他们被乡民们簇拥到衙门外面，直至爬上那辆高高的勒勒车，他才想起只顾了吃饭，忘记喝口水了，不喝水是会上火的，一上火，他就便秘。

王老五后来经常对他的孙子辈说，爷爷当年在阳和卫的衙门里，和皇帝爷吃了一顿和子饭，虽说少盐没菜的，可吃得痛快，爷爷一边吃碗里的，一边还看着皇帝碗里的，皇帝比你们的爷爷都能吃……

马桂生没有吃饱。

马桂生因为把铁锅打碎了，只顾了在阳和卫城里找铁锅，连着跑了好几条街好几十户人家才找到一口没被主人带走的铁锅，等再次来到街上，就知道转向了，怎么也找不到回同知府衙门的路。他找不到一个可以问路的当地人，他兜兜转转误打误撞回到同知府时，唐兀台的海螺号已经吹响。他提着那口铁锅走进衙门里，才发现饭早已熟了，每个人都抱着一个大海碗在吃。他把手里的铁锅一撂，像一头饥饿的狼扑向那口冒着热气的大铁锅，狼吞虎咽地用勺子吃了两口，就被冲进院里的瓦剌兵推推搡搡赶出了院子。

范金宝压低声音对骑坐在风箱上的马桂生说，牛泉让你给皇帝爷捎句话，只要时机成熟，就把皇帝爷给救走，要皇帝爷心里有个准备。

马桂生直愣愣地盯着范金宝那张脸不说话。

范金宝说，你听见没有，我跟你说话呢？

马桂生说，你们怎么不跟皇上说？你们不是在一块吃饭了吗？

范金宝说，当时有鞑子在旁边看着，谁敢吭声儿？

马桂生想了想说，怕就怕皇上不愿意让人救他。

范金宝说，那不皇帝爷成傻子了吗？

他就是个傻子，马桂生歪着嘴巴说，他和鞑子关系好着呢，想跑，早跑了。

他们的马车刚刚走出成安门，有人就说，快看呐，着火啦。马桂生回头一看，只见城楼里冒出一股黑烟，接着有火苗哗哗剥剥喧响着从黑烟里窜出，挣扎着往楼外烧。很快，城墙上不远不近的那些窝铺，也纷纷冒起浓烟；很快，整个安静的阳和卫城也笼罩在一片浓烟当中。

天空顿时暗下来了。

五

正统年间，大同府往东走一百六十里，有个天成卫；天成卫下边有个三十里铺；三十里铺有个卖豆腐皮的郭二堂。

郭二堂做豆腐皮的生意是祖传的，老婆和闺女在家里磨黄豆，然后出浆，滤浆，烧胚，煮浆，点浆，取皮，压水，扯皮，煮皮；郭二堂把一张张薄如麻纸的豆腐皮一层一层叠在一个柳木板上，用笼屉布苫好，每天推了独轮车去走村串户叫卖，往往是早上出门，到了晚上才能回家。

十月初二那天，郭二堂推了独轮车一路往东走，过了二十里铺连一档生意还没开张，过了十里铺也只有两个主顾，他只好边吆喝边继续朝东走。他走的是曲曲弯弯的蚰蜒小道。路边的庄稼地光秃秃的，只有麻雀飞起又落下四处觅食。走闷了，就吼一嗓子道情。最后走到史家窑和马家窑，总算把豆腐皮都卖完了。再回头往家赶，日头西斜了。按理说，推一辆空车走路要比重车轻松许多，可在郭二堂看来，重车时走时停招徕生意，不觉得辛苦；推一辆空车，心思全放在走路上，两条腿不是困了就是酸了。远处的山峦，树木，碑廊，牌坊，村庄和河流，好像都静止了。任凭他两条腿交替运动，也看不到那些物体在往后挪动。可路再长，总有走尽的时候。等郭二堂看到三十里铺厚墩墩的堡墙时，天色已经暗下来了。

堡门一般在亥时将尽才上门闩，但这一天的亥时，三十里铺的堡门早早就关上了。郭二堂两手卷成喇叭状朝堡墙上吆喝，哎，老韩头，哎，老韩头，开开大门。

老韩头是三十里铺看东堡门的，还捎带夜里打更，这个时候还没有入更，老韩头不该敲着梆子去村里转悠，郭二堂就想，老韩头会不会喝了闷酒提前睡了？

他正打算绕到南堡门去，就听见堡墙上有人压低声音说，二堂，你不要命了?! 你看看身后头。

郭二堂早就听见身后的枣树林里塞塞窣窣传来一阵杂音了，他以为是一群饿狼呢，他提心吊胆转脸察看，这一看不要紧，直吓得他浑身一激灵，不知什么时候身后竟有半圈黑影围着他，模样都看不大清晰，他们手里的刀却透出令人恐慌的光芒。

六

夜色下的枣树林云烟氤氲。

无数的车马栖息在树林里面和树林外面，也有一顶顶蘑菇一样的帐篷搭起，而从每一顶帐篷里流射出的烛光如刀锋一样切割着厚沉沉的夜幕。有人在更远的地方来来回回巡逻，火把联袂而成的线段，在月光下如同蛇行。当第一堆篝火燃起时，火光把马桂生的脸耀得红扑扑的。马桂生手里抱了一堆枯树枝，他把树枝奋力扔进火堆里。

朱祁镇用被子包裹成一团泥塑，戳在地上；他的屁股下面，垫了好几条毛毡。他问旗杆似的立在身后的袁彬，他们抓到一个贩子？

袁彬说，是个卖豆腐皮的，就住在这个村里，回来晚了，就撞上了。

马桂生说，他们把卖豆腐皮的绑在一棵老榆树上，对墙里的人说，再不开堡门，就把那人的肚子划一条缝儿，再不开就再划一条缝儿……

哈铭揉着鼻子说，那人哭着说我一卖豆腐皮的，你们杀我顶啥用？你们不要划我的肚子，我给你们把门叫开。可瓦剌人等不及了，上去就是一刀，把那人的肚子划开了，肠子流了一地，我看见那人正弯腰从地上捯饬他的肠子呢。

朱祁镇皱紧眉头，一股凉气从骨头缝儿里直往外冒。他说，桂生，再去找一些干柴，把火搞旺，我身子冷。

马桂生看了看满是士兵和民夫的枣树林，有些为难，但他还是朝人少的地方走去。他高抬腿轻落步，走得比耗子都谨慎，可还是踩到一条腿。他怕把那人踩疼了，直起身捅他一刀，就想尽快把脚收回来。被踩的那人还没吭声，马桂生自己先叫上了，哎呀，我踩到人了。

那人说，你踩就踩吧，还一惊一乍地瞎叫唤，吓人一大跳。

马桂生笑了，他一听就知道是谁了，我这鞋都成精了，黑灯瞎火的也能找到牛里长。

牛泉说，桂生，我知道就是你个灰猴，还成精哩，成个屁精，快给我揉揉腿，估计踩折了。

马桂生说，我现在不能给你揉腿，我还有更重要的事情要办，那个朱皇帝要我找柴火呢，他说他身子冷。

皇上让你找柴火？牛泉的声音突然小了，像蚊子在嘤哼，桂生，我托你办的事儿办成没有？

你托我啥事儿了？马桂生紧张起来，他最怕有人托他办事了，他觉得他什么事儿都办不成。

牛泉的声音更低了，马桂生几次都没听清，最后是把耳朵贴过去才勉强听明白，牛泉说，啥事？我能托你办个啥事？你能办成个啥事？就是前两天跟你说的，要你给皇上说的那事。

马桂生摸着后脑勺说，他身边总有人，你吩咐我不要当着第三个人的面儿说，我一直没找到机会嘛。

牛泉说，你真笨啊，就不会想法儿支开第三个人吗？

七

伯颜在一座土地庙前搭起营帐，派人来请朱祁镇过去

241

一同休息，朱祁镇没去；伯颜又派人来请，说伯颜正在营帐内念《金刚般若波罗蜜经》，腾不开身子才打发属下过来请太上皇的。朱祁镇还是没去，对那人说，你回去给伯颜说，太上皇说了，他守着火堆宿营蛮好的。

马桂生在一旁直瘪嘴，这天寒地冻的，哪有放着帐篷不睡，睡露天的？看来真是个傻皇帝。

马桂生没有被子可裹，他想这一夜该怎么熬，在枣树林里转来转去，最后相中一棵老树，老树的树干掏空了，可容一人。虽说只能靠着树洞站立，但总比躺在地上暖和。即使这样，马桂生还是被冻醒好几回。

天亮之前，马桂生做了个噩梦，他梦见自己的肚子被乎格勒一刀划开了，一大堆肠子血水淋漓地撒了一地。他一边捂着空落落的肚子，一边说，我把老婆都让给你了，你捅我的肚子做什么？你这是赶尽杀绝呀。乎格勒说，我捅你一刀是小事，我还要踢你一脚呢。说着话，乎格勒抬起脚朝他肚子踢来。马桂生就在这时醒了，他的小肚子正翻江倒海呢。想一想前一天晚上也没吃什么东西嘛，他从右玉林卫挑出来的一袋粟米和一袋山药只煮了两锅饭就剩下两只布口袋了，他中午没吃饱，晚上也只抢到一碗，用树枝做的筷子往嘴里扒拉了两下就什么也没有了，他几乎是饿了一夜。应该还是夜里受了凉，他没有朱祁镇屁股下面垫着的毛毡，也没有朱祁镇身上裹着的棉被，他只有身上的青布短衣和脚上的一双麻布便鞋，别人出门，老婆都要给安顿夹衣安顿棉衣，怕冷着冻着，宁让家穷，不让路穷嘛。唯有他的老婆，半遮了一张肉脸，站在路边送野男人呢，自家汉子衣服带没带全，她才不管呢。

晨雾把枣树林遮蔽得严严实实。昨天夜里燃起的篝火大都熄灭了，偶尔有一两处仍冒着袅娜的白烟，白烟融入浓浓的晨雾里，已经分不清是雾是烟了。其实最早醒来的并不是马桂生，而是那些跑了长路的马匹骡子和骆驼，在三十里铺和三十里铺往西的一长段黄土路上，到处传来马的踢踏声和响鼻声，而他们的主人都还沉睡在黎明前的残梦里。

马桂生觉得肚里的秽物快要喷出屁眼门了，他不敢迈开步子跑，只能夹着腿，屏住呼吸，娘儿们一样拧着脚往前挪，一步一步挪出枣树林。他要找一个没有人的地方痛痛快快地解决，他不想让他的一泡臭屎，把那些动不动就举刀砍人的瓦剌兵从睡梦里熏醒，他捂着肚子，踉踉跄跄朝一个土丘后面挪去。终于爬上土丘，找到一个适合方便的僻静之处。马桂生断定，那是一个四面隆起，中间下洼的风水宝地。就在这里了。马桂生手忙脚乱地往下褪裤子，可还没等他解开裤子蹲下，一股热水，噗地喷射出去，全拉在裤裆里了。

这叫啥事儿啊，马桂生心里说。

马桂生蹲在地上，琢磨着如何捡一些枯枝败叶清理裤裆里的秽物。

桂生，你还没拉完屎啊？

马桂生被一句冷不丁的问话吓了一跳，右耳突突地抽动几下。天色慢慢放亮，他已经能够看清洼地里的一切了，中间是一棵不大不小的桃树，树叶掉光了；四面是半人高的蒿草，草色枯黄；蒿草中有个坟茔一样的小土堆，土堆上泛起一层白花花的盐碱；还有一眼凿在土崖下的洞，洞口被一些茅草挡住了，不仔细看，是不知道那里还有一个洞的。这些地方都看不到有人，声音却在他耳朵根又响起来，我在你后头呢。

马桂生一回头，蓦然看见一张熟悉的脸，那张脸是方脸，同样是胡子拉碴的，唇须疯长，原来娇嫩的肤色变粗糙了，如霜打的茄子，头上还戴着乌纱翼善冠，身上的衣服却不再是赭黄色团龙窄袖圆领袍，而是换了一件棉布袍，是皇帝朱祁镇。

马桂生讶异道，朱皇帝，你也在这里拉屎？

朱祁镇把棉布袍卷起堆在膝盖上，蹲着，用一只手捂着嘴巴和鼻子，他从指头缝儿里往外挤话，你的屎好臭，朕已经憋了半天了，朕以为你用不了多长时间就拉完了，谁知道你还没完没了了。

我不知道你在我后面拉屎，我知道的话，会离你远一点，马桂生说。

朱祁镇捂着嘴巴说，朕比你早到几步，刚蹲下，你就跳进来了，朕开始以为，是瓦剌人在监视朕呢。

马桂生说，朱皇帝，我肚子着凉了，拉的是稀屎，你一直裹在被子里，比我要暖和得多，你拉的一定是干屎。

朱祁镇的脸有点发青，他又点点头，朕拉不出来，好不容易拉出来了，还不往地上掉，又干又硬，朕只好用手抠了。

马桂生说，你肠子干，等回到右卫城，喝我半碗胡麻油就顺畅了。

他们两个人在荒草萋萋的洼地里，严肃认真地讨论着稀屎和干屎的事情，一时忘记了擦屁股走人，直到听见很远的地方传来海螺号的呜呜声，他们才如梦方醒，赶紧用土块在屁股沟里一抹，拉起裤子，整理好袍子往洼地外面爬。他们一边爬，一边争论着另一件事，

马桂生说，这号声是吃饭号吧？我闻见饭香了。

朱祁镇说，这号声听起来像出发号。

他们翻过土丘，穿过一小片坟地，然后才看到瓦剌兵已进入整装待发的状态。

许多人都骑在马背上眼睁睁地盯着越走越近的朱祁镇和马桂生，许多人都把目光投向不远处的伯颜，伯颜同样愕然地在马背上注视着寻找勒勒车的朱祁镇，他费力地咽口唾沫，对朱祁镇说，皇上，你的车在那边。

袁彬和哈铭面色凝重地站在已经套好骆驼的勒勒车旁，在朱祁镇往车上爬的时候，袁彬手里拎着鞭子，低声说，皇上，您真是的，都走那么远了，怎么还要回来？我是怕

被他们发现，才没跟你一块去的。

朱祁镇把花花绿绿的被子重新裹在身上，他对袁彬轻描淡写地说，我乃一国之君，就这么一个人灰头土脸地逃回京师，我老朱家的脸也要让我丢尽的；假如我逃掉了，你和哈铭都会被也先杀头的，我不想让你们因为我受牵连。

重新上路，朱祁镇在勒勒车上吃惊地看到三十里铺的堡墙下面有一棵桑树，桑树的丫杈上吊着一个人，那人脑袋耷拉在胸前，四肢下垂，一只脚有鞋，一只脚无鞋。风把那人吹得溜溜转。树下，是一堆腐肉和一摊黑血。

在密闭的堡墙内，传来一个女人撕心裂肺的哭喊。

八

也先没有听取喜宁的建议，他放弃了走东南方向的紫荆关路线，而是选择了从宣府直插京师的便捷路线。

他们沿着南洋河的河堤走进连绵不绝的大山深处，平顶山，猪头山，茂花梁山，龙王庙山，然后来到柴沟堡。他们在柴沟堡落脚，第二天又从柴沟堡出发，朝宣府前行。

他们一路上都离不开那条叫洋河的河流。河水哗哗流淌着，也先的笑声也像河水一样爽朗，他用十分明快的语言向喜宁解释改变行军路线的理由，他说，这条路线对我们瓦剌人来讲，是一条福路，大明五十万大军就是在这条路上被瓦剌击溃的，你说我放着福路不走，为什么要走一条陌生而凶险之路呢？岂非脑子让驴踢了？

在晨风里，也先的三绺长髯不住地往后飘，也先说，喜宁，前面就是宣府了，守宣府的杨洪与我素有交情，我送他马匹他从来没有拒绝过，如果不是你们那个王大人从中作梗，说不准我现在就在杨总兵的灵真观里和他把酒话桑麻呢。

喜宁说，太师说的也有道理。

喜宁又说，宣府有个大校场，不知太师去没去过？

也先说，我在校场里和杨公还赛过马呢。

谁赢了？

呵呵，难分伯仲。

那就是太师赢了，不过杨洪倒是一员虎将，可惜廉颇老矣。

哎，可不能这么说，也先直摇头，杨公再老，也有万夫不当之勇。

太师可曾听说山西有四绝吗？

何为四绝？

喜宁掰着指头说，宣府校场是其一，蔚州城墙是其二，朔州营房是其三，大同婆娘是其四，朝臣们都说四绝当中最厉害的要数老四了，大同府的婆娘能水淹三军呢。

也先捻着胡须哈哈大笑，喜宁，想不到你久居皇城，竟然还知道边关的风月事，可见你是个有心人。

笑过了，也先就不笑了，也先说，此番兵过宣府，你说杨总兵会不会翻脸不认人？

　　喜宁说，太师手里有太上皇这张王牌，何愁拿不下宣府？

　　也先说，怕就怕这个杨洪与大同府那个郭登都是一根筋。

　　一只野狗不知被哪匹马惊到了，先是远远地吠，又连续蹿了几道土梁，朝腾起黄尘的边道上汪汪地乱咬，越咬越靠近了马队，赛刊王嗖的一箭射去，狗吠和狗一同栽倒，再无动静。

　　山一程，水一程；水一程，山一程。

　　也先大军的旗幡很快就哗啦啦飘扬在宣府城外。

　　洋河水原本是不紧不慢流着，两岸青山倒映水中，山脊上绵延的边墙时隐时现，只是边墙上偶尔隆起的烟墩，在清澈的流水里腾起一股股狼烟，让洋河水夹带了一朵朵惶恐的浪花。

　　也先和他的弟兄们都在城外与宣府城的城墙对峙。也先让喜宁找到坐在勒勒车上的朱祁镇，说太师要太上皇写一道手谕，下令宣府总兵杨洪打开关门，迎接太上皇进关。

　　喜宁把也先的话原原本本对朱祁镇说了，连口气和表情都与也先别无二致。

　　朱祁镇的半张脸捂在被子里，只露出一双眼睛盯着喜宁，盯了一下很快就移开了，他有点讨厌那张脸，他有气无力地对喜宁说，你没看出朕生病了吗？朕打了一路摆子，现在连毛笔都握不住了，你对太师说，可怜的太上皇连毛笔都握不住了，就不要他写什么手谕了，想进宣府城逛逛，就让公公你代朕在城下朝城头上喊话吧，杨洪看见是你喜宁公公，他一定会清水洒街，黄土垫道，大开四门迎接你的。

喜宁的脸涨得通红，喜宁有些恼羞成怒，他说，怎么这么巧？咱家看你气色不错嘛，有红有白的，咱家倒是能给你把话捎给太师，就怕太师说你是故意装的。

喜宁，袁彬插进话来，太师给你升官了吧？你这口气是越来越大了，都敢顶撞皇上了。

什么皇上？是太上皇。喜宁并不拿正眼看袁彬，只是鼻子里哼了一声，咱家是在跟太上皇说话，你是个什么玩意儿，还想升官呢？你升天还差不多。

袁彬，这就是你的不对了，哈铭板着脸推了一把袁彬，公公只是给太师传话，公公的口气也是模仿太师说的，这个不算是顶撞太上皇，要算只能算公公入戏太深，公公你看我说得在不在理？

在个屁理。

喜宁去而复返，以更加坚决的语气告诉朱祁镇，太师发火了，太师说太上皇拿不动笔，就让旁边的人代笔，最后署个名就行。

朱祁镇的手谕是袁彬代的笔，袁彬把太上皇的手谕写

249

在一块白麻纸上，大意是说杨洪哪，朕如今落在也先手里，每天受的苦是你杨洪用十床被子蒙住脑袋都想不到的，你要是有一丁点同情心的话，就把城门打开，等我回到京师就提拔你。

在往宣府城送朱祁镇手谕之前，也先拿着那页轻飘飘的麻纸，正面看了反面看，上面看了下面看，后来又对着天上的太阳照了照，觉得语气虽有些下作，倒也挑不出什么毛病来，他把那张纸叠好，装在一个牛皮囊里，回头又看了看喜宁。

喜宁哆嗦了一下，连忙对也先说，送信这事还是让别人代劳吧，太师，杨洪是个粗莽之人，说不定我刚一进城，就让那厮给砍了……

喜宁，你把我想得太愚鲁了，也先笑道，我不会拿你的脑袋给杨总兵磨刀的。

也先把牛皮囊给了赛刊王，说，把这个射到城头上。

赛刊王的箭法虽不及刀法纯熟，但几十丈远的距离并不在话下。他催马向城外的护城河冲去，城外的瓦剌兵一片欢呼，他们以为他们的赛刊王要匹马闯关了，他们喊着喊着声音忽而稀落了，渐渐地仅剩下七零八落的几声，他们看到赛刊王距离城墙一箭之遥时，突然一勒缰绳，那马前蹄高扬，后腿紧绷，赛刊王侧转身，拉一把满月弓，牛皮囊被一支雕翎箭带向城头。

射完箭，赛刊王的马又飞奔回阵营，他吃不准城上的明军会不会突发冷箭，把他射成一只刺猬。

城外的人耐心等着城里人的回音，城里人却睡着了一样，没有一点动静。也先有点急，他回头看了看黑压压望不到头的骑兵，觉得这么等下去，黄花菜都要凉了。他正打算让喜宁把停留在后面的朱祁镇喊过来，就看到空中飞来一只鸽子，鸽哨在风声中拐了调门。那只鸽子飞临也先的头顶并没有落下，而是扑棱棱又往前飞了十几丈远，最后落在那辆被骑兵包围着的勒勒车上。

也先看到的回信是从朱祁镇手里转来的，他在读信之前心里不禁咯噔一下，就连一只带信的鸽子，都在寻找他们的皇帝。

信是一名分守参将写的，字迹潦草不说，还写得歪歪扭扭，一看就知道没念过几本书。信上说，杨洪总兵，还有协守副总兵都不在宣府城，他们去给一座在建的新庙扶梁去了。扶梁就是上梁。庙堂的材料多为土木结构，墙体用新土夯筑起来，一版一版加上去，上窄下宽，到了墙顶再用土坯或青砖砌出房廓，架了檩梁，排一层栈板，覆一层掺了麦秸的韧泥，最后铺以青瓦。而上梁和压栈是所有工序中最要紧的两个环节，既要烧纸上香，张贴对联，鸣放鞭炮，还要蒸一笼白面馍馍，炸一锅油糕，备上好酒好菜款待所有的工匠。最要紧的是还要请德高望重的和尚来给大梁开光。杨总兵信佛，在赤城，在独石，在宣府，自掏腰包兴建了许多庙观，哪一处庙观快要落成，他都要亲自去扶梁。杨总兵不在城里，虽然有鞑虏兵临城下，城上的官兵也不敢擅自放上一箭，至于说什么太上皇让开城门，还要提拔之类的话，他们一则不信，二则不敢，三则不能，他们不相信太上皇会伙同一群鞑虏前来叩关，他们不敢出城来对太上皇验明正身，他们更不能私开城门，他们只遵新皇帝的谕旨。

也先嘿嘿冷笑了数声，把那块写在丝绢上的回函扔在地上，他从腰间拔出长刀，伸长胳膊，指向战旗猎猎的宣府城，嘴里却迟迟没有发声。

第十章

打不开宣府改打紫荆关

一

若在平时，晨曦初开，奉天殿内百官入列奏事，视为早朝；如遇警急事当奏，才有午晚朝仪；除了掌管章奏进呈的通政使，除了引领奏章的礼部左侍郎杨善，或者某位紧急进京面圣的封疆大臣，一般臣公是不需要去左顺门赴晚朝的。

但到了正统十四年八月末，特别是自杨善官复原职后，几乎天天有午晚朝仪，他如黄钟大吕般的声音在奉天殿和左顺门内抑扬顿挫、此起彼伏，甚至渐渐压过了深宫内传出的朱祁镇的妃子们的嘤嘤啼哭。在太平年间，他的声音让龙椅上端坐的皇上，让丹墀下进言的大臣，甚至在龙椅后面高执伞盖，撑举团扇的锦衣卫校尉都觉得是一股清流，原本琐碎芜杂的大事小情，经杨善的声腔一过滤，忽然就有了精神为之一振的效果。而眼下是多事之秋，灾异频发，警情不断，杨善洪亮的声腔就让人烦了，不是也先率瓦剌军主力兵至大同，就是阿剌知院率骑兵进逼居庸关，再不就是可汗脱脱不花亲率瓦剌本部攻打古北口的急报……边关狼烟四起，杨善在朝堂上一字一板振聋发聩地呈奏，不要说大臣们在下边听了不舒服，就连朗朗宣读的杨善也觉得自己有点别有用心了。

散朝之后，杨善在通往午门的路上遇见了吏部尚书王直。王直说，杨大人的嗓音果真是非同凡响啊，我记得从永乐元年开始，你就在朝堂上唱奏事了，音吐洪亮，有绕梁三日之神韵，于今也有四十好几年了吧？

杨善忙向王直施了一礼，说，大人记性真好，掐指数来也有四十六年了，那时我年轻，声带宽，底气足，引奏不费力气；如今老了，喊不上去了，可年轻人顶不上来，我是打着鸭子上架啊。

王直拍了拍他的肩膀说，以后念这种奏章时，悠着点，不用那么卖力，你哇啦哇啦在那里替别人代读奏章，我在下边浑身一凉一凉的，心里就瞎琢磨，以为杨大人是受了什么委屈，把不高兴带到朝堂上来了，这样不好。

听了王直的话，杨善自己倒浑身凉了一股，忙说，大人明鉴，下官也觉得不管念什么奏章都一样用丹田气发是有点不合适，可下官又担心声音低，皇上会听不见，边关的警情是天大的事情，如果因为下官口齿含糊，把事情耽搁了，下官实在担当不起，还望大人给出个两全之策。

杨善的话反把王直说住了，王直将了半天胡须，还是想不出更好的方法。出了掖门，他又拍了拍杨善的肩膀，杨大人，要不你还是照老样子代读奏章吧，人们也习惯了。

过金水桥，往南一直走，是单檐歇山顶黄琉璃瓦的大明门。出了这座大明门，就算是百姓的天下了。而在大明门与承天门之间，东西两侧是连檐通脊 700 步的千步廊，东西呈直角状各有 144 间朝房。每日朝仪前，朝参官们都在各自的朝房里等候上朝。在红色宫墙外侧，是礼部、吏部、户部、工部、宗人府、钦天监、五军都督府等这衙门那衙门戒备森严的官署。

王直从长安左门出来，他没有走向吏部衙门，而是径直走向了兵部。王直穿过兵部的门厅，迎面碰见驾部、库部、职方部的七八个郎中、主事急匆匆地往外走。他们见到王直都行揖礼而过，他们顾不上与王直详谈，从全国各地征召来的备操军、备倭军、运粮军都驻扎在京师的外城之外，需要兵部的人去了解各支部队的人员装备和训练情况。王直知道，这个时候，如果兵部还像寻常那样四平八稳地运作，于谦恐怕也要劝说皇上南迁京师了。

于谦的书房冷冷清清，见不到摆放古玩花瓶之类的玄关，倒是靠山墙壁立的书架码放了各种书籍，称得起是左图右史，汗牛充栋。不用细翻，王直也知道无非是《孙子兵法》《吴子》《六韬》《三略》《司马法》《尉缭子》《唐李问对》《百战奇略》之类的兵书。而书案后面贴了一张南宋文天祥的画像，并有一幅小楷——呜呼文山，遭宋之季。徇国忘身，舍生取义。气吞寰宇，诚感天地。陵谷变迁，世殊事异。坐卧小阁，困于羁系。正色直辞，久而愈厉。难欺者心，可畏者天。宁正而毙，弗苟而全。南向再拜，含笑九泉。孤忠大节，万古攸传。我瞻遗像，清风凛然。画像前有一宣德铜香炉，炉内檀香已尽。

于大人，于大人。

王直的声音在书房里来回游荡。

一个从九品的司务跑进来，对王直说，王大人，于大人自上朝后就没回来。

王直说，怎么会呢？我明明看见他先我一步出了掖门，路上遇见礼部的杨大人，随便说了几句话，转眼就不见于大人的影子了。

这几天于大人很少在衙门里待着，估计又出城了，司务说。

那行，你忙你的，王直说，看见于大人，就说我来找过他。

王直还没有走出书房，就听外面传来于谦的声音，不要跟我谈瓦剌兵有多厉害，你是我举荐的右都督，掌管五军大营的重任，我把大明的江山社稷和我于某人的身家性命都押在你这里了，你这个时候跟我扯额森的深奸巨猾，赛刊王的万夫莫当是何用意？你从阳和口兵败回来，成天

256

郁郁不得志，不就是盼着有一天与也先兵戎相见一雪前耻吗？振作起来，学一学前朝的岳武穆、文天祥，拿出你当年在黄河边儿刀劈鞑虏的勇气来。

虽听不到有人回应于谦，但王直已经知道他在训斥谁了，是刚刚从都督同知升为右都督的石亨。

王直是永乐二年的进士，因为文章写得好，被明太宗朱棣召入内阁，后来仕途虽有起伏，但毕竟是文官出身，对马背上的将军们多敬而远之，他对这个铁塔一样壮硕的石亨并无好感，也就没有出去打圆场。直到听见石亨告辞，他才从书房慢慢踱出来，只看到一个长须飘拂的武官的背影。

于谦把一匹瘦骨嶙峋的白马交给手下，一转脸，发现王直在房门口站着，先是一愣，继而慌忙施礼。

王直指着于谦洗得褪了色的常服说，有人背后说你闲话呢，他们说你坏了官场的规矩了，人家都穿簇新的绯袍，袍子上连道褶子都没有，黑履净袜，革带佩绶。你可倒好，一件旧袍子今年穿了明年穿，明年穿了后年穿，你那补子上绣的是豹子还是猫都快分不清了。人家骑的马不是骅骝就是赤兔，日行千里，夜走八百，你身为兵部尚书，一国军队之首脑，你骑的那叫什么马？蹄子大如碗，马腿细如芦柴，走一步，摇三晃，简直是头三天没吃草的跛腿塞驴嘛，你这身行头，尽给人家文武百官丢脸了，有人说你是不轨不物之徒……

于谦从王尚书脸上看不出是在褒奖他呢，还是在奚落他，他把王尚书让入房中，亲自沏了茶，双手捧过去。

王直看着茶水又说，我相信再没有第二个像我这样能够读懂你这个人的，你就是这碗茶水，茶色与水色一目了然，不逢不若，清且涟漪，可惜当今官场，早就是一个大大的染缸，多少有才学的人，一朝得志，尾巴就翘到天上了，忘记十年寒窗苦读的辛酸，少有像你这样出淤泥而不染的，大明之安危，只能寄你一人了。

言过了，大人言过了，于某愧不敢当。于谦知道老爷子是偏向他的，便说，我爷爷曾在工部出任过主事一职，混迹官场多年，什么是清官，什么是庸官，什么是贪官，他看得一清二楚，上面没人抬举你，你又不舍得花钱活动，想升官比登天还难，即使侥幸升了，也会让你从天上一头栽到地上来。他告诫我父亲，念书归念书，不意味着去科举，要么不做官，学那隐居孤山的林逋，植梅养鹤，清高自适；要么就做个对得起良心的好官，学那关节不到，有阎罗包老的包青天。我父亲一辈子生活在故里钱塘，虽把四书五经看遍，却不屑争那一官半职。我呢，既没有走我爷爷游弋宦海的老路，也没有步我父亲终生不仕的后尘，我立誓要学那孤忠大节，万古攸传的文信公。不图金玉满身，只求清风两袖。现下敌寇狂悍，挟持我太上皇于塞北，京师危在旦夕，调度边境兵力，打制器械盔甲，分道招兵买马，迁徙外城百姓入城，搬运通州粮草，都是当前的重中之重，如果于某也学那遮窗夜饮，放意杯酒间的南唐中书侍郎韩熙载，岂不正中也先老匹夫下怀？

王直频频点头。他的眼睛再次定格在文天祥的画像上，总觉得画里的文信公已经走出画外。

二

唐兀台挑了一个地势稍高的土坡，朝着飘扬苍狼旗幡的瓦剌大军深吸一口气，噘着嘴，鼓着眼，呜呜地吹响后撤的号令。

大军像一盘青石大磨一样骚动起来，大地也为之颤动。

哈铭自言自语道，这是要撤啊。

袁彬说，宣府保住了。

马桂生不知发生了什么，他看见所有骑着马站在他前面的士兵，忽然都转过身来看他。他心慌了，扑腾扑腾乱跳，但他很快又发现士兵们看的不是他，而是他身后那些骑马的士兵和范金宝他们驾驭的武刚车。他暗暗松了口气，他看看哈铭，又看看袁彬，说，他们回过头来看啥？咱们后面是不是发生啥事儿了？他们怎么不进城了？又回右卫城呀？早知道这样，还不如在家里待着呢，来来回回多麻烦。

朱祁镇的喉结艰涩地滑动两下，他若有所思说，人走茶凉，朕的话不管用了。

桂生，桂生，你傻站着干啥？快上车，咱们要回去了。

马桂生听见范金宝大声喊他，他连忙朝范金宝喊话的地方跑去。

一个人转身就像手心翻手背一样简单，十多万人一齐转身，那股乱劲儿是可以想象到的，而十多万匹马、上千辆武刚车一齐转身，那股乱劲儿，没有身临其境的人，是连想都不敢想的。那一天的宣府城外，瓦剌兵在一片看似无序却按部就班的撤退中，离开了宣府。

朱祁镇却一下子想起几个月前的土木堡。

也是在这样一个寻常的午后，只不过气温比现在要暖和许多，当他正与太监王振、户部尚书王佐、兵部尚书邝埜、吏部左侍郎兼翰林院学士曹鼐、刑部侍郎丁铉、工部右侍郎王永和、都察院右副都御史邓棨等一干大臣围着一口越挖越深的枯井舔嘴唇时，有人沿着土堡内的小巷拐弯抹角一路跑来，跑得鸡飞狗跳的。

那时的土木堡已被新挖的堑壕变成一座风声鹤唳的孤堡，千军万马如蝼蚁般拥挤在一个狭小的土堡四周。

那个跑得大汗淋漓的士兵把一道信件呈送给朱祁镇。

朱祁镇忧郁的面孔忽然变得晴朗了，原来是也先亲笔书写的议和信。真是久旱逢甘霖哪。他拿信的手有点哆嗦，他说，咱们五十万大军呢，就是每人一口唾沫，也能把也先给淹死，识时务者为俊杰，他不想议和都不行。他说着

260

话，把信给了邝埜。

邝埜看完信却没有像朱祁镇这样乐观，他铁青着脸说，不应该呀，也先诡诈多端，明知道咱们粮草不济，水源又断了，而瓦剌兵锋芒正锐，昨日在鹞儿岭把成国公朱勇、永顺伯薛绶带去的三万铁骑一锅炖了，今天突然来下一道议和书，其中必定有诈。

邝埜的脸色已经铁青了好些日子了，好像从离开京师起，这老头儿就闹开了意见。也是的，作为兵部尚书，军队的指挥权却让一个太监掌控了，换谁也高兴不起来。

咱家看看上面写什么呀，还诈不诈的。

掌司礼监的王先生这时从邝埜手中接过那封书函。

朱祁镇发现王先生连眉毛都笑了，朱祁镇最喜欢看到王先生笑时候的表情，王先生一笑，满天阴霾就算是晴了。他听见王先生阴阳怪气地说，什么不应该呀？也先太师在书函里说得再明白不过了，大明瓦剌本是藩属关系，因为一些鸡毛蒜皮的小事闹得两国不和，又损国力，又伤感情的，太师经过深思熟虑，想明白了，两家坐一块儿好好议议，该怎么撤兵，该怎么善后，该怎么交好，都得捋个头绪呀。皇上啊，依微臣之见，也先这回是真后悔了，他看见咱们五十万大军就扎这儿不走了，知道老虎不发威，也不能当成病猫。他心里也在打鼓，想一口吞掉咱们，哪那么容易？想退兵又觉得丢面子，自然就想到和了，咱们也得给人家台阶下呀，赶紧地派人议和呀。

朱祁镇连连点头，已经有点急不可耐了，先生说得有理，那该派谁去议和合适呢？

　　王振的眼睛在大臣们脸上刷子一样扫过，最后停留在曹鼐脸上，说，依咱家看，这个议和大臣非当朝首辅曹鼐曹大人莫属，曹大人一直不同意皇上此次亲征，在大同府又是哭鼻子又是抹眼泪的，也先既然主动提出要议和，与曹大人的心思不谋而合，曹大人是最合适不过的人选了。

　　曹鼐草拟了议和诏书，让朱祁镇审阅。朱祁镇没有心思看那玩意儿，只瞟了一眼就把诏书给了王振。王振说，不用看了，曹大人的文采路人皆知啊。

　　曹鼐前脚刚走，王振后脚就下了撤军的命令。为保险起见，王振没有让号令官鸣金或打旗语，而是以口相传。这样的方式有两个最明显的弊端，一个是慢，一个是乱。而且不是一般地慢，一般地乱。是那种老牛爬坡式的慢慢腾腾，是那种以讹传讹式的大相径庭。到后来，大明军队已经搞不清是要撤退还是前进了，他们狼狈地越过刚刚掘成的两丈深三丈宽的壕沟，蛆蛹一样四散开去，有朝河岸跑的，是为了寻找水源；有朝东方窜的，是为了逃生活命；有朝西边冲的，是为了杀敌立功。朱祁镇听见邝埜嘴里不住地说，坏了坏了，军队乱了。王振却说，这样也好，咱们也趁乱走吧，过了怀来，一切都好说了。

　　王振的话音未落，朱祁镇就看到土木堡西侧的麻谷口，忽然拥出无数的瓦剌骑兵，擎着旗幡，挥着马刀，喊杀震天。

转眼之间，瓦剌兵已铺天盖地了……

朱祁镇长长叹息一声，他乘坐的勒勒车重新淹没在马蹄与车轮沸扬起的尘土之中。

朱祁镇把手伸出被子外面，拍了拍车辕，对赶车的袁彬说，袁彬，你坐车上吧；哈铭，你也上来，咱们是一条绳上的蚂蚱了。

袁彬没有上车。

哈铭却笑嘻嘻地爬上车，他坐在车尾，说，坐车就是比走路舒服。

袁彬说，那是你坐的地方吗？你还有没有规矩了？

朱祁镇忙说，现在不谈规矩，谈舒服。

朱祁镇总是想把太上皇的架子放下来，在乱哄哄的瓦剌的军队里，朱祁镇觉得自己什么都不是，就是一个稍微比哈铭袁彬他们地位高一点的阶下囚，他甚至憋住一股劲儿，不让泪水从眼眶里挤出来。他越来越感到离奉天殿那个黄澄澄的龙椅远了，几近遥不可及。

宣府的城墙在朱祁镇眼里，一点一点虚化了，最后被一座山挡在后面；洋河绸缎一样悠然流过，波澜不惊；洋河沿岸的群山连绵不断，一些山远了，一些山近了，远山如黛，近山如碧。

云淡风轻的天空，不时掠过一行大雁。

朱祁镇心里不无慨叹，人要是一只大雁就好了，插翅

263

可以南飞。

哈铭这时却说，也先拿杨总兵没有一点办法。

朱祁镇听得却不是滋味儿，他心里琢磨的是另外一件事，他说，此番杨洪不出城见朕，足以见杨洪视朕的生死于不顾，朕待杨洪不薄，当初兵部尚书王骥很看重他，希望朕提拔他，朕采纳了王骥的意见。后来刑部尚书魏源去马营督查边事，有人向魏源说这个杨洪好大喜功，私自在马营城里修筑殿宇楼台，有拥兵自立称王之嫌。朕让钦差去查，钦差回来说压根儿没那么回事，杨洪修的都是庙宇和学社，庙里的彩绘和神像美轮美奂，学社里也是书声琅琅。朕说浊者自浊，清者自清，这件事就算过去了。后来又听说杨洪在伯颜山受伤落马，竟然生擒了九个敌军将领，瓦剌人都害怕遇见他，称他为杨王。朕也知道他和脱脱不花、太师也先他们关系不错，可朕并没有责备他，还要他与瓦剌部礼尚往来。这一次北征，在沙岭，朕召见过杨洪，要他随驾西行，后来返回宣府时，又让他驻守宣府。朕是把杨洪当作国之栋梁看待啊，他居然闭门不见朕，他除了守关还有什么大事呢？依朕看，他就是在借故推脱……

袁彬说，宣府的兵力有限，杨将军会不会害怕出城反遭也先暗算？

朱祁镇赌气道，我看不出他有杨王的气魄。

三

正统十四年十月初四日，也先的军队从宣府沿着洋河河堤，一直西撤到柴沟堡。

快到柴沟堡的路上发生了一件事，葛掌柜驾的那辆武刚车翻了。

葛掌柜那辆武刚车，有两丈来长，宽是一丈四，因为拉的是大炮，车上没有蒙牛皮犀甲。

葛掌柜从来没有赶过马车，他是开生药铺的掌柜，家里本来就有专职的车把式，每次去大同府贩草药，都是车把式赶着车，他坐在车辕的另一侧。他看车把式赶车不费什么力气，爬坡的时候用鞭子抽几下拉边套的梢马，左拐弯，嘴里就喊几声嘚儿，右拐弯，嘴里再喊几声喔喔喔，下坡的时候拉紧磨杆，想要马车停下，就连着喊吁吁。葛掌柜把车把式的手艺看轻了。

前些天，瓦剌兵占了右玉林卫，城里大小买卖铺子都关门歇业了，葛掌柜会过日子，家里从来不养闲人，就打发车把式回去了，说好等瓦剌兵撤走后再喊他回来。过了七八天，城里的买卖铺子看到瓦剌兵没有再找他们的麻烦，就大着胆子把店铺开了。葛掌柜也不愿意老在家歇着，就偷偷卸掉护板。天天都有人来抓药，有老顾客，也有新顾客，新顾客里瓦剌兵占了不少。瓦剌兵都不是铁打的，也有头疼脑热闹肚子的时候，病了就要吃药，进了葛掌柜的生药铺，照方子抓好药，有付钱的，也有不付钱的，葛掌柜权衡再三，觉得不付钱的毕竟是少数，总体算下来，也还是赚了，就一直硬着头皮把药铺开了下去。

到了十月初二这天一早，他又照常打开店门，还没等把护板卸下来，就见街面上乱了，有几个骑马的瓦剌兵横穿过去，嘴里大声吆喝着什么。葛掌柜没听懂瓦剌兵嘴里喊的是什么，以为是什么地方着火了，或者是要街上的行人让道，就没往心里去。他回到店里，像往常一样趴在柜台上扒拉算盘。他把近些天的账簿归整了一下，想看看盈亏情况。正算着呢，门被人很粗暴地踢开了，几个瓦剌兵拥进来，指着葛掌柜喔隆喔隆说了一大串话。葛掌柜以为他们要看病，又是点头，又是哈腰，问他们谁病了，哪里不舒服，他怕瓦剌兵听不明白，还用手揉揉肚子，又拍拍脑袋，却见其中两个当兵的，冲进柜台，一把拽了他的胳膊就往外面拖。葛掌柜吓坏了，这是什么情况啊？他嘴里不住地喊爷爷爷爷，行行好……然后就被推搡到了街上。

街上已经站了好多右玉林卫的乡亲，都是清一色的男人。葛掌柜被推到人群里，那几个瓦剌兵去敲另一家的店铺。葛掌柜惊魂未定，他看见旁边站着里长牛泉，就哭丧着脸问牛泉，这是怎么回事啊，咱们又没犯啥法？牛泉瞪着眼说，你问我，我问谁呀？

过了差不多一顿饭工夫，有人来给他们安排任务，那人告诉大伙儿，不用怕，也先太师要老乡们给军队赶炮车，要去的地方也不算太远，就是皇帝住的地方——京师。

葛掌柜一听，像兜头浇了一盆冷水。葛掌柜说，我又没赶过马车，我连马怎么往车辕里套都不知道，万一把马车赶到沟里怎么办？车翻了怎么办？葛掌柜向身边每个人不停地诉说他的实际困难，可没人理会他。后来是酿酒师傅范金宝安慰他说，葛掌柜，你不要再说了，鞑子把你拉出来，就不会放你回去的，等一会儿套车的时候，我帮你把牲口套好，你只管赶车就行。

这样，不会赶车的葛掌柜，在范金宝的帮助下，把一辆武刚车从右玉林卫赶到了宣府城外，又从宣府城外把那辆武刚车赶往通向柴沟堡的黄土路上。

葛掌柜赶的三头牲口没有一匹马，都是骡子，都是清一色的骡驹子。几天来，不停地赶路，这些牲口也像赶车的人一样既吃不饱，也喝不饱，越走越没有心劲儿，越走越火大，赶上天色将晚，归槽的心越来越浓，不是有那么句话嘛，恋黑的骡子起早的马。眼瞅着就看见柴沟堡的堡墙了，葛掌柜的三头骡子突然改变了方向，而武刚车却来不及做调整，稀里哗啦翻进路边的一个土坑里了。亏了葛掌柜事先跳下了车，才没被大炮砸死在车厢下面。但让葛掌柜一头雾水的是，车翻了，三头骡子却像什么事都没发生过一样，一脸无辜地站在路边。葛掌柜没看出来，套骡子的绳套早松了。

翻车本来是件很小的事情，即使天天赶车的车把式也不敢保证一辈子不翻车，但问题出在葛掌柜的武刚车轰隆一声往坑里翻下去时，非常不凑巧，把正经过的一匹马惊着了，那马嘶鸣着，前腿一跃，将骑马的人掀翻在地，然后冲下河堤，蹚着浑浊的洋河水向对岸游走了。这个情况很突然，让那个从马背上摔下来的脑后拖一条辫子的麻子脸军爷如坠五里云雾当中，他不知道他的坐骑何以把他摔下自顾自跑了。他坐在地上，他的屁股仿佛摔碎了，他手里的一杆丈八长矛在四下里寻找目标。葛掌柜的一脸可疑的诌笑引起麻脸赛坡的注意，赛坡嘴里咕噜了一句什么，葛掌柜没听明白，凑过身子去，想侧耳再听一次赛坡要对他说的话，那杆丈八长矛的枪头，扑哧一声，笔直地扎入葛掌柜的肚子里，葛掌柜脸上的诌笑凝固了。

啊呀呀——

这不是葛掌柜的惨叫，而是马桂生的一声惊叫。

马桂生和范金宝已经从武刚车上跳下来，他们一个想去扶麻脸赛坡，一个想去帮葛掌柜把马车从坑里倒腾上来，他们的出发点都是想帮助别人，却最终谁也没有帮成，马桂生搀到赛坡胳膊的手，倏地抽回来，他被赛坡的动作吓坏了，怎么动不动就用长矛捅人呢？还捅在葛掌柜的肚子上。

前前后后赶马车的右玉林卫的乡亲，少说也有几百来人，他们有的距离远，没看见葛掌柜被赛坡扎死的惨象，有的就在视线所及的地方，他们都在朝葛掌柜出事的地方围拢，他们都是想帮着把那辆倒霉的武刚车从坑里异出来，却都晚到一步，眼睁睁地看着赛坡用丈八长矛在葛掌柜身上捅了七八个血窟窿，然后，他们看着赛坡扛着丈八长矛从他们的身旁走过，他们看见长矛的枪头上粘连着半截粉红色的小肠，小肠在枪尖上晃来晃去的，而从肠子的一个切口，往地面滴答着红黄的液体……

这人是个疯子，哈铭说。

他不是疯子，是畜生，袁彬说。

不要乱说，小心让他听见。朱祁镇把身子完全缩进了被子里，只露出两只眼睛，他看到那个肩扛一杆丈八长矛的赛坡离他的勒勒车越来越近。

朱祁镇屏住了呼吸。

四

柴沟堡同样是一座空堡。

瓦剌大军几乎把柴沟堡附近的河滩都占满了，营帐蘑菇似的扎得密密麻麻，一顶挨着一顶。武刚车也是一辆接着一辆，懒散地停靠在路边，车上的民夫都还守在各自的车上，他们不敢询问晚饭的着落，更不敢对又一个漫漫长夜提出更多要求，他们只能干坐在炮车上，享受越来越寒冷的气温，一副听天由命的样子。

有人一边打着喷嚏，一边擤鼻涕。

一头毛驴在某个地方拼命地嚎。

炊烟升起来，漫漶了整个河滩。夜雾沉下来，吞噬了整个大地。

朱祁镇被请进柴沟堡的一座民宅里。那是一户财主家，瓦房，厅子院，窗户纸有半成新；堂屋里有八仙桌，有太师椅，还有一幅猛虎下山的中堂；东西各有一个套间，套间里都盘有火炕；西套间地上摆了一只大躺柜，东套间地上摆了一只翘头案，案上有铜香炉，有银蜡扦，有个长颈鼓腹的白釉插花花瓶。朱祁镇住进了东套间，袁彬和哈铭住在西套间。

朱祁镇和袁彬哈铭，三个人舒舒服服躺在东西套间的火炕上。朱祁镇很快在火炕上打起了呼噜，虽然晚饭还没有吃。他的两个手下，哈铭和袁彬，还没有打起呼噜，他们俩都不用担心火炕是一盘名不副实的凉炕，他们看到有人在灶膛旁帮他们烧火炕，所以心安理得地躺在炕上一动不动。他们的身体不动，并不表明他们全身的零部件都不动，他们不停地吁着长气，把连日来积攒的闷气都吐了个干干净净。

哈铭是个话痨，躺在炕上，还不停地跟那个替他们烧炕的人搭话，桂生，你烧炕的时候，顺便把锅给洗干净，烧一大锅开水，皇上要一边喝水，一边烫脚；桂生，你在锅里多加一点水，我们也想一边喝水，一边烫脚；桂生，你的脸怎么越拉越长了？是不是刚才在村外看见有人用丈八长矛把人扎死了，你心里不痛快？桂生，你晚上是在房里睡，还是在街上和你们一块儿来的右卫老乡露天睡？

马桂生说，哈铭，你这个人一点也不厚道，你不能当官，一当官就想摆谱，我要不是担心露宿街头，我才不给你们烧炕呢，我替你们把锅碗瓢盆还有风箱从右卫城一直挑到这里，我早就渴得嗓子眼冒烟了，我的两只脚也冻麻了，我也想喝水，我也想烫脚，可我还得帮你们烧炕烧水，这是天旱雨涝不公平嘛。

袁彬说，我们这间房就不劳驾你了，你给皇上把炕烧暖和，把水烧开就行了。

马桂生白了袁彬一眼，倒好像袁彬对他说了什么坏话似的。

袁彬看出马桂生的不高兴，就给马桂生讲了一些他们跟皇上的故事，袁彬说，皇上体质弱，经不住夜寒，他和哈铭每夜都要帮皇上捂脚。马桂生忽然想起他的婆娘乌热尔娜，乌热尔娜的脚也冰凉冰凉的，有一次把脚伸进他的被子里，被他一脚踢了出去。

后来，河滩上有人吹起海螺号，呜呜呜呜，鬼哭一样瘆人。

朱祁镇从睡梦里惊醒，他一双失神的眼睛盯着黑乎乎

271

的顶棚，耳朵谛听着街头传来的动静，除了风吹得窗户纸呼嗒呼嗒响，并没有听见凌乱的脚步声和门户磕碰声。或许是坐车坐累了，朱祁镇的脑袋一沾枕头就又睡着了，睡得死死的。起初梦见他被人牲口一样驱赶着爬上勒勒车，转眼勒勒车又变成一副銮驾；走没多远，恍惚又坐在奉天殿的龙椅上，接受文武百官的朝拜。王先生手捧玉笏向他禀奏说，皇上，事情搞错了，这个兵部侍郎于谦还真是个好官，有个和他同名同姓的于谦犯了法，通政使李锡误以为是兵部侍郎于谦，就把他给送进了大牢，不知者不为错，李大人初衷是好的，臣已将于谦释放，大理寺缺个少卿，让他去那里任职吧……

风越来越大，到了第二天早晨方歇。

朱祁镇被饿醒了。

其实朱祁镇在后半夜的时候已经饿醒一回，他半梦半醒地喊了一声，喜宁，朕要用膳。屋里黑咕隆咚的，什么也看不见。喊完了，朱祁镇一琢磨，喊喜宁做什么？对一个卖主求荣的叛徒至今还念念不忘呢，嘴里呸呸呸，连着吐了几口唾沫，他嫌喜宁那两个字脏。风把什么东西从房顶刮到院子里，稀里哗啦的。管他呢，朱祁镇昏昏沉沉又睡过去。朱祁镇又梦见了土木堡，那个鬼气森森的地方。他依然伫立在土木堡里地势最高的老爷庙的山门口，他举目四望，看到瓦剌兵如洪水一样从四面八方涌来，浪头越卷越高，很快吞没了大明的军队，白刀子砍下去，红刀子挥起来……无数的惨叫汇聚成更加惨烈的声音的漩涡。朱祁镇害怕了，朱祁镇大声喊着王先生、王先生。他的王先生却已经跨上一匹白马，王先生在马背上朝他说，皇上，快跑吧，再不跑就赶不上趟儿了。朱祁镇也想跑，可他迈不开腿，平时他连上乘舆都需要内侍来扶，何况他又没有属于自己的马匹，他该怎么逃命呀？这个时候，朱祁镇就听有人呐喊一声，阉贼，休得逃命，吃我一锤。喊话的是他的护卫将军樊忠，朱祁镇早就觉得樊忠是个粗莽之人，这种人什么事情做不出来呢？你看他左手一把大铁锤，右手一把大铁锤，钟馗似的横在王先生的马头前，堵了王先生的去路。按理说王先生没招他没惹他，他樊忠怎么就跟王先生过不去呢？他听樊忠又说，阉贼，你放眼瞅瞅，五十万大军就这么毁在你一个阉人手里了，我樊忠杀你不是为我自己，是为天下人，是为所有屈死在瓦剌人刀下的冤魂。话音未落，樊忠的大铁锤就吭哧一声砸在王先生脑瓜子上了……朱祁镇忽一下从炕上爬起，他惊魂未定地看着这间陌生的民宅，他看见太阳把窗户纸抹亮一个角，屋里的一切明朗起来。村外传来呜呜的海螺号，院里有脚步声在移动。

朱祁镇打量着屋里的陈设，除了地上那只翘头案，似乎看不到太多的家具摆设，倒是画有炕围的墙壁上挂着一把打开的象牙折扇，米黄色的扇骨，镂空出琐碎的图案。这样的折扇，他记得在周妃住的奢香殿里也有一把，只不过成色要比这把扇子更加饱满，更加圆润。

早饭是两个黄亮黄亮的粟米窝窝，一根老咸菜，一碗冒着热气的米汤，是袁彬双手端来的。袁彬说，皇上，您趁热吃。

朱祁镇也不客气，双腿盘坐在火炕上，一边大口吃着窝头，一边嘎吱嘎吱咬着咸菜，就像在乾清宫就着茶点在吃粥一样。

袁彬在一旁抹着眼泪说，皇上，您吃得惯吗？

朱祁镇把吃了一多半的窝头朝袁彬晃了晃，这东西好吃，比御膳房的点心好吃多了，它是什么面做的？

袁彬说，应该是粟米做的，估计这户人家逃得比较仓促，把一笼屉窝头都落下了，还有一罐咸菜，都是寻常人家的家常便饭，真难为皇上了。

别介意，朱祁镇不同意袁彬的说法，能吃上这种窝头，能睡上这种火炕，又不用四处漂泊，这种日子朕以为就是神仙过的日子。

到了卯时光景，乎格勒来通知朱祁镇他们该出发了。哈铭是最后一个出门的，他把东西套间，还有堂屋的桌子上，地上，炕头上都看遍了，没有落下什么东西，其实他们除了身上穿的衣服外，也没什么富余东西了。

他们在村口，又遇见头发乱糟糟的马桂生。马桂生没有被瓦剌人允许在朱祁镇所住的小院里休息，他给朱祁镇烧暖火炕后就被赶出了村子。马桂生袖着两手，缩着肩膀，显然是冻了一夜。他对已经爬上勒勒车的朱祁镇说，皇上，热炕头睡得还舒服吧？

朱祁镇说，舒服啊，你在哪里睡的？

马桂生指了指路边的一捆粟秸，我就睡在这上面，我给你们烧热两盘炕，我以为你们会帮我说句好话的，没想到你们睡了一晚上我烧热的炕，我还是让他们给赶出来了，我在这捆秸秆上冻了一夜。

朱祁镇有些难为情，他不知道是马桂生帮他烧暖炕的，他以为那盘火炕，一直就那样暖和，他从来不关心这些鸡毛蒜皮的小事，他说，你吃饭了吗？

马桂生啐了一口唾沫，说，我吃个×，睡都没个睡的地方，谁还给我饭吃？

袁彬听不下去了，他推了马桂生一把，你怎么跟皇上说话呢？

马桂生说，管我怎么说话呢，你算老几？

马桂生窝了一肚子火，他说，我又不欠你们一文钱，凭啥要我给你们挑风箱挑铁锅挑粮食呢？我又不欠你们一文钱，凭啥要我给你们烧炕让你们几个睡大觉呢？你还推我，你再推一下试试。

哈铭发现马桂生的眼珠子都红了，知道这人是真动怒了，就过来打圆场，说，桂生你不要生气，袁彬又没拿你当外人看，不让你住房里也不是皇上说了算，你赶紧找你坐的那辆马车吧，看样子又要出发了。

五

从右玉林卫出来的乡民们已经开始帮瓦剌兵拆卸营帐，他们笨手笨脚地把哈那、乌乃、毛毡搞得乱七八糟一塌糊涂，有人因此挨了打。

朱祁镇在人群里一眼就看见也先和伯颜他们了，他们如众星捧出的月亮，在瓦剌兵里格外显眼。

那个喜宁正手舞足蹈地向也先笑谈着什么，喜宁兴高采烈的情绪让朱祁镇感到酸溜溜的不是滋味。

他们都在一匹匹战马前站着，眺望南洋河的方向。

洋河在柴沟堡分了汊，一条从西而来，叫西洋河，一条从南而来，叫南洋河，两条支流汇聚成一条洋河。

也先他们注意的是南洋河。

朱祁镇不知道他们站在河边张望什么，他们的到来引起喜宁的不快，喜宁突然不说了，也不笑了，而是侧目看着朱祁镇他们，仿佛从来都不认识。

皇上，昨夜睡得好吗？也先笑眯眯地向朱祁镇行了礼，然后问朱祁镇。

还好，朱祁镇说，夜里风大，房顶上的瓦片都在乱跑，好几次都是让风声惊醒了。

朱祁镇没好意思说是饿醒的，也没好意思埋怨伯颜忘了给他们送羊肉吃。

也先脸上的胡须被晨风吹得七零八落，他一边捋胡须一边说，皇上，你知道我们在这里等谁吗？

朱祁镇说，是等赛刊王吧？你们兄弟几个，好像只少了一个赛刊王。

皇上所言极是，也先指着南洋河方向说，从那里一直顺河往里走，就会到一个叫白羊口的关城，喜宁对我说，大同府的郭登是根硬骨头，我啃不下来，宣府的杨洪也是根硬骨头，我还是啃不下来，这么一来，我们英勇的瓦剌将士的士气就会受挫，他说白羊口关是你们大明修筑的众多隘口之一，若能拿下白羊口关，对提振士气是大有裨益的，我采纳了喜宁的意见，昨天夜里，想必皇上也听见号角声了，我让赛刊王带了一哨人马，连夜奔袭白羊口，如果顺利的话，现在也该回来了……

白羊口关在哪里？朱祁镇说这话时眼睛盯着哈铭。

哈铭说，在天成卫北边。

明朝时期的洋河，水流湍急，河床宽达数里，下游汇入桑干河，常有载货的舟楫往来于怀安卫与京师之间。现在已入初冬，水流渐减，宽不及丈许。

太阳一竿子高的时候，南洋河口突然拥出无数的马匹和旗幡，喜宁眼尖，他兴奋地喊道，快看，跑在最前面的就是赛刊王的汗血马，你看赛刊王那股高兴劲儿，肯定是打了胜仗……

其实从赛刊王脸上谁都看不出有什么高兴劲儿，赛刊王一宿未睡，他在马背上不住地打瞌睡。赛刊王的眼睛不像伯颜那样瞪得溜圆，赛刊王长了一双死鱼眼，只有当他跨马杀人时，眼睛才射出灼人的光芒。赛刊王现在的眼睛就是一双死鱼眼，他下马时连手里一把沾血的长刀都当啷一声掉落在地上。

也先长吁一口气，看来这家伙是打胜仗了，他打了败仗就跟疯了一样。

喜宁那天穿了一件厚墩墩的巴尔虎皮袍，马蹄袖上钉了水獭皮，已经很难分辨出他是瓦剌人还是女真人了，他向前奔跑几步，从赛刊王手里接过汗血马的缰绳，他说，赛刊王，这一趟白羊口收获如何？

赛刊王只是唔了一声，并不搭理喜宁。

赛刊王先是向朱祁镇鞠了一躬，然后对也先和伯颜拱手道，还算不错，杀了个片甲不留。

伯颜说，过分了，你总是喜欢滥杀无辜。

赛刊王说，谁让他们不经打呢。又说，赶上月黑风高，守关的明军还没弄清楚怎么回事儿，就让我们给冲垮了，那个叫谢泽的守将，逃进一座寺庙里，我命赛坡进去把他拿下，赛坡进去没一会儿，就出来了，说那个谢泽不识抬举，嘴里一边骂，还一边用宝剑乱砍一气，赛坡用长矛扎了他个透心凉……

也先说，两军阵前，不是你死就是我亡，杀光了，后患就没有了。

六

他们再次顺着南洋河的堤岸一路向南进入了龙王庙山。马桂生对范金宝说，金宝，我记得这条路咱们前几天走过的，是不是要回右卫城了？

范金宝说，美得你，你以为这是要去赶集呀，集市散了，就打道回府了？

马桂生和右玉林卫的乡民们像一只只挂在柿树上的烂柿子，面无表情地坐在武刚车上，任凭牲口跟随大部队往前走。马桂生觉得山风与河风搅和在一块又硬又冷，能把人的皮肤割出一道道血口子，他发现给范金宝驾辕的那头青骡子是武舍人家的。武舍人的牲口棚就在场院里，紧挨着马桂生的榨油坊，马桂生榨完油剩下的麻饼都送给了东家武舍人做牲口饲料，武舍人家有几头骡子几匹马他比谁都清楚。

范金宝说，好马不吃回头草，往回走也是吃回头草，我估摸这帮鞑子兵是要吃败仗哩。

马桂生说，你不要提吃这吃那的，我肚子里呱呱叫呢，已经有两顿饭没着落了，一听说吃，肚里的馋虫就勾上来了。

范金宝说，牛泉又跟我说了，你到底和那个皇帝提没提他？牛泉说，你要让那个皇帝知道右卫城的牛百盛牛泉父子们，连命都不要了想方设法搭救他，将来皇帝万一回到京师，重新做了皇帝，别忘了右卫城还有个里长叫牛泉。

马桂生嘴里嘟哝道，他牛泉有多大本事能把皇帝救了？我看他就是有吹牛的本事。

从右玉林卫出来，马桂生一直在心里盘算一件事情，当然这件事与营救朱祁镇无关。朱祁镇是皇帝不假，朱祁镇做了瓦剌兵的俘虏也不假，可这些跟马桂生有什么关系呢？他一直憋着气，想找一个机会，找一种办法把乎格勒的命根子给他剁掉，谁给他头上戴了绿帽子，他就跟谁过不去，哪怕你是天王老子呢。他不知道乌热尔娜现在在家里是替他祈祷平安，还是替乎格勒祈祷平安，他想那只破鞋一定想的是乎格勒。

十月的北风越过山脊跌落到南洋河的河谷，马桂生单薄的衣服抵挡不住坚硬的风寒，他摸了摸范金宝穿着的厚厚的棉袍，他说，还是你老婆会疼你。

范金宝意味深长地说，我的老婆不偷汉子。

马桂生一听就笑了，可他没有笑出声，蒙在鼓里其实比不蒙在鼓里幸福许多。那条沿河的土路被武刚车碾轧出深深的车辙，路边脱光叶子的树木让人想起被人扒光衣服的妇人，马桂生从一棵榆树上看出乌热尔娜的影子，又从一棵山杏树上看出刘翠枝的影子，她们赤裸裸地站在河堤上，没有丝毫羞耻感。

马桂生说，女人都他妈是贱骨头。

范金宝说，老婆贱，是汉子没本事。

马桂生白了范金宝一眼，不愿再搭理范金宝，他把脸扭向后面那辆车上的牛泉，他大声说，牛里长，你那辆车上的牲口是不是你家的牲口？

牛泉冷不丁听见马桂生的话，还以为马桂生在骂他牲口，牛泉想都没想回了一句，你家才是牲口呢。又说，你那辆车上坐着的才是牲口哩。

马桂生知道牛泉想歪了，说，我说的是那几头拉车的牲口，我又不是说你是牲口。

牛泉骂，你小子嘴巴比茅坑都臭，不会说话就闭嘴。

马桂生闭嘴不说了，心里却说，老子懒得给你传话呢，还想巴结人家皇帝爷，就你那德行，也配？

快到天成卫时，前面赶车的乡亲都从车上站起来，像一只只鹅似的拔长脖子朝右边一处山口张望。在通往一个关隘的一片开阔地上，横七竖八躺了许多士兵与战马的尸体，尸体浸泡在黑红色的血污里，有一面三角形的米黄色战旗插在地上，显然是明军的战旗。这样的旗帜过去在右玉林卫的城墙上随处可见，赶车的乡亲知道这里发生过什么，也知道躺在地上的士兵是哪一方的，他们默不作声，直到武刚车走过了那段山口。

有几匹马从后面急速跑来，骑马的人都顶盔掼甲，马

281

桂生认出其中一个是乎格勒，乎格勒也发现车上的马桂生了，乎格勒朝他诡秘一笑，马桂生的脸腾地红了，一句粗话险些从他嘴里吐出来。

乎格勒的战马跑远了，马桂生才咬牙切齿骂道，迟早有人一刀剁了你个王八蛋。

你骂谁呢？范金宝吃惊地看着马桂生的嘴巴。

马桂生说，我骂刚才那个骑马的鞑子。

你好像仇人特别多，范金宝说，得饶人处且饶人，不要随随便便记恨别人。

也先的大军没有进天成卫吃午饭，他们在天成卫的城门外埋锅造饭。所有人，包括从右玉林卫一路跟来的乡民们都吃了一顿饱饭。当兵的管当兵的一伙儿，乡民们管乡民们一簇儿，至于饭菜也没什么区别，一口口大铁锅里乱炖了肉与蔬菜，米饭管饱。马桂生的铁锅和风箱没有派上用场，做饭的伙夫们把干柴架在锅底下面，压根儿不需要风箱的助力。马桂生看上去就是个闲人，只等着开饭的号角吹响。那一顿午饭，马桂生一口气吃了三大碗米饭，还排队跟在牛泉后面等着吃第四碗，他一边打着饱嗝一边对牛泉说，牛里长，我没说你是牲口，我说你那辆车上的牲口是不是你家的牲口……

牛泉不客气地用筷子捅了马桂生肚子一下，你烦不烦？你烦不烦？

唐兀台一直等马桂生吃完第五碗米饭，才站在一个碾盘上吹响出发号。

他们朝东南方向走。这个方向是由喜宁深思熟虑后决定的。喜宁原本就打算奇袭紫荆关，只是也先一开始没听他的，才走了一段冤枉路。现在的喜宁非比寻常，他的意见就是也先太师下一步前进的方向。而对于大军前进的方向，右玉林卫的乡民们一无所知。他们只知道随着前面的马队闷头走路就可以，至于去天涯，还是海角，他们漠不关心。这种心态与刚离开右玉林卫时大相径庭，那时候他们都以为是要陪着皇帝去逛京师的。后来，乡民们是从卖油郎马桂生嘴里探听到一个不好的消息，说一个多月前，马桂生也以为是去逛大同府的，没想到却吃了一碗闭门羹；这一次怕是与上一次没有什么区别，京师的守军不会轻易让皇帝进城的，据说现在京师已经换了新皇帝了。

从天成卫到紫荆关路上，横亘了好几座大山，指引方向的喜宁对具体路况并不熟悉，他说现在需要有一个当地的向导。也先很快就让人抓来一个进山砍山柴的樵夫，喜宁问樵夫去紫荆关怎么走，樵夫吓得哆里哆嗦的，一会儿说他没去过紫荆关，一会儿又说先去了阳原，再去了蔚州，再翻好几座山才能到了紫荆关。喜宁说，你不要给我打马虎眼，我不管翻哪几座山，也不管去不去什么阳原蔚州，你给带路就行。樵夫说能不能让他回家安顿一下再走，喜宁说，我看你就是想溜，你一个砍柴的，天天要出门，回家里安顿个屁呀？那谁，把这个樵夫交给赛刊王，让他好好带路，走了弯路就把他的脑袋砍掉。

<h1 style="text-align:center">七</h1>

十月初六日，他们走到了蔚州城。蔚州城的城门紧闭，有人卷着手掌朝城头喊话，说皇上到了，还不赶紧出来见驾。任凭瓦剌兵喊哑了嗓子，城楼上始终无人应答。

朱祁镇很尴尬，他把自己用被子包得严严实实，他对这个地名很耳熟，他问哈铭，我怎么听见这个地名就心惊肉跳？哈铭说，这里是王先生的老家。朱祁镇哦了一声，他想起几个月前，他御驾亲征到大同府，听说瓦剌兵气势如虹，王先生决定班师回朝，在确定返京路线时，郭登提议走蔚州这条道，再过紫荆关入京，王先生先是同意这条路线的，还对他说，皇上顺便去奴才老家看看，尝一尝我们那儿的八大碗，再喝一碗地道的桃花小米粥，保准皇上会赞不绝口。说得挺好，可走了几十里路，王先生又改主意了，说还是走宣府这条道吧，紫荆关太远，耽搁时辰不说，难免把老百姓的庄稼地给糟蹋了，民以食为天，民为贵，君为轻嘛。后来，他们就浑浑噩噩去了土木堡，走上一条不归路……

朱祁镇说，早知道走土木堡那么凶险，我怎么着也会劝劝先生的。

　　要进山了，武刚车是越来越难走。到后来，也先只好下令把武刚车统统扔掉，包括朱祁镇坐的那辆勒勒车。原来车上的军用物资，都改用马匹驮。右玉林卫的乡民们用骆驼绳把炮膛、火药、帐篷等杂七杂八的东西捆绑在马背上，他们一个人需要照顾好几匹马或骡子。马桂生的铁锅和风箱也绑在一头骡子背上，马桂生从右玉林卫挑出来的粮食都吃光了，只有风箱和铁锅吃不掉。事实上，马桂生带来的铁锅和风箱都没有多大用处，他越来越觉得这两件东西是个累赘了。乡民们都在徒步牵着牲口的缰绳，他们不再像从右玉林卫出来时那样优哉游哉坐在马车上谈天说地观风景了，他们嘴里嘟嘟囔囔的，说这要走到啥时候呀，后来他们看见瓦剌兵都牵着马，驮着他们一路带来的包裹，沿着山路向上攀爬，也就不再说什么。

　　山势越发陡峭，朱祁镇不得不从骆驼背上下来，在袁彬的搀扶下朝山顶走。山风凌厉，朱祁镇担心被风掀下山涧去，他说，朕不披这张被子了，哈铭，你帮朕把被子收起来。哈铭接过朱祁镇递来的被子，前后奎拉在肩上。哈铭感到寒冷突然退去，从被子里散发出朱祁镇留下的一团温暖。

　　走了差不多一里远，乎格勒把马桂生喊住了，桂生，我问你，你想不想留下来？

　　马桂生狐疑地看着乎格勒，不知道这个狗杂种要他留下来安的是什么心。

285

乎格勒一手牵马，一手握着一把长刀说，你想留下来的话，就跟我返回山下，太师要我带几个人去看护那些车辆。

　　马桂生本不愿听乎格勒的调遣，后来是朱祁镇说，燕山雪花大如席，能把人埋掉的，京师也非安乐乡，能不去还是不去的好。哈铭也骂他榆木脑袋不开窍，你傻呀，留下来就不用担心打仗了。

　　马桂生觉得也还行，就答应跟乎格勒下山。

　　朱祁镇又说，桂生，倘若回到右卫城，你记得替朕在毕在寺的佛前上三炷香。

　　马桂生摇摇头，我是去山下替他们照看马车的，不是回右玉林卫，就是我想替你烧香，也怕够不着。

　　有人吹了两声海螺号，马桂生回头，见唐兀台在不远处的山脊上朝他挥手，他也挥了两下手，闪过一道崖，唐兀台不见了。

　　山路很窄，他们一行五六个人需要侧着身子躲闪迎面而来的马队，这样走走停停，一里路走了半个时辰才下得山来。那时，山脚下还滞留着一大片瓦剌骑兵，他们需要排队上山。

八

　　武刚车停放在一个叫九宫口的地方。乡民们卸车时很匆忙，他们把武刚车扔得乱七八糟，东一辆西一辆的。乎格勒带出来的人里只有一个是瓦剌兵，那人一直捂着胸口，脸色煞白，看样子是病了；另外三个是右玉林卫的乡亲，马桂生都认得他们，一个是卖油的王老五，一个是开裁缝铺的牛本道，还有一个是打铁的郭老六。马桂生后悔不该答应乎格勒的邀请，除了牛本道算是没有过节外，王老五和郭老六都跟马桂生吵过架或动过手，王老五嘴巴臭，人前人后都敢揭马桂生的短处，郭老六更不用说了，简直是头牲口。

乎格勒成了这几个人的头儿。乎格勒掐着腰，吆五喝六地命令他们把武刚车都收拢回来，整整齐齐一字排开，说，用不了几天，大军就拿下京师了，到那时候，就会有人来把这些战车运往京师，咱们的任务就算完成了。

乎格勒的胖脸上洋溢着对胜利的渴望与迫不及待。

马桂生按捺着胸腔里的怒火，他尽量不用眼睛去与乎格勒对视，他怕撞出火花来。

乎格勒没有去留意马桂生的眼神，他把任务分配完，又叮嘱那个捂着胸口的瓦剌兵好好看着这几个汉人，他自己却拖着长刀晃晃悠悠朝九宫口的村口走去。

马桂生知道，乎格勒肯定是去找女人了，乎格勒没有女人不能活。

但走了一半路的乎格勒又返回来，他来到马桂生面前，他对马桂生说，我把你留下，就是要你帮我忙的，咱们怎

287

么说也是老相识了，你不要背着我和他们串通一气，偷偷摸摸溜掉，你们溜不掉的，你们就是跑回右玉林卫，我也能把你们一个个抓回来，到那时候，我就不会给你们讲情面了，你也知道我们瓦剌人是怎么处置逃犯的。

说完，乎格勒笑呵呵地再次走向九宫口村。

九宫口的白墙青瓦，如同轻佻的妇人倚门而立，含情脉脉地注视着越走越近的乎格勒。

谁说我们溜掉？马桂生望着渐渐远去的乎格勒的背影，斩钉截铁地说，好端端的我们为啥要跑？谁跑谁是孙子。

他说话的声音很响亮，分明是说给那个捂着胸口的瓦剌兵听的。那个瓦剌兵爬上一辆武刚车，虾米一样弯曲着躺在车厢里，嘴里发出难受的呻吟。

他们很快就把横七竖八的武刚车归整得井然有序了，他们几个围成一圈坐在地上抽烟。

马桂生也凑了过去。

马桂生说，你们看乎格勒像不像死去的葛掌柜？

其他人都奇怪地端详着马桂生。

王老五说，桂生，那个胖乎乎的鞑子，是不是要你来探听我们说些啥？他给了你啥好处？

牛本道说，乡里乡亲的，可不兴做昧良心的事儿。

郭老六说，他敢出卖咱们，我拧下他的脑袋来。

马桂生觉得受了天大的冤枉，他嚷道，谁出卖你们了？我跟那家伙又不是一路人。

288

郭老六鼻子里一哼，我谅你也不敢。

马桂生跟他们坐在了一块，也抽出烟袋来，心里却总觉得别扭，他不会跟乎格勒一路人，他跟这三个右玉林卫的乡亲也不像是一路人，他们都提防他，把他当奸细来看待，他们都是狗咬吕洞宾，连好赖人都分不清。

马桂生想岔开这些令他不快的话题，他说，今儿黑夜又该怎么熬呀，总不能还在车上过夜吧？这风能把人吹干。

牛本道说，看情况吧，好在就两个鞑子，他们也怕冷。

王老五说，我看够呛，他们冷了会找间民房住，咱们还得替他们看车，不让冻死，也得饿死。

王老五说这话时，若有所思地看了马桂生一眼。

马桂生右耳抽了抽，说，你看我做啥？我不是跟你一样挨冻受饿吗？

王老五说，这倒也是。

旷野的风把村口一棵光秃秃的楸树摇过来又摇过去。

太阳像冻烂的柿子，吊在西天上。

天色不晴不朗不明不暗。

马桂生朝一辆武刚车不住地张望，那个捂着胸口紧蹙眉头的瓦剌兵，蜷曲在车厢里，半天没有声音。

这家伙不会断气吧？马桂生不安地猜测道，我看他的脸色不好看，不是心口疼，就是害了伤寒。

断气了才好呢，咱们跑他狗日的，郭老六说。

那个胖子去了有些时辰了，王老五说。

他们都心照不宣地朝村口望去，村口盘着一股旋风，扯天扯地的。

郭老六从地上站起，蹑手蹑脚地走近那辆武刚车。马桂生的右耳又使劲抽动起来，一颗心提到嗓子眼，他以为郭老六要对那个生病的瓦剌兵下手，他想说鞑子惹不起，话到嘴边，没说出口，却讶异地发现那个瓦剌兵忽地从车厢里坐起来，警惕地注视着走向他的郭老六。

郭老六一定也没料到那人会突然起身，他一时着了急，胡乱指着他们整理好的那一排排武刚车，对那个瓦剌兵说，我们把车都归整好了，你看看行不行？

那个瓦剌兵或许没听懂郭老六的话，仍然紧盯着郭老六，嘴里哇啦哇啦说了一串话。马桂生连一句都没有听懂，但马桂生看到那个瓦剌兵情绪激动起来，从身下掣出一把刀，刀尖指向郭老六的脸，大声咆哮着，走开，走开。

这一次，谁都听明白了。

郭老六摊开两手，又耸了耸肩膀，我走开，我走开，你别疑神疑鬼的，我又不杀你。

快看，狼来了。

发现狼来了的是王老五。王老五指着瓦剌骑兵消失的山口大叫起来。

顺着王老五所指的方向看去，如黛的山谷升起一层暮霭，山梁上有一座白色的佛塔，佛塔四周有一片密匝匝的松树林，只有风擦过树梢传来万马奔腾的喧嚣。

并没有狼的踪影。

哪有狼呀？马桂生说，你啥眼神儿啊，哪儿来的狼呀？

马桂生很想耻笑一番王老五的眼睛，可他回头的时候，却惊恐地发现郭老六正用手卡住那个坐在车上的瓦剌兵的脖子，只轻轻那么一拧，瓦剌兵就软溜溜地瘫下去了，再没有爬起来。

跑啊，桂生，你还愣着做啥？已经跑出去十几步远的牛本道回转头招呼站在原地一动不动的马桂生。

第十一章

脱脱城有一伙右卫人

一

十月十一日，半个月亮爬上京师的夜空。

夜鸟的鸣叫格外凄清。

杨善是后半夜被皇城里传出的钟鼓之声惊醒的。太平年景，朝廷一般只在五凤楼敲鼓，预示着要上朝了；假如钟鼓齐鸣，要么是举国大典，要么就是奏捷或是警声；而声音如果出现在深夜，也只有最后一种情况了。

杨善如同其他京官一样，居住在西长安街的官邸里，身边只有两个扈从。饱暖思淫欲，有一次，杨善半推半就地被同僚拉着去了一趟马姑娘胡同，喝了一次花酒。花添意，酒助兴，玩得不亦乐乎。临了，有一个富贾花钱赠送了杨善一名娇滴滴的丫头。说是丫头，其实就是给杨善纳了一房小妾。富贾是想巴结杨善，这时的杨善已今非昔比，新近被朱祁钰提挈为都察院的左副都御史，仍兼任鸿胪寺卿。

往年每到夏天，杨善会把夫人从大兴接到京城小住几日。今年与往年不同，之前杨善的公子杨容因假冒中官的文书，从工部尚书吴中那里骗到上万两纹银，说是修葺宫殿所用，事实是被他挥霍掉了。杨容就是一个无法无天的浪荡子。吴中发现这件事后，悄悄找过杨善，说你我在一起为官多年，虽不是什么心腹知己，但交情还是有的，我是看在你的面子上给你透露一下消息，你若能够替你儿子把骗去的钱还回国库，我就当什么都没发生。那时，杨善的职务仅是鸿胪寺卿，在九品十八级里属于正四品，月俸仅有二十四石。没有多少积蓄的杨善即使砸锅卖铁也给儿子填补不了那么大的窟窿，他只能听之任之了。吴中一边叹气一边摇着头走了。没几天，杨容被谪戍威远卫。杨容留在家中的两个黄口小儿需要夫人照应，自此，夫人就很少来京师了。

从马姑娘胡同白捡来的丫头名唤翠娥，是金陵人氏，生得骨骼清奇，长得花容月貌。虽算不上所谓的秦淮名妓，但在服侍男人上，也小有心得。杨善本就不是不食人间烟火的清心寡欲之人，年纪虽大了，但也喜欢老牛吃嫩草。

那天夜里，杨善搂着翠娥正熟睡，忽然被远处传来的钟鼓之声惊醒。他知道皇城发生了大事，他一边穿内衣，

293

一边让翠娥帮他把赤罗衣和梁冠从衣橱中拿来。赤裸着娇小身躯的翠娥在暖屋里白晃晃地乱跑，她手忙脚乱的样子让杨善看着有些可怜，最后是杨善自己找来朝服，穿好，束了金革带，戴了五梁冠，然后把厢房里睡觉的扈从喊来，骑了马直奔皇城。

夜色沉沉，长安街上如搅乱的蜂巢，到处是吱呀的开门声，到处是嗒嗒的马蹄声，到处是扈从们的清道声。半个月亮在这个时候已经西沉，街巷两侧青砖雕砌的庭院一栋一栋怪物一样矗立在暗处，这样仓皇的景象，让杨善又一次想起八月十五那个不眠之夜，所不同的是，那个夜晚他忧心的是自己的前程，而今天夜里，他更多的是替时局的动荡和朱家王朝在焦灼。

二

在京供职的满朝文武大臣，他们在正统十四年十月十一日那天后半夜，被仓促召集在大明门与承天门之间的御道上，两侧是黑压压的千步廊。大臣们嘈嘈切切的对话如同蚕食桑叶，所有天马行空的猜测最后殊途同归，汇成一个逐渐清晰的答案，瓦剌大军兵临城下了。

锦衣校尉挑了一盏盏陶瓷宫灯，把大臣们局促不安的身影照出高高矮矮的形状。兵部尚书于谦的声音在后半夜寒冷的空间里显得格外空灵，就像依附了某种魔力。杨善看见，身形瘦削的于谦踩在一个临时摆放的四仙桌上，下面有三个兵部的主事扶着那张桌子，以免于谦的身体把四仙桌压垮。

于谦转着圈朝四面的文武官员下达了朱祁钰的旨意，瓦剌兵像铁箍一样已经把我们布防在城外的二十多万大军包围起来了，现在我们上不了天，也入不了地，唯一的活路就是率领将士们杀退敌军……皇上命我提督各营军马，我当誓死守土抗敌。

杨善本应该比其他人来得早一点，鸿胪寺卿引导仪节的本职没有理由迟别人半步，但杨善那天还是来晚了，他想尽量靠近于谦踩着的那张四仙桌，以便让于尚书需要他大声传赞时一眼可以看到他。可那个阴云密布的后半夜，那个让人时时提心吊胆的黎明前的深夜，兵部尚书于谦并没有让他重复朱祁钰的旨意，而是开始安排分守九门的官员。杨善就想，类似他这样的文职官员与守城应该没有什么关系吧？国家养兵千日，用在一时，京师安危与你兵部的干系最大，即使往下数，还有那些五军都督府、京卫指挥使司、都指挥使司、卫指挥使司挺在前面。但他很快就听到于谦把宗人府、詹事府、顺天府、礼部、吏部、户部、工部、刑部、大理寺、太常寺、光禄寺、都察院、通政使司等一揽子文职衙门的官员名字都点到了，这些平时摇唇鼓舌养尊处优的京官，忽然有了拯救天下于水火的大任，

295

有随都督陶瑾守卫安定门的，有随广宁伯刘安守卫东直门的，有随武进伯朱瑛守卫朝阳门的，有随都督刘聚、右都督孙镗守卫西直门的，有随都指挥李端守卫正阳门的，有随都督刘得新守卫崇文门的，有随都指挥汤节守卫宣武门的，有随镇远侯顾兴祖守卫阜成门的，有随于谦和石亨守卫德胜门的。杨善领到的任务是协助都督佥事王通提督京城守备，也就是四处巡查京城的防护情况。

当杨善与王通并驾齐驱行走在刀枪林立的城墙上时，曙光已经抹亮京城的每一条街道，每一座庭院。迷蒙的晨雾在街巷里游走，有人开始卸下店铺的护板，有人提溜着夜壶把黄澄澄的尿液倾倒在街路上，有人挑着水桶去提水，有人大声吆喝着轿夫准备出门……京城里的百姓并没有意识到城外的危险，他们只是在睡梦里隐约听见街面上不时有马蹄跑过去的嗒嗒声，倒是更夫的梆子在这天夜里突然哑巴了。

杨善忽然想起被他冷落在家中的小妾翠娥，他连回家告诉翠娥一声的空隙都没有，朝廷有令，凡分守各处的官员不得擅离职守，违令者斩。

明朝时期的北京城，在正统十四年十月，正面临一场血雨腥风的鏖战。

三

几天后的一个黄昏，从右玉林卫的东门外，不远不近走来四个人。有人站在城楼上说，来了四个要饭的，开不开城门？有人说，咱们都饿得心烧呢，还给要饭的开门？

右玉林卫的四个城门在瓦剌兵离开的那个上午，就被人关上了，碗口粗的门闩插了六根，并在门底下了地橛。老秀才马连成招呼城里所有没被瓦剌兵带走的男人们都轮流在城墙上站岗，十二岁以上的男丁无一例外。马连成说，就是天王老子来了，也不能开门，谁敢开门，就是全城人的仇人。马连成的话没人不听，不是因为马连成是右玉林卫仅存的一名秀才，实在是乡民们被瓦剌兵欺负怕了。

拉柱，拉柱，你个灰猴，看见你参你还把头缩回去？郭老六在城外仰着脖子朝城头喊话，他看见他儿子郭拉柱趴在城墙一个垛口里朝下面瞭了瞭，他正打算跟儿子打声招呼，儿子却刺溜一下把脑袋收回去了，比泥鳅都滑。

卖油的王老五在城门上踹了两脚，回头对开裁缝铺的牛本道说，这不是马后炮吗？鞑子都走了，倒把城门关得铁紧，是防贼呢，还是防咱们呢？

马桂生说，关上好，免得鞑子杀个回马枪。

城头上有人朝下面喊，喂，要饭的，你们不要在城门下面过夜，小心鞑子回来砍掉你们的脑袋，你们也不要开口要吃的，我们都饿着肚子呢。

卢瘸子，你他娘的腿瘸了眼睛也瘸了？我郭老六闭着眼都听出你是谁了，你愣没看清我是谁？

郭老六这么一骂，事情就有了转折，他听见他儿子郭拉柱说，你们都不要吵吵，我听见我爹在下边叫唤哩。

有人说，你爹的声音我能听不出来？你爹的声音比毛驴都难听。

又有人说，真是郭老六他们，另外几个我也认出来了，那个是王老五，那个是马桂生，还有牛本道……他们怎么回来了？其他人呢？

马桂生听见卢瘸子在城墙上喊，怎么就你们几个回来了？牛里长怎么没跟你们一块回来？

马桂生大声说，我们是偷跑回来的，牛里长跟着鞑子去京师了。

卢瘸子恍然大悟，哦，是去京师了。

然后就没有声音了。

天色慢慢黑下来。郭老六忍不住朝城墙上骂道，怎么还不给老子开城门？拉柱，拉柱，你个臭小子，快下来给老子把城门打开。

听不到拉柱的回应，王老五紧张起来，他对郭老六说，上面的人是不是都回家睡觉了？

牛本道说，不会吧？明明知道我们回来了，他们忍心

298

把我们丢在城外，自己回家去睡觉？城外天寒地冻的，还有狼呢。

马桂生四下里看了看，远处零星的树木和高高矮矮的沙丘都像是游荡着的狼群，他摸了摸右耳，这一次，右耳没有抽动，他说，要不咱们去崇岗山上的风神台凑合一宿吧？

没有人附和他的提议。

郭老六叉着腰，朝天骂，卢瘸子，我日你姥姥的，知道老子在城门口不放老子进去？

爹，你不要骂了，郭拉柱趴在城墙上对他爹郭老六这么解释，你吼破嗓子我卢叔也听不见，他找马先生商量去了，四道城门没有马先生的准许，谁都不敢私自打开。

什么马先生牛先生的，你他娘赶紧给老子打开，哪个龟孙敢拦着你，看我进去不收拾他，郭老六跳着脚说。

郭拉柱做不了自己的主，也做不了其他人的主，他在城墙上拉拉这个人的胳膊，拽拽那个人的衣襟，问他们敢不敢开城门，大家都不言声，都知道马连成的话不敢不听，郭老六的话也不敢不听。大家正犹豫着，有人已经在下边把城门上的门闩一根一根撤掉了，然后把地橛子也拔掉，门就吱吱呀呀打开了。

开城门的不是卢瘸子，也不是老秀才马连成，而是在守铺里负责打更的更夫。还不到出更时间，更夫睡得正熟，城门外面的骂声却一声紧似一声，更夫听烦了，一拍床板爬起身，一边往守铺外面走，一边嚷，日你娘的，骂一句就够了，还不歇嘴地骂，还让不让人睡觉了？

他打开城门想狠狠教训一顿城门外的人，却不想被门外闯进来的郭老六一把推了个趔趄，就听郭老六说，你他妈的有本事就甭给老子开门。

四

马桂生是顶着星星敲开他家街门的。

他家的街门过去很晚才上门闩，不要说马桂生这种家徒四壁的穷人家了，就连武舍人、牛泉那样有头有脸的人家，过去也很少关门。在右玉林卫，寻常都是路不拾遗，夜不闭户的。

在没有敲门之前，马桂生就想好了，只要是乌热尔娜来开门，他会像郭老六那样，嘴里骂骂咧咧地毫不客气地把乌热尔娜一把推在一边，然后说一句你他妈的有本事就甭给老子开门。

可惜开门的不是乌热尔娜，而是他的老丈人。

老丈人手里端着一盏油灯，用灯光在马桂生胡子拉碴的脸上照了又照，等确定是自家女婿后，就倒吸一口气，桂生，是你呀？

看老丈人脸上吃惊的表情，分明是遇见了鬼魅。

这天晚上，乌热尔娜没有出门。马桂生看到乌热尔娜在油灯下面做着针线，一颗悬着的心落地了。他转而又想，她能到哪里去呢？这只破鞋也没什么可去的地方，她的相好走了，右玉林卫的男人都走得没几个了，她不在家里守着，还能去哪里鬼混呢？

对于马桂生的突然出现，乌热尔娜表现得相当平静，她对马桂生说，你的本事太大啦，那么多鞑子兵，你都能从他们眼皮底下溜掉。

马桂生本不愿搭理她，又一想，不搭理她，反显得自己小家子气了，便说，不是我的本事大，是我这人一向不做亏心事，老天爷照看我哩，就给我安排了一个能溜掉的好差事。

就你一个人跑回来，还是其他人也跑回来了？

不是我一个人，还有郭老六，还有王老五，还有牛本道，我们四个人一块回来的，回来时迷路了，多绕了两天的路，腿都磨短了。

他们睡在同一盘火炕上，只是不在一个被窝里。

你们碰上打仗没有？乌热尔娜在黑暗里没来由地忽然说了这么一句。

没有，马桂生想了想说，有一回走到一个山里，看见路边躺着许多死人，还有死掉的马，插在地上的军旗，可就是没有碰上打仗，我们经过那里的时候，仗已经打完了。

死掉的是哪一边的人？

当然是咱们的人了，马桂生沮丧地说道。

过了一会儿，马桂生醒悟过来，突然问道，你问这些干啥？

乌热尔娜说，随便问问。

随便问问？马桂生右边的耳朵又开始抽动，心里发出一阵阵冷笑，你个不要脸的骚货，你不就是拐弯抹角想套出你那相好的死没死吗？想得倒美，老子就是不告诉你。

第二天一早，马桂生去了一趟十王庙街。十王庙街住着酿酒师傅范金宝。马桂生在范金宝的街门外迟疑片刻，慢慢推开那扇单薄的门板。

刘翠枝正端着碗在屋里发愁，给瓦剌兵做了一个多月的伙夫，天天白米肥肉的，把嘴和肚子都养馋了，忽然回到家里，面对一碗粗茶淡饭，实在撩不起她一点点食欲，她忽然又想起她汉子范金宝了，她把筷子往碗上重重一拍，说，金宝，你可千万要活着回来。

马桂生已经在刘翠枝身后站了一小会儿，一直不好开口，这时就说了，金宝家的，你又想金宝了？

刘翠枝吓了一跳，猛地回过头，看见身后门神似的马桂生，先是一愣，接着喊道，你们回来啦？金宝呢？金宝是不是还在后面？

她越过马桂生的肩膀，朝门口看了看，门外的阳光把院子照得粉白，没有人声，也没有脚步声。刘翠枝着急起来，把马桂生往旁边一扒拉，腾腾腾朝门口走，边走边说，范金宝，你还有没有这个家了？你出门在外，人家天天念叨你，都念叨神经了，你可倒好，学会不着家了。

刘翠枝最后是被马桂生喊住的。

马桂生说，你出去做啥？金宝又没回来，他跟着鞑子去京师了，我来是想问问你，我的油篓真不在你手里？

你怎么回来的？我家金宝怎么没和你一块回来？刘翠枝一把抓住马桂生的一条胳膊使劲摇晃，你是不是在鞑子那里说金宝坏话了？鞑子肯放你回来，怎么不让金宝也回来？金宝要有个三长两短我可饶不了你……

我怎么就跟你说不清呢？马桂生躲来躲去想甩脱刘翠枝的手，刘翠枝像油糕一样黏上他了，任凭他使出浑身解数，也没办法躲开刘翠枝的纠缠，马桂生只好落荒而逃。油篓没有下落，反倒招来许多街坊的闲言碎语，大家都在说马桂生明知道范金宝不在家，偏偏去金宝家占刘翠枝的便宜。

惹了一身骚的马桂生花了十吊钱买了两只柳条编的新油篓。新油篓可不是什么好鸟，少说也要吃进五斤胡麻油才能浸好一只油篓，而且会在相当长的一段时间内影响到胡麻油的味道与口碑。当马桂生推开油坊准备榨胡麻油时，嘴里仍不干不净骂道，谁偷走老子的油篓，两只手都烂掉，连屁眼儿也烂掉。

这些日子，马桂生忽然对房事不感兴趣了，天天早出晚归，不是榨油，就是卖油。卖油的路程越走越远，有时

303

还要在外面过夜，他已经完全恢复到光棍时期的常态了。

有一天，马桂生很晚才从油坊里回到家，一进门闻到一股生食味儿，他看到乌热尔娜趴在炕头不住地呕吐，也呕不出什么东西来，脸色蜡黄，肩膀虫子似的一耸一耸，看上去是生病了。马桂生斜着眼站在一旁，觉得这个女人生病的样子真难看。

马桂生说，你不是真生病吧？我看一定是怀上了。

乌热尔娜抬头看了看马桂生，麻油灯的光线勾勒出一张冷冰冰的线条分明的脸。

五

发生在京师外围的那场保卫战，最后是以明朝军队大获全胜而告终的。

太上皇朱祁镇被也先挟持到了遥远的漠北草原。这个消息很快传到大同府，但马桂生听说这事的时间却是第二年的春天。

那时候，右玉林卫的乡民们已经开始收拾城外的耕地了，他们老老少少弓着身体，拖拽着沉重的犁铧，走过被积雪覆盖了整整一个冬天的田野。春天的大风不断扬起粗糙的沙土，他们一边吐着嘴里发干的唾沫，一边怀念他们永远走失的亲人和牲口。他们羸弱的体格，远不如那些走失的亲人健壮，他们把莜麦和胡麻的种子，还有荞麦的种子陆陆续续播种到大田里时，已是这一年的夏天了。

妇女们提着饭罐从四道城门出来，然后目光辐射向沧头河两岸的草色青青的田野。范金宝的女人刘翠枝也夹杂在这些妇女当中，她不是给她汉子送饭的，她汉子如泥牛入海，一去不复返。邻家的几位长者看她孤儿寡母的样子实在可怜，说你把种子带来，我们帮你种一季吧。刘翠枝做了满满两饭罐香喷喷的和子饭，头上蒙了一块蓝底碎花头巾，出了北城门，去一个叫老爷坟的田里给街坊送饭。路上碰见挑着担子卖完油的马桂生。

马桂生是前天出门，今天才返回来的，他越来越喜欢在外面过夜了。马桂生的胡麻油照例是不愁卖的，随便到一个村舍，只需吆喝一两声，就有提了油罐的男人女人从曲折的巷子里出来，循着马桂生吆喝的方向而来，都是些熟稔的老主顾，都是些喊得来名字的回头客。但马桂生即使两只油篓都见了底，也不着急回家。

桂生哪，你老婆给你生了个大胖小子，你不在家里伺候月子，还顾上做买卖呀？刘翠枝说话的时候，脸上带着暖融融的笑意。

但刘翠枝发现马桂生右边的耳朵奇怪地抽动着，一张胡子拉碴的脸也越拉越长，全无半点喜庆气。她以为马桂生还在生那两只油篓的气，就想数落马桂生几句，话没出口，却听马桂生说道，金宝家的，我打听到你家金宝的下落了，在北边的脱脱城。

刘翠枝才不信呢，她撇着嘴说，黄半仙早算好了，金宝在京城做大官了，过两年才回来看我，你甭蒙我了。

黄半仙的话你也信？马桂生一脸訾笑，他摇了摇头说，昨天我去荞麦皮沟卖油，有个常走草地的盐贩子说，他在脱脱城遇见一群赶骆驼的汉人，他们是替太师淮王搬运杂物的下人，他们说老家就是咱们右卫城的，让鞑子裹去了脱脱城，好几个人想让他给家里捎口信，他记性不好，一个名字都没记住，好像有个原来酿酒的师傅，我一想，除了金宝，还能有谁？

刘翠枝嘴巴张开，半天没合拢。她发了半天魔怔，最后她相信了，她把送饭的事情都忘记了，非要逼着马桂生带她去一趟荞麦皮沟不可。

马桂生说，你去荞麦皮沟做什么？人家盐贩子又没说见到的人里一定就有你汉子金宝，是我瞎猜的。再说，你就是去了脱脱城，恐怕那伙人也早转悠到别的地方了，皇帝都身不由己，何况你家金宝呢？

刘翠枝真是个没皮没脸的人，马桂生本以为他已经说服了刘翠枝，哪知道那女人执拗得怕人。过了两天，马桂生挑着油篓途经老爷坟，冷不丁从地里蹿出一个人，仔细看，就是那个啃骨头啃胖了的刘翠枝。刘翠枝胳膊上挂了一个小包袱，头上蒙块碎花布帕，身上是藕荷色粗布短衫和细绢襦裙，腰上系根粉红绸带，三寸金莲被裙幅遮住了，她嗲声嗲气地对马桂生说，桂生，你帮帮我好不好？我求你了。

马桂生往旁边躲了躲说，我能帮你什么？

刘翠枝说，你带我去见那个盐贩子，我要当面问个清楚。

马桂生一听就头大了，直后悔不该把盐贩子的话翻腾给刘翠枝。他说，我真服你了，你我孤男寡女的，走这么远的路，让人看到指不定说啥坏话呢。

你要不帮我，我会熬煎死的。刘翠枝眼里盈满泪花。

马桂生直叹气，只好硬着头皮，陪刘翠枝走一趟荞麦皮沟。事不凑巧，盐贩子又牵着两峰骆驼，驮着盐巴进了草地，归期未定。

还没走出盐贩子家，刘翠枝一屁股坐在人家的院里，拍着大腿号啕大哭，她边哭边数落，那哭声与数落声端的是一咏三叹，她哭老天爷不照顾好人，什么善有善报，恶有恶报，金宝那么善良，也落得这般下场；她哭范金宝真是天底下最笨最笨的人，人家笨头笨脑的马桂生都能偷偷跑回来，你怎么不能？她哭范金宝心肠硬得像块石头，连个音讯都不给她传回来……

你还有完没完了？马桂生恼了，说好了出门遇见啥情况都不许闹的，你怎么就变卦了？

刘翠枝不听劝，还在人家院子里哭。

盐贩子老婆听不下去了，皱着眉头把马桂生拉一边说，你快把她拖走，她一直这么哭，让村里人听见，还以为我汉子是人贩子哩。

马桂生搓着巴掌不知该如何下手拖。后来是刘翠枝自己突然不哭了，从地上爬起，抹一把眼泪，强作欢颜对盐贩子老婆说，你甭怪我大妹子，是姐姐我一时想不开才忍不住大哭的，我们这就走，我们这就走。

刘翠枝这么一说，盐贩子老婆反倒不好意思了，忙说，你们坐坐也无妨，我也不是成心撵你走，我是怕你一哭，村里就会有风言风语……哦对了，我汉子出门前还跟我提起一件事，他说他在脱脱城碰见的那群人，看上去都神经兮兮的，其中有个叫牛什么的人说，他们其实是为了搭救皇帝爷才跟着鞑子来到草地上的，皇帝爷已经让朝廷派去的人接回去了，可他们想回老家也回不去了，鞑子把他们当牲口使唤呢，想逃也逃不掉，抓住就砍头。我汉子说，说不定那伙人压根儿就不是什么右卫城的，啥搭救皇帝爷，还不是说疯话吗？

马桂生自言自语道，还真不是疯话。

尾　声

又过了好些年，大概是天顺四年的春天，还是一个雨后初霁的日子，修葺一新的右玉林卫毕在寺前，忽然来了一队锦衣卫，有位公公模样的人下了马，要毕在寺的一应僧众接旨。

奉天承运，皇帝敕曰，正统十四年秋八月，帝北狩蒙尘，承天景命，寄寓毕在佛刹，僧侣城民不吝顾慕，感念佛菩萨庇佑，虽身受边塞之寒，终解困于乱危……兹以镇边水陆神祯 140 幅，敕赐贵寺，并赐宝宁寺名，谨奠祭土木堡阵亡英魂，福佑万千右卫军民，以镇边疆，故谕！

接旨的住持已不是释静师父，而是释静的徒弟清晓。释静早在景泰四年就圆寂了，清晓把师父葬于毕在寺西侧的塔林里。

次年四月初八，浴佛节。宝宁寺自易匾以来，迎来第一场法界圣凡水陆普度大斋胜会。这一天，清晓照例在丑时三刻就起床沐浴，他让徒弟们在大殿里做早课，他呢，亲自把镇边水陆神祯从精致的樟木画箱里取出，用叉杆挑起，一幅一幅悬挂起来。这个过程很漫长，直到曙色擦亮天空，清晓才把所有神祯挂完。然后，他退几步，再退几步，借着越来越浓的光亮，欣赏起画上的阿弥陀佛、八大金刚诸神众、天藏菩萨、天龙八部诸神众、大威德焰发德迦明王、四大天王……

而在通往宝宁寺的每一条大街小巷，在通往右玉林卫城的每一条驿路上，已经有数不清的男男女女老老少少，手提装有香蜡供果的柳条篮，前来参加水陆会，他们都想一睹皇帝赐予宝宁寺的镇边水陆神祯。

第一个走进宝宁寺的，不是右玉林卫年龄最长、资格最老的秀才马连成，而是卖油的马桂生和他儿子马明亮。

马明亮嘟嘟嚷嚷地对他细眉细眼的爹说，不就是几幅画吗？有啥看头？和尚不好好念经，反倒卖起字画了。

马桂生踢了儿子一脚，甭胡说，那可是皇帝爷赏赐的神画，你知道皇帝爷长啥样子？你爹当年和皇帝爷还在一口锅里吃过饭呢……